L'HORREUR DANS LE MUSÉE

ŒUVRES DE H.P. LOVECRAFT

DANS PRESSES POCKET

L'Horreur dans le musée
L'Horreur dans le cimetière
Légendes du Mythe de Cthulhu
Le masque de Cthulhu
Le rôdeur devant le seuil

LES RÉVISIONS DE H.P. LOVECRAFT

Les Papiers du Lovecraft Club

L'HORREUR DANS LE MUSÉE

Traduction de Jacques Parsons

Préface d'August Derleth

Introduction de Francis Lacassin

CHRISTIAN BOURGOIS ÉDITEUR

L'Horreur dans le musée ainsi que *L'Horreur dans le cimetière* ont déjà été publiés, en un seul volume, sous le titre : *L'Horreur dans le musée.*

ISBN : 2-266-02355-1

PRÉFACE

LES "RÉVISIONS" DE LOVECRAFT

par August Derlerth

Quand on connaît la renommée que Howard Phillips Lovecraft a acquise aujourd'hui, depuis sa mort, comme maître du macabre on peut trouver paradoxal d'apprendre qu'il tirait l'essentiel de ses maigres ressources de la révision et de la correction de manuscrits de prose et de poésie qui lui étaient envoyés par toutes sortes d'écrivains ayant l'espoir de réussir. Cependant la plupart d'entre eux arrivaient rarement à être publiés ailleurs que dans des magazines d'amateurs. Mais ils étaient un petit nombre à partir de thèmes relativement solides, tout en manquant de talent d'écriture et de style. Ceux-là avaient droit à une plus grande part de son intérêt et de son assistance, allant souvent jusqu'à la complète refonte de l'histoire soumise, ce qui la rendait publiable.

Le travail de révision de Lovecraft se divisait en deux parties. Dans le plus grand nombre des cas il se contentait de corriger, en professionnel, la langue, la syntaxe, la ponctuation. Il y avait cependant un petit nombre d'histoires qui appartenaient au domaine du macabre et qui de ce fait éveillaient en lui un intérêt personnel. Alors, il participait au travail d'une manière plus active. Cette catégorie se subdivisait elle-même suivant le degré de cet intérêt qu'il y trouvait. Quelques histoires, comme celles de Sonia Grenne, comme les premières œuvres de Hazel Heald, et celles de son vieil ami de Providence, Clifford M. Eddy Jr. nécessitaient une révision moins radicale, mais des conseils, à un degré plus ou moins accentué. A propos de l'une de ces histoires, *l'Homme de pierre*, la regrettée Hazel Heald reconnaissait, dans un texte du 30 septembre 1944 : « Lovecraft m'a aidée pour cette histoire autant que pour les autres et a véritablement récrit des paragraphes entiers. Il critiquait les alinéas les uns après les autres, notait au crayon des remarques marginales et me les faisait ensuite récrire jusqu'à ce qu'ils lui plaisent. » Mais Lovecraft a naturellement été beaucoup plus loin avec les dernières histoires de Hazel Heald – il les a récrites du début à la fin, si bien qu'elles sont essentiellement des histoires de Lovecraft. Subsiste seule l'intrigue, ou le fil conducteur de l'écrivain dont le nom figure en tête – et ce n'est même pas vrai dans tous les cas. Le genre de révision auquel Mrs Heald fait allusion ici est mis en évidence dans le manuscrit de la nouvelle de Robert E. Barlow, *Jusqu'à ce que toutes les mers...*, qui se trouve dans la Collection Lovecraft de la Bibliothèque du John Hay Memorial à la Brown University de Providence, Rhode Island.

Dans ses mémoires, sous le titre : *H.P. Lovecraft : le Point de vue d'une élève*, Zealia Bishop fait, en 1953, état d'une expérience essentielle, qui est celle de la majorité des auteurs représentés dans cette collection, mais partagée par un nombre rélativement restreint de clients de Lovecraft : « Les histoires que je lui envoyais me revenaient tellement revues à partir de l'idée de base que j'avais l'impression d'être, en fait d'écrivain, un ratage complet. » Elle se sentait redevable à l'égard de Lovecraft à un degré qui est bien traduit par l'insistance qu'elle mit, après la mort prématurée de Lovecraft en 1937, à faire envoyer à sa tante, qui lui avait survécu,

Mrs Annie E.P. Gamwell, la moitié des droits payés par *Weird Tales* pour *Medusa's Coil.* « J'avais appris de lui les principes fondamentaux de la technique de l'écriture et de l'appréciation des œuvres littéraires... Ma dette à l'égard de Lovecraft est considérable. Je considère que cela a été pour moi un grand bonheur d'avoir été au nombre de ses correspondants amicaux et de ses élèves. »

Lovecraft encourageait aussi ceux qui étaient ses clients pour des œuvres de fiction à s'essayer au macabre, puisque après tout il était spécialisé dans ce domaine et qu'il s'y trouvait beaucoup plus à son aise que dans les formes contemporaines du romanesque ou du réalisme; le fantastique était vraiment le domaine dans lequel il pouvait rendre à ses clients les plus grands services. En lisant même superficiellement les révisions publiées dans ce volume on a la preuve évidente que dans l'histoire de Hazel Heald, *l'Horreur au musée*, il a fait œuvre de collaboration beaucoup plus que de réviseur. L'histoire est du plus pur Lovecraft, jusqu'à l'introduction de noms empruntés au mythe de Cthulhu. Cela est également vrai pour *Du plus profond des siècles.*

Et cela est également vrai, jusqu'à un certain point, des histoires qui suivaient : *le Journal d'Alonso Typer*, par Wiliam Lumley, *l'Horreur dans le cimetière*, par Hazel Heald, *la Dernière Expérience* et *l'Exécuteur des hautes œuvres* d'Adolphe de Castro et la trilogie de Zealia (Brown Reed) Bishop : *la Malédiction de Yig, la Chevelure de méduse*, et le court roman *le Tertre*, l'une des histoires les plus impressionnantes de ce recueil et à laquelle non seulement H.P. Lovecraft mais aussi Frank Belknap Long ont mis la main.

On peut aisément imaginer le plaisir que Lovecraft a pu prendre à retravailler certaines de ces histoires, au point de presque créer une nouvelle histoire de son cru. Il n'y a rien qui lui ait causé plus de plaisir que de donner libre cours à sa vive imagination en révisant des textes appartenant à son domaine favori. Ses lettres sont bourrées d'allusions à son travail de révision. Il a dit ainsi quelle corvée c'était d'essayer de donner des conseils à des poètes amateurs, de « réviser » leurs poèmes; il a parlé de la difficulté qu'il y avait à travailler avec certains écrivains qui se prenaient pour des génies sans avoir une once de dispositions – mais il ne s'est jamais plaint d'avoir à réécrire une histoire appartenant au domaine du fantastique et du macabre et il y a souvent des paragraphes entiers donnant la liste des publications courantes de *Weird Tales* auxquelles « il avait mis la main ».

Ces « révisions », qui sont largement ou totalement du Lovecraft, obéissent en propre aux critères de Lovecraft. Elles sont inégales dans leur manière et leur atmosphère, mais on ne peut refuser à ces pages de porter les traces de l'imagination de Lovecraft et de son tour de main. Les meilleurs de ces contes sont certainement d'une assez bonne qualité pour figurer parmi les histoires de Lovecraft – et, pourquoi pas? – puisque Lovecraft est responsable de ce qu'il y a en eux de plus digne d'être retenu!

7 février 1970

INTRODUCTION

H. P. LOVECRAFT
" NÈGRE " LITTÉRAIRE
OU ACCOUCHEUR DE TALENTS?

par Francis Lacassin

L'Amérique n'a guère bien traité, de leur vivant, les deux hommes auxquels elle mesure, depuis leur mort, une renommée que l'Europe leur a accordée sans réserve : Edgar Allan Poe et Howard Phillips Lovecraft.

Le plus maltraité des deux est sans doute le second; il fut privé du plaisir légitime de voir son œuvre publiée en librairie, exposée dans les vitrines, inscrite au catalogue des bibliothèques, analysée par les critiques des grands journaux littéraires. Enfin, contrairement à l'auteur du *Corbeau* qui consacra toutes ses forces à l'extension de son œuvre, Lovecraft gaspilla une partie des siennes à améliorer l'œuvre des autres. De 1918 jusqu'à sa mort en 1937, il fut redresseur de textes boiteux, dépanneur d'imaginations en détresse, vivante prothèse d'écrivains handicapés par une difficulté d'expression, professeur de rédaction; « nègre » d'imposteurs en quête d'une consécration, et aussi conseiller d'authentiques écrivains dont il a aidé le talent à s'épanouir.

Pourquoi tant de temps et d'énergie distraits au

profit d'œuvres peut-être méritoires mais qui le détournaient de la sienne? Alors que la cosmogonie et les mythes de Cthulhu offraient à son imagination tant d'espaces qu'elle n'a pas eu le temps de meubler. Alors qu'il a laissé tant de fragments inachevés.

Peut-être ce contact ingrat avec des productions balbutiantes représentait-il pour le solitaire de Providence le seul exutoire laissé à son affectivité et même le seul moyen de communication possible avec ses semblables. Peut-être sublimait-il une paternité refoulée en aidant la création à émerger d'une matière informe; peut-être trouvait-il un stimulant, une récompense, une réponse à ses propres problèmes, à former des personnalités encore hésitantes et à accoucher des talents.

Sa propre explication est la plus banale et la moins convaincante qui soit. Il écrivait le 3 décembre 1929 à Clark Ashton Smith étonné de le voir perdre son temps en travaux anonymes :

« La seule raison pour laquelle j'effectue ce genre de choses est que le paiement est absolument certain, alors que mon œuvre personnelle signée dépend d'une incertitude de l'acceptation ou du rejet (1). »

Explication difficile à récuser complètement. L'impératif financier a servi d'alibi déterminant à son comportement même s'il ne l'explique pas. Du moins pas entièrement : à cette époque, Lovecraft ne pouvait compter que sur un maigre revenu de quinze dollars par semaine. La carrière de pierre, qui jusqu'ici avait permis à sa mère et à ses tantes de vivre, était épuisée. Et il ne savait rien faire d'autre qu'écrire.

Comment recrutait-il les élèves soucieux de recevoir l'enseignement du talent? Au plus profond de sa détresse financière, en 1924-1925 lorsqu'il habi-

(1) Les lettres de Lovecraft sont citées d'après l'édition Arkham House, 1965-1971.

tait New York, il insérait des annonces publicitaires dans les journaux et diffusait des circulaires. Mais la majeure partie de sa clientèle provenait d'une association d'aspirants écrivains et poètes amateurs à laquelle il avait adhéré le 6 avril 1914, « The United Amateur Press Association ». Elle offrait à ses membres, avec la possibilité de contacts entre eux, la diffusion de leurs créations dans le bulletin de l'association et la possibilité d'impressions à compte d'auteur.

Ecrivant pour le plaisir, sans rechercher un profit, prêts à payer pour être publiés ou pour acquérir les conditions requises par la presse professionnelle, ces amateurs allaient occuper de 1918 à 1937 une grande place dans l'emploi du temps et les finances de Lovecraft. Mais les œuvres à améliorer – poésie surtout – appartenaient rarement au fantastique; le seul genre qui aurait rendu à Lovecraft la corvée moins pesante.

Parmi ses clients les plus fidèles et les plus prolifiques, il comptait un certain David Bush qui l'inondait de copie à ravaler et à ravauder : discours, textes de conférences, essais et, hélas, poèmes. Une lettre du réviseur à sa mère, en date du 17 mars 1921, évoque cette tâche avec un humour qui n'en diminue pas le caractère fastidieux :

« Je suis tout juste en train de prendre mon souffle avant de plonger dans l'océan glacé de l'œuvre de Bush – il m'a envoyé une nouvelle commande urgente qui doit me rapporter une somme considérable; mais je ne m'y mettrai pas ce soir. Il faut être frais et dispos pour venir à bout de ses impossibilités. Il a joint à sa commande une nouvelle circulaire sur lui et son œuvre, avec une nouvelle photographie qui le fait paraître plus humain. Je pense te l'envoyer pour que tu voies, retourne-la-moi éventuellement. Le gars s'est amélioré dans son aspect, et il a certainement une liste formidable de sujets de conférences; mais comme « poète », il est pire que jamais. »

Une lettre du 14 juin 1922 à Anne Renshaw est entièrement consacrée à un portrait ironique de ce client curieux – mais nourricier – qui se prétendait encore l'apôtre de la « Nouvelle Pensée », l'évangéliste de la psychologie dynamique, après avoir été équilibriste cycliste dans un cirque, interprète de Shakespeare... et clergyman. Le pain que gagnait Lovecraft était, certains jours, bien dur.

Il préférait, de beaucoup, s'adonner (et parfois gratuitement) à la correction de textes à caractère fantastique avec un zèle et un désintéressement tels qu'il en faisait ses œuvres personnelles... mais publiées sous le nom du client. Ce sont les contes et nouvelles rassemblés (à quelques exceptions près) en 1970 par August Derleth sous le titre *The Horror in the Museum* (*l'Horreur dans le musée*).

La première révision de ce genre, auquel l'inventeur du *Necronomicon* ait travaillé, concernait une poétesse membre de « L'united Amateur », une demoiselle Winifred Virginia Jackson, de Boston. Lovecraft mettait dans ses talents de grands espoirs (que partageait sa mère, Sarah Lovecraft); mais que la postérité n'a pas ratifiés. Elle serait totalement inconnue sans leur collaboration.

Ils entretenaient, de plus, des rapports très amicaux. Lovecraft alla même la visiter à Boston. En mars 1931, lors d'une soirée celtique donnée dans cette ville, il vit paraître, dans l'appartement pavoisé de banderoles vertes, miss Jackson toute de vert vêtue, la coiffure également enrubannée de vert. Les invités ayant été priés de se rallier à cette couleur, Lovecraft s'en tira en arborant une vieille cravate de la teinte requise; il la jugeait un peu passée mais elle fut passable.

La première allusion à la révision d'un texte à caractère fantastique apparaît dans la correspondance de Lovecraft le 21 mai 1920. Une longue lettre, consacrée à la vie nocturne et folle de l'imagination, s'ouvre par le récit d'un rêve fait la veille. Comme son correspondant, Reinhardt Kleiner, ne paraît pas reconnaître à cette source d'inspiration la place qui lui est due, le prophète de Cthulhu lui donne un exemple concret :

« Des rêveurs authentiquement fantastiques, je n'en ai découvert qu'un – en l'occurrence miss Jackson – dans le domaine de la littérature amateur. Je vous joindrai, sous réserve de me le retourner, le récit d'un rêve de miss Jackson survenu au début de 1919 et que j'utiliserai quelque jour comme trame d'une histoire d'horreur (2), comme *la Prairie verte* basée sur un rêve plus ancien que je crois vous avoir déjà montré. Ce rêve plus ancien avait ceci d'extraordinairement singulier que j'en avais fait moi-même un exactement semblable, sauf que le mien ne se prolongeait pas si loin. Ce fut seulement quand j'ai relaté mon rêve que miss J. en a relaté un similaire et l'a plus complètement développé. L'ouverture de *la Prairie verte* a été écrite d'après mon propre rêve, mais après avoir entendu l'autre, je l'ai incorporé dans l'histoire que j'ai développée à partir de là... Je ne comprends pas que vous soyez insensible à ces choses irréelles. »

L'année suivante, il fera, à partir du cas de Winifred Jackson, le portrait-robot de l'écrivain amateur, souvent imaginatif mais inapte à s'exprimer. Le 4 juin 1921, « en l'absence de nouvelles productions », il envoie à Frank Belknap Long deux révisions auxquelles il a mis la main.

« Les deux contes en question, *La Prairie verte* et *En rampant dans le chaos*, ont été écrits à partir des idées de la poétesse amateur Winifred Jackson qui possède probablement la plus vaste et la plus singulière imagination dans le domaine du journalisme amateur, et qui sera un jour célèbre dans le monde entier.

« ... Elle échoue dans la technique de la prose, de là elle ne peut utiliser des idées d'histoire qu'avec la

(2) Il s'agit de *En rampant dans le chaos*, paru quelques mois plus tard dans le bulletin de l'Association « The United Amateur ».

collaboration d'un technicien. Ces idées sont en général étranges et, à l'extrême, terribles et si curieusement comparables à mes propres conceptions que j'arrive à les développer et les exprimer – dans quelques exemples réalisées à partir d'elles – avec si peu de différence que le résultat ne montre aucun signe de la dualité d'auteurs. De tels récits sont publiés sous les pseudonymes « Elizabeth Berkeley et Lewis Theobald Junior ». *La Prairie verte* est le plus ancien des deux contes ci-joints, et a une histoire curieuse. Il commence par moi – la scène de la forêt et du bord de mer étant en fait un rêve de moi, à partir duquel j'ai écrit le premier paragraphe de l'histoire, juste comme un fragment isolé destiné à servir de base à un récit ultérieur. Le paragraphe était une simple impression ou une touche de couleur. Plus tard, au cours d'une discussion sur la littérature d'imagination, je l'ai fait lire à miss Jackson qui était surprise de découvrir qu'il correspondait exactement à un de ses rêves – un rêve qu'elle avait poursuivi beaucoup plus loin que le mien. Devant la relation de son rêve et sa description schématique de la scène supposée, j'ai décidé d'abandonner mon projet personnel, et j'ai développpé le thème jacksonien en ajoutant l'aérolithe quasi réaliste issu de ma propre imagination. W.P. Cook se propose d'imprimer *la Prairie verte* mais Dieu seul sait quand... »

La Prairie verte ne parut que six ans plus tard, en 1927, dans le bulletin amateur « The Vagrant » dont Cook était l'imprimeur et le rédacteur en chef. Ses difficultés financières n'empêchaient pas Lovecraft de secourir gratuitement les clients devenus à ses yeux des amis : surtout s'ils écrivaient du fantastique. Il y a peu de chance qu'il ait exigé des honoraires d'une jeune dame de New York, Sonia Shifizkine, veuve d'un certain monsieur Greene et propriétaire d'un magasin d'articles de mode qui battait de l'aile : il l'épousa. Quittant sa ville natale de Providence, il vécut avec elle à New York de mars 1924 à avril 1926. A cette date, il retourna à Providence. Le divorce fut prononcé au début de 1929.

Sonia Greene ayant détruit les lettres de Lovecraft, on ne sait de leur collaboration littéraire que ce qu'elle a bien voulu dire. Il en a survécu deux textes, *Horror at Martin's Beach*, rebaptisé *le Monstre invisible*, et *Quatre Heures*. Le premier surtout porte la marque indéniable du « réviseur ». L'entité maléfique, qui hale dans les profondeurs marines – ou pêche – une dizaine d'hommes accrochés à son filet, ne semble qu'un bras. Un bras dont Lovecraft découvrira cinq ans plus tard le propriétaire : le Grand Cthulhu qui rêve et attend dans son palais sous les eaux.

Le Monstre invisible a paru dans les colonnes de « Weird Tales » peu après la fondation de cette revue en 1923. Sonia Davis est le premier écrivain-amateur de la clientèle de Lovecraft à accéder (sans doute grâce à son intervention) à un stade professionnel. Souvent, il ne se bornait pas à améliorer un texte boiteux, il le présentait et le vantait à la rédaction de « Weird Tales » auprès de laquelle il était bien introduit. Double service dont bénéficia, entre autres, le jeune Clifford Martin Eddy, représenté dans le recueil *l'Horreur dans le musée* par trois nouvelles.

Eddy fut dès l'origine un protégé de Lovecraft et un témoin irremplaçable de sa vie. Habitant comme lui Providence, il était le fils d'une amie de Sarah Lovecraft, mère de l'écrivain. Cette relation conduisit le jeune homme et sa femme Muriel à adhérer dès septembre 1918 à l'association « United Amateur Press » dont Lovecraft était le zélé propagandiste. Mais ils ne se rencontrèrent pas avant l'été 1923 : début d'une grande amitié. Eddy avait le privilège d'accompagner Lovecraft dans sa quête de paysages et décors dont le fantastique aurait échappé à d'autres, aveuglés par la réalité.

Détail curieux : Clifford Eddy tentait lui aussi de gagner sa vie par des travaux de révision et également par des travaux de dactylographie. Bien qu'ayant déjà publié des nouvelles à l'époque de leur rencontre, Eddy n'avait jamais pu forcer les portes de « Weird Tales », ses tentatives dans le domaine du fantastique ayant été repoussées. Alors intervint celui qui, auprès de ses jeunes correspondants, se proclamaient leur « oncle Theobald » et, dans le cas d'Eddy, son « père adoptif ». Le 20 octobre 1923, Lovecraft écrit à sa « belle-fille », Muriel Eddy :

« Voici, enfin, *le Mangeur de spectres* amendé, j'ai confiance que sa tournure donnera satisfaction à Mr Eddy. J'ai apporté deux ou trois corrections mineures à la version que j'avais déjà révisée, si bien que tel que c'est, il devrait être réellement acceptable par un rédacteur en chef. J'espère fermement que Baird (3) le prendra – en fait, je suis prêt à parier qu'il le fera. »

Pari tenu et gagné, comme le confirme une lettre du 28 octobre 1923 à James Morton. Elle révèle comment étaient rétribués les travaux de révision accomplis pour Eddy :

« J'ai pu obtenir de M. Baird l'acceptation de deux récits de mon fils adoptif Eddy qu'il avait d'abord rejetés. Au vu des corrections que je leur ai apportées, il a manifesté de lui-même le désir de les insérer dans de prochains numéros; ils sont intitulés respectivement *Ashes* (4) et *le Mangeur de spectres.* En échange de mes services de révision, Eddy dactylographie mes propres manuscrits selon le sacro-saint double interligne (5); labeur particulièrement pénible à ma sensibilité.

(3) Rédacteur en chef de « Weird Tales » à cette époque.

(4) Paru dans « Weird Tales » en mars 1924. Ne figure pas dans le recueil des Révisions de H.-P. L. Inédit en français.

(5) « Weird Tales » avait refusé certains de ses manuscrits, parce que non dactylographiés selon les normes exigées par la revue.

« Mais il me faut en rester là avec ces remarques, car je dois faire un somme en prévision de cet après-midi; malgré ce froid diabolique, je me suis engagé à rendre visite à mon fils Eddy, à East-Providence, pour contribuer à sa toute dernière fiction, une étude plaisante et morbide sur la nécrophilie hystérique, intitulée *le Nécrophile.* »

Eddy ayant l'avantage de demeurer dans la même ville que son « père adoptif », la révision de ses textes était précédée d'une critique verbale. Eddy rapportait ainsi celle relative à *Sourd, muet et aveugle.*

« Il était mécontent de l'intervention de la note trouvée sur la machine à écrire à la fin du récit, par le protagoniste de ses aventures inquiétantes, et du paragraphe final qui paraissait dactylographié par un de ses persécuteurs. Après plusieurs consultations à ce sujet et après un nombre égal de tentatives de ma part pour le convaincre du bien-fondé de ma position, il accepta finalement de récrire le dernier paragraphe. »

La collaboration Eddy-Lovecraft allait se répéter en 1926 dans le domaine de la non-fiction, grâce à un livre commandé par l'illusionniste Harry Houdini. La participation du dernier consistant à signer et baptiser l'ouvrage : *The Cancer of Superstition.* Un vrai travail de nègre : le magicien de music-hall l'avait octroyé à Lovecraft en récompense du zèle mis à s'acquitter d'une précédente « révision ».

Pour apprécier la souplesse et même l'enthousiasme de Lovecraft envers Houdini, il faut avoir en mémoire la célébrité dont ce monstre sacré jouissait dans le premier quart du vingtième siècle. Ehrich Weiss à l'état civil, il avait choisi son nom de scène en hommage à l'illusionniste célèbre du XIXe siècle : Eugène Robert-Houdin. Connu dans le monde entier comme « le roi de l'évasion », l'Américain se laissait enfermer, presque entièrement nu, dans une cellule grillée, menottes aux poignets, ligoté de chaînes et, toujours, se libérait.

Auteur – ou plutôt signataire – de divers ouvrages sur la magie et l'insolite, Houdini avait interprété trois films à épisodes. Dans le premier, diffusé en France en 1916 sous le titre « Houdini, le maître du mystère », il affrontait un chef-d'œuvre de la quincaillerie cinématographique : un robot, chargé d'inspirer une terreur de fer-blanc aux spectateurs peu blasés de l'époque. Dans cette même bande, il répétait un exploit accompli dans le port de New York : on le tassait, enchaîné de la tête aux pieds, dans un coffre scellé et jeté dans des eaux profondes : il en émergeait quelques minutes plus tard, frais et dispos.

Qu'il accomplît ses exhibitions dans une prison aimablement prêtée, dans le port de New York ou sur la scène d'un music-hall, Harry Houdini attirait les foules. Collaborer avec lui, c'était recueillir les miettes de sa gloire et bénéficier d'un lancement inespéré. Alors, on comprend mieux l'enthousiasme de Lovecraft, écrivant le 14 février 1924 à Frank Belknap Long :

« Oui, Enfant, « Weird Tales » va certainement montrer un tas de travail de votre vieux Grandsire! Un boulot entièrement nouveau – récrire un étrange récit que le magicien Houdini a relaté oralement à Henneberger (6); un récit à amplifier et à mettre en forme pour apparaître comme la collaboration de « Houdini et H.P. Lovecraft ». Henneberger demandait une réponse télégraphique soit que j'accepte ou non le boulot et la promesse de PAIEMENT IMMÉDIAT à livraison! J'ai câblé mon acceptation et suis en ce moment à pied d'œuvre en train de me familiariser avec la topographie du Caire et de Gizeh, localité où est située l'aventure alléguée – et spécialement avec le singulier endroit souterrain situé entre le Sphinx et la seconde pyramide et connu comme " la tombe de Campbell ". »

(6) Le propriétaire de « Weird Tales ».

Après un exposé de l'incident dont Houdini prétendait avoir été le héros avec sa femme, le réviseur, excité par le sujet, se laissait aller à rêver tout haut :

« Des heures plus tard, il ressort chancelant et le cœur secoué par des incidents si abominables qu'il hésite à en parler. Ce sera mon boulot d'inventer ces incidents et de leur donner ma touche la plus macabre. Encore que je ne sache pas jusqu'où je peux aller; d'après un échantillon de l'histoire d'Houdini que Henneberger m'a envoyé, je juge que le magicien essaie de faire passer ces événements à la Münckhausen pour des aventures authentiques. Il est suprêmement égotiste, comme on peut le voir d'un coup d'œil. De toute façon, je pense pouvoir en tirer des choses gentiment abominables, d'autres cavernes, insoupçonnées, sous la première, une lueur embrasant le mort embaumé, ou une fin épouvantable pour les guides arabes qui semaient la terreur chez Notre Héros. Peut-être se mettent-ils en momies pour effrayer Houdini et donc pénétrer sous cet aspect dans la crypte. Ensuite on les trouve morts avec des empreintes de griffes sur la gorge qui ne peuvent pas avoir été faites par les mains de Houdini. Plus Houdini me laissera de latitude et mieux l'intrigue évoluera – Je vais demander à Henneberger de m'en dire le plus possible sur ce comédien universel. »

Alléché par la promesse d'une prime de cent dollars (il vivait avec soixante par mois), Lovecraft poursuivit avec conscience sa documentation pour parvenir au résultat relaté au même correspondant le 25 février 1924 :

« Et maintenant, ayez pitié de votre grand-papa Theobald qui, vers le Ier mars doit remettre entre les mains de Henneberger une histoire qu'il n'a pas encore commencé d'écrire! Inshalla! Mes investigations égyptiennes dans les bibliothèques prouvent indubitablement que l'histoire d'Houdini est entièrement une imposture et qu'il n'y a aucun temple enfoui sous le plateau des pyramides de Gizeh. Cela signifie que je dois inventer un temple souterrain inconnu – et en même temps respecter littéralement la vraisemblance sur laquelle Henneberger insiste. C'est du travail coriace... »

Il s'en acquitta fort bien; le résultat parut dans « Weird Tales » en mai-juin-juillet 1924 sous le titre *Imprisoned with the Pharaons* (7)... mais sous la seule signature d'Houdini.

Cinq semaines plus tard, le 30 mars 1924, Lovecraft expliquait à sa tante, Mrs F.C. Clark :

« Quoi qu'il en soit, ma correspondance et mon œuvre non professionnelle ont été grandement négligées par suite de la commande urgente de trois chapitres d'un livre sur la superstition en Amérique. Miss Tucker (8) n'a probablement pas réussi à réunir la somme de documents nécessaires à l'approche d'un tel thème même avec l'apparence d'un cadre adéquat – mais je suis déterminé à faire de mon mieux. C'est, bien entendu, une gageure; car nul ne peut dire si un éditeur désirera le publier tant que les chapitres suivant les trois offerts en exemple ne seront pas faits; mais, à tout prendre, je pense que la beauté de l'enjeu justifie le risque. D'ailleurs, maintenant que je m'y suis mis, je désire vraiment écrire la chose pour mon propre plaisir. »

Il s'agissait d'une nouvelle commande d'Houdini, bien faite pour flatter l'érudition du réviseur. Au retour d'une tournée de conférences, le magicien avait pris connaissance du premier travail de Lovecraft avant de le signer. Et, satisfait, il lui avait passé cette grosse commande à exécuter en deux étapes. Un travail préliminaire consistait à dresser un plan

(7) *Prisonnier des Pharaons.* Recueilli en 1965 dans *Dagon.* Edité en France par Belfond, 1970.

(8) L'obligeante secrétaire d'une revue voisine de « Weird Tales » devenue l'amie de la femme de Lovecraft.

détaillé de l'ouvrage et à écrire les trois premiers chapitres pour arracher l'accord d'un éditeur. Celui-ci obtenu, il resterait à écrire le livre en entier. « L'auteur » lui avait déjà donné pour titre *The Cancer of Superstition.*

Gros travail, supposant d'abord d'énormes recherches. Avec l'accord d'Houdini, Lovecraft se faisait assister par son protégé de Providence. Eddy était chargé d'écrire le brouillon de chaque chapitre sur les indications de Lovecraft qui lui donnerait ensuite une forme définitive.

Pour des raisons non précisées, ce travail préliminaire n'était pas achevé, deux ans plus tard lorsqu'en octobre 1926 Houdini tomba malade puis mourut. De ce projet ambitieux, il ne reste que le plan détaillé des douze chapitres prévus, et le premier d'entre eux, *The Genesis of Superstition*, rédigé par Eddy et corrigé par Lovecraft. Entretemps, celui-ci avait reçu de nouvelles commandes de l'illusionniste, selon une lettre écrite à Wilfrid Blanch Talman le 11 octobre 1926 :

« ... Je suis plus occupé que jamais avec le travail de révision que je viens de faire pour Houdini, le prestidigitateur bien connu. Je lui avais déjà fourni de la copie auparavant; mais, la semaine dernière, il se produisait à Providence et en a profité pour me confier un gros tas de copie qui exigeait une constante consultation. C'était la matière première d'une campagne contre l'astrologie; cela étant de mon domaine (j'ai mené ma propre campagne à ce sujet en 1914), j'ai pris assez de plaisir à piocher ces indications, quoique ce fût un travail de bête, qui m'a forcé à travailler continuellement jusqu'au soir de son départ, en dormant très peu. S'il ne met pas knock-out tous les charlatans contemplateurs d'étoiles, je serai profondément désappointé. Mon prochain boulot pour le sorcier bouillonnant est un article sur la sorcellerie qui me fait me lamenter avec une intensité redoublée pour ne pas avoir donné un coup d'œil au livre de Wait! »

Houdini s'était fait une spécialité de redresseur de torts dans le domaine de l'Occulte en démasquant les charlatans de l'astrologie et les imposteurs du spiritisme.

Quinze jours plus tard, Lovecraft annonçait sans s'en douter la fin de la croisade et la sortie d'Houdini, à Frank Belknap Long :

« Je suis en train d'affronter la plus trépidante réincarnation de David V. Bush qu'on puisse imaginer. Mon néo-Bush est notre insaisissable ami Houdini qui était ici au début du mois et m'a mené un train d'enfer pour que je lui prépare un article contre l'astrologie à finir avant son départ – une affaire de cinq jours; pour lequel j'ai reçu la rémunération pas tellement méprisable de soixante-quinze vrais dollars. Il dit qu'il a encore un monceau de choses à me faire exécuter, et il a essayé d'obtenir que je le rencontre à Detroit, à ses frais, pour parler de choses et d'autres – mais je lui ai affirmé que je peux réaliser de meilleures affaires dans l'enceinte de ma ville natale. Je viens de voir dans le journal qu'Houdini a eu un accident de santé – qui a dû survenir juste après la dernière lettre qu'il m'a envoyée – aussi j'imagine qu'il y aura une accalmie dans les négociations. »

S'il manque toujours d'argent, l'année suivante, Lovecraft ne manque pourtant pas de travail alimentaire – c'est-à-dire de « révisions ». Mais il exécute ces corvées avec tant de conscience qu'il ne parvient pas à les bâcler, leur consacre trop de temps et doit renoncer à accroître cette source de profits. Comme il l'avoue en décembre 1927 à Frank Belknap Long :

« Quant aux révisions, je n'ai pas encore mis d'annonces bien que j'aie été plusieurs fois sur le point de le faire. Je suis si désespérément lent pour faire du bon travail que je suis incapable de tenir tête à tout ce que je souhaiterais faire – d'un point de vue financier – et le fait que quelques personnes me soumettent une production continue ne m'oblige plus à accroître ma clientèle. Si jamais je mets des annonces, je récolterai plus de clients que mon cerveau lent pourra en affronter, auquel cas je devrai vous appeler à l'aide.

« Et je viens précisément vous demander de l'aide au sujet du vieux Dolph! »

Celui que Lovecraft appelait « le vieux Dolph », dans ses moments de bonne humeur, et « le vieux Hun » dans le cas contraire, était le docteur Gustav Adolph Danziger, en littérature : Adolpho de Castro. Il avait appâté le réviseur en lui offrant une édition rare d'un ouvrage inclus par Ambrose Bierce, en 1906, dans ses œuvres complètes : l'adaptation d'un roman allemand de Richard Voss, *le Moine et la Fille du bourreau*. Cadeau accompagné de la précision que Bierce s'était approprié cette adaptation alors qu'il s'était borné à corriger le texte de De Castro!

Dolphie n'avait pas à craindre un tel détournement de la part de Lovecraft. Il lui avait donné à réviser ce que l'auteur de Cthulhu jugeait « un livre entier plein de nouvelles exécrables – publié et oublié il y a vingt-cinq ans – en vue d'une seconde édition qu'il désire mettre à flot à la faveur d'un tapage publicitaire en relation avec de nouvelles informations sur la mort de Bierce. Et si tout se passe bien, il est possible qu'il me demande de l'aide pour un livre de souvenirs sur Bierce. Pauvre vieil Ambrose – les déterreurs de cadavres s'en repaissent »! (Lettre du 22 décembre à Farnsworth Wright.)

Sans doute tout se passa bien, car, le 19 avril 1928, Clark Ashton Smith essuyait ses gémissements :

« J'ai entre les mains les vieux souvenirs de De Castro pour une possible révision. Ils regorgent d'anecdotes sur la faune littéraire de San Francisco; mais c'est radoteur et encombré d'une matière qui a de lointains rapports avec Bierce, si bien que ça suppose un énorme travail de refonte... Je n'accepterai pas le boulot à moins de pouvoir y apporter les aménagements conservables, car ça va être un casse-tête. »

August Derleth est trahi par sa mémoire lorsqu'il écrit, en préface au recueil des révisions de Lovecraft, que celui-ci, parfois lassé des corvées qu'il accomplissait dans le domaine de la littérature générale ou de la poésie, « ne s'est jamais plaint d'avoir à récrire une histoire appartenant au domaine du fantastique et du macabre. » C'est pourtant un texte de ce genre commis par Adolpho de Castro qui, pour la première fois, l'a fait sortir de son habituelle sérénité même nuancée d'ironie. D'où l'appel à l'aide de Frank Belknap Long qu'il lançait en décembre 1927. Il se plaignait ainsi du « vieux Hun » :

« Il est trop chichiteux pour faire que son travail soit payant pour moi – car sa production est *illisible,* sa capacité de payer maigre, et ses exigences de révision – après sa première version – illimitées. J'ai brisé la monotonie traînassante d'un machin que j'ai rebaptisé *le Dernier Examen de Clarendon* (9); et après que je lui ai envoyé d'un air las le résultat d'un mois entier d'anémie cérébrale, le vieux marcheur a renvoyé la balle en exigeant des changements importants (basés entièrement sur les nouvelles idées que j'avais injectées!) qui auraient entraîné à nouveau un gros travail et sans supplément de rémunération. C'en était trop. Je lui ai jeté à la figure tout son détestable machin, accompagné de son chèque minable et d'un dollar pour couvrir les frais d'envoi qu'il avait acquittés – mais il a pris tout ça du bon côté et m'a retourné chèque et dollar d'un geste noble et généreux! Maintenant – toute réflexion faite – il a décidé de conserver l'histoire telle que je l'avais arrangée. Vaya con Dios, Don Adolfo – voici un réviseur qui ne provo-

(9) Paru en novembre 1928 dans « Weird Tales » sous le titre *The Last Test.* Dans le présent recueil, *le Dernier Examen.*

quera aucune controverse pour réclamer la paternité de cette bouillie pour les chats! »

A lire aujourd'hui *le Dernier Examen*, on reconnaît l'intervention de Lovecraft à des mots de passe qu'il sema comme le Petit-Poucet (« Yog-Sothot », « Nyarlathotep », « Alhazred », « Shub-Niggurath »). Ils ne débouchent que sur l'ennui, le cœur n'y était pas.

Déplaisante exception : en général, il éprouvait beaucoup de plaisir et de zèle à jouer les « Docteur fantastique », dès qu'un texte de ce genre boitait quelque part. Et il ne répugnait pas au dialogue ni à la controverse quand il avait un interlocuteur digne de lui. Par exemple, Wilfrid Blanch Talman, l'auteur des *Deux bouteilles noires.* En avril 1926, après lecture d'une nouvelle intitulée *Chetwode Arms*, Lovecraft lui avait fait des suggestions exprimées de façon un peu tarabiscotées mais si judicieuses que Talman lui demanda ses services pour le récit suivant. Faute de pouvoir la citer en entier, voici seulement le début de la lettre par laquelle, le 21 juin, Lovecraft commentait sa collaboration :

« *Deux bouteilles noires*, commence de façon très prometteuse et je continue à penser qu'il vaut mieux laisser Hoffman raconter l'histoire. Les éléments qu'il a à transmettre plutôt qu'à raconter sont bien entendu considérables; mais pas plus, je pense, que dans beaucoup d'autres contes de genre similaire par les meilleurs auteurs. Cependant, à vous de juger et de choisir entre la première et la troisième personne. La partie vraiment importante de mes suggestions porte purement sur la scène centrale et le point culminant qu'il vaut mieux développer à travers Hoffman seul, plutôt qu'à travers les trois visiteurs suivants comme indiqué dans votre synopsis sommaire. Cette simplification et concentration des événements à partir d'un personnage central auquel s'identifie le lecteur me paraît l'étape la plus essentielle dans le renforcement de l'intrigue.

« Pour ce que j'ai fait au manuscrit – je suis sûr que vous ne trouverez rien qui porte atteinte à vos sentiments de créateur. Mes modifications sont chaque fois purement verbales et toutes dans le but de polir le style et de le rendre plus coulant. Je n'ai pas été prodigue de mots trop expressément sinistres, parce que mon expérience me dit que ces choses doivent être employées avec sobriété de façon à préserver leur pouvoir. Il n'y a que dans un essai de prose poétique qu'ils pourraient être parsemés librement – et votre style est avant tout celui d'une narration directe plutôt que d'une atmosphère impressionniste. Gardez vos mots intenses pour le point culminant – vous en aurez besoin – sans les déflorer par un emploi précédent. Commencez à poser la couleur quand Hoffman s'approche de l'église au crépuscule et voit les tombes de Slott et Vanderhoof; placez sur cette approche une menace contenue un peu comme le début de *la Maison Usher* de Poe. »

Sans doute Talman dut-il résister – l'amour-propre d'auteur aidant – avant d'admettre les conseils et changements du réviseur. Leur acceptation finale n'empêchait pas celui-ci de considérer son intervention utile avec la plus grande modestie (octobre 1926) :

« J'ai été heureux de voir *les Bouteilles noires* achevées [...]. Quant à votre hésitation à suivre mes révisions et suggestions – j'apprécie pleinement que vous ressentiez chacune d'elles comme un morceau d'expression artistique originale et non comme un moyen de produire des altérations déconcertantes dans votre manuscrit. De toute façon, ce conte, comme je vous l'ai dit à la première lecture du synopsis l'été dernier, peut aussi bien être pris comme un exemple entièrement académique – un exercice typique, un sujet de leçon illustrant certains principes de composition qui n'auraient pu être convenablement démontrés d'une autre façon que par cette effective, visible, concrète transformation du canevas et du texte tels qu'ils étaient rédigés. Mais même dans cet exemple, je ne juge pas ma participation suffisante pour mériter le titre de coauteur; d'où je vous incite à publier l'histoire sous votre seul nom. »

Lovecraft ne péchait pas par prétention ni même par goût de la notoriété, c'est manifeste. Sa seule récompense, outre le plaisir d'avoir donné force et vie à des œuvres balbutiantes, était de les signer à la manière des peintres anonymes du Moyen Age et de la Renaissance qui se représentaient à l'arrière-plan ou dans le coin de leur tableau. A partir du moment ou les mythes de Cthulhu ont levé dans son œuvre, il s'est amusé à en jeter les graines dans ses « révisions » sous forme d'incantations ou de mots de passe qui révélaient son intervention aux quelques amis et initiés.

Il s'en explique ainsi (14 août 1930) auprès de Robert Ervin Howard, le créateur de Conan le Cimmérien :

« ... Quant aux solennelles citations du cycle des mythes de Cthulhu, Yog-Sothot, R'lyeh, Nyarlathotep, Nug, Yep, Shub-Niggurath, etc. – laissez-moi vous avouer que tout cela est une concoction synthétique de mon cru, comme le panthéon populeux et varié créé par Lord Dunsany dans *The Gods of Pegana*. La raison de leur présence dans l'œuvre du Dr de Castro est que ce monsieur est un de mes clients en révision – dans les contes duquel j'ai fourré ces allusions par pure plaisanterie. Si quelques autres de mes clients parviennent à placer leurs œuvres à « Weird Tales », vous trouverez peut-être une expansion accrue du culte d'Azathoth, Cthulhu, et des Grands Anciens! »

Le Livre d'Eibon et Shub-Niggurath « le bouc aux mille jeûnes », cités dans *l'Homme de pierre,* s'accompagnant du *Necronomicon* dans *l'Horreur dans le musée, Surgi du fond des siècles, le Journal d'Alonzo Typer* – et se renforcent de Cthulhu dans *la*

Chevelure de Méduse et le *Tertre*. Mais ces signes de reconnaissance, par leur seule résonance poétique déclenchée aux points culminants, ont la vertu d'amplifier la dimension d'histoires – qui, sans eux, n'auraient pas décollé d'un macabre classique. Ces signes leur ouvrent l'espace cosmique hanté par les mythes de Cthulhu... Même résumée à quelques mots d'un charme incantatoire, l'intervention de Lovecraft ne serait donc pas négligeable.

On discernerait mal l'étendue et les mérites de sa collaboration si l'on prenait trop à la lettre la modestie de Lovecraft. Même lorsqu'il se borne à polir le style, nuancer l'atmosphère, remettre en ordre le récit et graduer le drame, fouetter ou concentrer l'intrigue – chez William Lumley, Clifford Eddy, Robert Barlow, Wilfrid B. Talman, Elizabeth Berkeley –, Lovecraft se conduit plus en co-auteur qu'en correcteur. Et que dire, alors, des histoires où il apporte ses trouvailles personnelles, où font irruption l'univers et les personnages des mythes de Cthulhu, jusqu'à l'image même du dieu à tête de pieuvre, par exemple dans *l'Horreur dans le musée*?

Il faut sans doute que la part de Lovecraft soit plus que déterminante, démesurée, pour que ce modeste, se départant de sa discrétion habituelle, écrive à Donald Wandrei (16 mars 1928) : « ... Si vous voyez dans « Weird Tales » une histoire intitulée *la Malédiction de Yig*, vous saurez que toute l'écriture et une partie de l'intrigue sont de moi. » A Clark Ashton Smith (début octobre 1929) : « ... Si vous désirez voir une nouvelle histoire qui est pratiquement de moi, lisez *la Malédiction de Yig* dans le nouveau « Weird Tales », à la suite de vos vers. » Il poursuit par ces précieuses indications :

« L'auteur », Mrs Reed [Zealia Bishop], est une cliente pour laquelle [Frank Belknap] Long et moi avons fait des tas de travail, et cet échantillon est presque un morceau de composition originale de ma part du fait que tout ce dont je disposais était un ensemble de notes décrivant un couple de pionniers, l'attaque du mari par les serpents, l'éclatement de son cadavre dans l'obscurité, et la folie subséquente de sa femme – Toute l'intrigue et les motivations du présent conte sont de moi – j'ai inventé le dieu-serpent, la malédiction, le prologue et l'épilogue, le détail sur l'identité du cadavre, et les séquelles monstrueuses. A toutes fins utiles, c'est une histoire à moi – mais non la toute dernière, car ensuite j'ai écrit *l'Horreur de Dunwich.* »

En dehors d'une légitime satisfaction d'auteur – même anonyme –, ce conte rapporta peu à Lovecraft. Par lettre du 9 mars 1928, il le facturait à sa cliente vingt dollars, mais comme il rendait le travail manuscrit – ayant horreur de taper à la machine – il réduisait la somme à 17 dollars 50. Maigre recette pour une œuvre aussi remarquable dans l'invention que dans l'expression. Dans la même lettre, il commentait ainsi sa participation :

« Ci-joint – comme vous pouvez le voir – l'histoire de serpents terminée, que j'ai décidé d'appeler *la Malédiction de Yig.* La divinité en question est entièrement issue de ma théogonie imaginaire – comme Dunsany, j'adore inventer des dieux, des démons et des choses merveilleuses apparentées. Toutefois les Indiens avaient certainement un dieu-serpent; comme chacun le sait, le fabuleux grand maître et civilisateur des cultures préhistoriques mexicaines (appelé Quetzalcoatl par les groupes Aztèques et Kukulcan par les Mayas) était un serpent à plumes [...].

« Quant à la couleur locale, je me suis rapporté entièrement à vos réponses à mon questionnaire ainsi qu'aux descriptions livresques de l'Oklahoma que j'ai pu trouver. J'espère fermement que j'ai évité de graves erreurs et que j'ai réussi à restituer un peu de l'aspect général de la région. En dactylographiant ce manuscrit prenez garde aux bévues d'ordre géographique (presque inévitables dans le cas d'un rédacteur ne résidant pas sur place) et faites-moi savoir quand vous en trouverez. Je corrigerai tout ce qui me sera signalé. Certains points étaient plutôt obscurs – comme la provenance du bois de charpente utilisé pour construire la cabane. Je pense avoir eu raison de déduire de diverses descriptions que l'Oklahoma est très montagneux dans l'est, et pas entièrement démuni de riches étendues boisées; les plaines vastes et poussiéreuses étant surtout caractéristiques de la moitié occidentale. »

On voit de quelle méticulosité Zealia Bishop a bénéficié pour la « révision » de son œuvre, accompagnée d'un efficace service après vente. La cliente avait tout lieu d'être satisfaite... et les lecteurs aussi! Et pourtant Lovecraft se surpassa avec sa commande suivante, *le Tertre* qu'il porta aux dimensions d'un roman, emporté par la dynamique d'un sujet qui ne devait pourtant plus grand-chose au synopsis fourni. Les étapes de cette création désintéressée sont retracées dans plusieurs lettres; dont deux à Clark Ashton Smith, mis dans la confidence car Lovecraft avait emprunté une de ses créatures, Tsathoggua, le dieu-crapaud à la sombre fourrure, pour l'ajouter au panthéon monstrueux du *Tertre.*

« Le boulot de « révision », que j'effectue actuellement est la composition d'une histoire originale à partir d'un simple photographe me commandant le sujet et le milieu, pas même le germe d'une intrigue [...]. Un canevas de Mme Reed devant s'intituler *le Tertre* – avec le cadre de l'Oklahoma de « Yig », mais avec des ramifications s'étendant à d'anciens mondes blasphématoires et une race d'êtres descendus des étoiles avec le Grand Cthulhu. » (Lettre à C.A. Smith, 3 décembre 1929.)

« Le prétendu auteur projetait de considérer l'histoire comme une simple histoire de tertre hanté, avec une paire d'Indiens fantômes par là-dessus; mais j'ai décidé immédiatement qu'une telle chose serait insupportablement fade et plate. En conséquence, je me suis mis à faire du tertre la porte d'entrée d'un monde souterrain oublié et primitif – le foyer d'une ancienne race déchue et timorée, coupée de la surface de la terre depuis l'engloutissement de la fabuleuse Atlantide et de la Lémurie. Au cours du récit, j'introduis un homme qui descend dans l'abîme – un Espagnol de l'expédition de Coronado en 1541 – et un autre, de l'époque actuelle, qui *commence* une descente mais remonte *très vite* à la surface après avoir *vu une certaine chose.* » (Lettre à Elizabeth Toldridge, 20 décembre 1929.)

« Tsathoggua a fait une telle impression sur mon imagination que je viens de l'utiliser dans la « révision » (c'est-à-dire le « travail de nègre ») que je suis en train d'effectuer – parlant de choses en relation avec son culte avant qu'il apparaisse à la *surface* de la terre. Comme vous le savez, mon récit concerne un monde inférieur d'une incroyable antiquité au-dessous de la région des tertres et pueblos du sud-ouest des Etats-Unis, et la visite faite là en 1541-1545 par un des hommes de Coronado – Panfilio de Zamacona y Nuñez. L'endroit est éclairé par une radiation bleue due à la force magnétique et à la radioactivité; il est peuplé par des protohumains primitifs apportés des étoiles par le Grand Cthulhu – une race oubliée et déchue qui s'est coupée elle-même du monde supérieur quand l'Atlantide et la Lemurie ont été englouties. *Mais il y avait une race d'êtres infiniment plus vieux qu'eux sur la terre* – les sauriens quadrupèdes des cavernes rouges de Yoth qui s'entrouvraient sous les cavernes bleues de K'n-yan. Quand les premiers hommes vinrent de K'n-yan, ils trouvèrent les restes archéologiques de Yoth et se livèrent avec curiosité à des conjectures sur eux. Au moment où j'introduis notre ami Tsathoggua, l'explorateur espagnol est entré dans K'n-yan et a rencontré un groupe d'indigènes pacifiques conduits par un certain Gee'-Hthaa-Ynn, et il est escorté jusqu'à la grande ville de Tsath monté sur un quadrupède cornu et à demi humain. » (Lettre à C.A. Smith, 19 décembre 1929.)

Le résultat final était loin, très loin du paragraphe initial proposé par Zealia Bishop. Parti d'une légende indienne de l'Oklahoma concernant un tertre hanté par deux fantômes familiers et presque vénérables, Lovecraft a propulsé l'intrigue au-delà de l'espace et du temps, dans une dimension de l'imaginaire où ni l'horreur ni l'étrange ne connaissaient de règles. Il pouvait, à bon droit, écrire à C. M. Eddy en lui envoyant le manuscrit du *Tertre* pour qu'il le dactylographie :

« C'est un roman court dont je suis en réalité l'auteur, mon boulot consistant à écrire quelque histoire à propos d'un tertre hanté par deux fantômes près de Binger, Oklahoma – une légende ayant cours là-bas.

« Si j'ai réussi ou non, à vous de juger. »

Les « révisions » ne constituent pas le seul prolongement de l'œuvre personnelle de Lovecraft. Celle-ci se poursuit jusque dans les écrits de ses amis. Et d'une manière plus directe que par ses conseils et critiques : par les cadeaux qu'il leur faisait. Sa correspondance avec de jeunes débutants est parsemée d'idées ou de canevas qu'il leur abandonnait avec la même générosité dont bénéficiaient les « révisés ».

Entre autres exemples, le rêve sur le monde de l'antiquité romaine dont le récit emplit deux longues lettres de novembre et décembre 1927. Il en fit cadeau, le 20 février 1929, à son jeune protégé new-yorkais, Frank Belknap Long.

« Une autre chose dont vous pouvez vous servir est ce rêve hispano-romain que je vous ai décrit il y a eu un an en octobre. Je ne me mettrai probablement jamais à l'écrire, aussi si vous pouvez retrouver la lettre qui le contient, la chose est à votre disposition. »

F. B. Long en a fait le centre de son roman *The Horror of the Hills*, paru dans « Weird Tales » en janvier-février-mars 1931.

*
**

On peut répartir les révisions de Lovecraft en trois groupes selon son degré d'intervention.

– Lorsqu'il se borne à amender et corriger le style et à remanier le récit sans bouleverser sa structure, et sans faire appel à sa propre imagination, si ce n'est en citant les noms relatifs aux mythes de Cthulhu. Entrent dans cette catégorie : les trois textes de C. M. Eddy (*le Nécrophile, le Mangeur de spectres, Sourd, muet et aveugle*); *Deux bouteilles noires*, de W. B. Talman; les deux textes de Sonia Greene (*le Monstre invisible, Quatre heures*); deux des cinq nouvelles de Hazel Heald, *l'Homme de pierre, l'Horreur dans le cimetière.*

– Lorsque son apport personnel, rhétorique et thématique, fait de lui un véritable coauteur. Les deux textes d'Elizabeth Berkeley (*En rampant dans le chaos, la Prairie verte*); *le Journal d'Alonzo Typer*, de William Lumley; trois des récits de Hazel Heald (*l'Horreur dans le musée, la Mort ailée, Surgi du fond des siècles*); *Dans les murs d'Eryx*, de Kenneth Sterling. Et – bien que le réviseur ait repoussé toute paternité – les deux textes d'Adolpho de Castro (*le Dernier Examen, l'Exécuteur des hautes œuvres*).

– Enfin, les cas où l'apport initial du client est si mince, tellement éloigné du résultat final, que Lovecraft peut être considéré comme le seul et véritable auteur. Ce qu'il affirme d'ailleurs, dans sa correspondance. Les trois textes signés par Zealia Bishop (*la Malédiction de Yig, le Tertre, la Chevelure de Méduse*); *Emprisonnée par les Pharaons*, écrit pour Harry Houdini.

Nègre littéraire ou accoucheur de talents? Le dilemme est dépassé, car les révisions de Lovecraft s'inscrivent dans une perspective qu'il était loin de pressentir. Par ses cadeaux aux clients et amis, par son influence sur d'autres, Lovecraft a élargi le cadre des mythes de Cthulhu confiné à la région d'Arkham, la seule porte terrestre alors utilisée par les êtres venus d'ailleurs. Ce faisant, l'apport originel de Lovecraft est devenu le noyau d'un cycle littéraire. Sur les douze ou quatorze histoires originales composées par Lovecraft, sont venues se greffer des créations dérivées qui portent l'ensemble à près de cent vingt contes ou nouvelles.

Une véritable épopée cosmique.

Depuis Homère, les chansons de geste et la Queste du Graal un tel phénomène n'avait pas été enregistré.

H.P. LOVECRAFT et Elizabeth BERKELEY

EN RAMPANT DANS LE CHAOS

On a beaucoup écrit sur les plaisirs et les souffrances procurés par l'opium. Les extases et les horreurs de De Quincey, les *Paradis artificiels* de Baudelaire ont été décrits et interprétés avec un art qui les a immortalisés et tout le monde connaît la beauté, l'aspect terrifiant et mystérieux de ces royaumes obscurs dans lesquels est transporté le rêveur inspiré. Mais malgré tout ce qu'on en a dit, personne n'a encore osé suggérer la *nature* des phantasmes qui se déroulent dans l'esprit, ou indiquer la *direction* des routes inouïes dont le participant est irrésistiblement entraîné à suivre le parcours flamboyant et dépaysant. De Quincey fut emporté en Asie, ce continent foisonnant d'ombres nébuleuses dont l'impressionnante antiquité est telle que « le grand âge de la race et du nom domine le sens de la jeunesse chez l'individu », mais il n'a pas osé aller plus loin. Ceux qui y *sont* vraiment allés sont rarement revenus; lorsqu'ils ont reparu, ils sont restés silencieux ou bien ils étaient complètement fous. Je n'ai pris de l'opium qu'une fois – l'année de la peste, lorsque les médecins cherchaient à atténuer les souffrances dont ils étaient impuissants à soigner la cause. Le mien, qui était épuisé d'horreur et de fatigue, avait forcé la dose, et j'ai voyagé vraiment très loin. J'ai fini par en revenir et par survivre, mais mes nuits sont peuplées d'étranges souvenirs et je n'ai plus jamais permis à un médecin de me prescrire à nouveau de l'opium.

Pendant le traitement, les douleurs et le martèlement que je ressentais dans la tête étaient tout à fait insupportables. Je ne me souciais absolument pas de l'avenir; m'échapper par la guérison, l'inconscience ou la mort était tout ce qui m'intéressait. J'étais en partie délirant, si bien qu'il est difficile de situer le moment de transition exact, mais je crois que l'effet a commencé à se manifester peu après que ce martèlement ait cessé d'être douloureux. Comme je l'ai dit, j'avais reçu une dose trop forte; les réactions étaient donc loin d'être normales. L'impression de tomber, curieusement dissociée de l'idée de pesanteur ou de direction, était dominante; il y avait cependant, subsidiairement, celle de foules invisibles d'une incalculable profusion, des foules de différentes natures, mais ayant toutes avec moi un rapport plus ou moins net. Parfois, je ne croyais plus tellement tomber moi-même, mais j'avais plutôt l'illusion de voir l'univers, ou les siècles, tomber devant moi. Soudain, ma douleur cessait, et je commençais à associer le martèlement à une force extérieure plutôt qu'intérieure. La sensation de chute avait également disparu pour céder la place à celle d'un repos inconfortable, temporaire. Et en prêtant l'oreille de plus près, le martèlement devenait celui de la vaste et insondable mer, dont les lames colossales et sinistres venaient bouleverser une plage désolée à la suite d'une tempête gigantesque. Alors, je rouvrais les yeux.

Pendant un instant, l'entourage me parut confus, comme une image qu'on ne peut arriver à mettre au point, mais, peu à peu, je me rendais compte que je me trouvais seul dans une belle et étrange chambre éclairée par de nombreuses fenêtres. Je ne pouvais me faire une idée de la nature exacte de cet appartement, car mes pensées étaient encore loin d'être en place mais je remarquais des tapis et des draperies de diverses couleurs, des tables aux formes compliquées, des fauteuils, des divans, des canapés, des vases raffinés et des ornements qui donnaient une impression d'exotisme sans être réellement d'un pays étranger. Je notai ces détails, bien qu'ils ne soient pas restés longtemps à la surface de mon esprit. Une crainte de l'inconnu, à donner le vertige, se répandait lentement mais inexorablement dans les couches supérieures de ma conscience et prenait le pas sur tout le reste; une crainte d'autant plus grande que j'étais incapable de l'analyser et semblant s'associer à une menace furtive; cela ne concernait pas la mort, mais une chose sans nom, dont on n'avait jamais entendu parler et indiciblement plus horrible et répugnante.

Ensuite je compris que le symbole qui excitait ma terreur était l'affreux martèlement qui se répercutait sans répit, en battements affolants, sur mon cerveau épuisé. Cela semblait provenir d'un point situé en dehors et au-dessous de l'édifice dans lequel je me trouvais, et s'associer aux images mentales les plus terrifiantes. Il me semblait que quelque scène ou quelque objet horrible se dissimulait derrière les murs tendus de soie et j'hésitais à regarder à travers les fenêtres en plein cintre et grillagées qui s'ouvraient d'une manière si déconcertante dans les deux sens.

En voyant que ces fenêtres comportaient des volets, je les fermai tous, mais, ce faisant, je détournai les yeux pour ne pas voir ce qu'il y avait à l'extérieur. Ensuite, grâce à un briquet à pierre que je trouvai sur l'une des petites tables, j'allumai les nombreuses bougies plantées dans des appliques de style arabe accrochées aux murs. Les volets clos et la lumière artificielle donnaient une impression de sécurité qui, jusqu'à un certain point, me calma les nerfs. Cependant je ne parvenais pas à faire taire ce martèlement monotone. A présent que j'étais plus calme, ce bruit devenait aussi fascinant qu'effrayant et j'éprouvais le désir d'en trouver l'origine, en dépit de mes réticences encore puissantes. J'ouvris une portière sur le côté de la pièce le plus proche du martèlement, je découvris un petit couloir tendu de tissus somptueux aboutissant à une porte sculptée et à une fenêtre en encorbellement. J'étais irrésistiblement attiré vers cette fenêtre, mais je me sentais en même temps retenu avec autant de force par des appréhensions mal définies. En approchant, je vis dans le lointain un tourbillon d'eau chaotique. Une fois que j'y fus parvenu et que j'eus regardé des deux côtés, le tableau prodigieux de ce qui m'entourait me sauta aux yeux avec une force entière et dévastatrice.

C'était un spectacle comme je n'en avais jamais vu et que personne de vivant ne peut avoir vu, sauf dans le délire de la fièvre ou l'enfer de l'opium. Le bâtiment s'élevait sur une pointe très étroite – ou sur ce qui était *à présent* une pointe – quatre-vingt-dix bons mètres au-dessus de ce qui avait dû être peu de temps auparavant un tourbillon bouillonnant d'eaux déchaînées. De chaque côté de la maison s'ouvrait un précipice de terre rouge que ces eaux venaient récemment de creuser tandis que devant moi les vagues terrifiantes continuaient à rouler effroyablement, en mordant sur la terre avec une affreuse monotonie et sans se hâter. A un mile ou davantage se soulevaient et retombaient des lames menaçantes d'au moins quatre mètres cinquante de hauteur et à l'horizon lointain des nuages noirs fantomatiques au contour grotesque planaient comme des vautours de mauvais augure. Les vagues étaient sombres, pourpres, presque noires, et s'attaquaient à la boue rouge friable du rivage comme des mains avides et rudes. Je ne pouvais me défendre d'avoir l'impression que quelque esprit maritime malfaisant avait déclenché une guerre d'extermination contre la terre ferme, poussé peut-être par le ciel furieux.

Revenant à la longue de la stupeur dans laquelle ce spectacle anormal m'avait plongé, je me rendis compte que le danger physique que je courais était sérieux. Sous mes yeux, le rivage avait reculé de plusieurs pieds et il ne s'écoulerait peut-être pas longtemps avant que la maison ne s'effondre, entraînée par le terrain miné, dans le gouffre terrible que battaient les vagues. En conséquence, je me hâtai de gagner l'autre côté de l'édifice; je découvris une porte, sortis immédiatement, et refermai grâce à une clef de forme bizarre que j'avais trouvée à l'intérieur. Je voyais à présent une plus grande étendue de l'étrange région qui m'entourait et remarquai une curieuse division qui semblait exister dans l'océan hostile et le firmament. De chaque côté du promontoire régnaient des conditions différentes. A ma gauche quand j'étais tourné vers l'intérieur des terres, il y avait une mer qui se soulevait légèrement, avec de grandes vagues vertes qui roulaient paisiblement sous un soleil éclatant. Il y avait dans la nature et la position du soleil quelque chose qui me fit frissonner, mais je ne pus sur le moment, et je ne peux toujours pas dire ce que c'était. A ma droite il y avait également la mer, mais elle était bleue, calme, avec seulement de petites ondulations, tandis que le ciel au-dessus était sombre et le rivage, battu par les vagues, blanc plutôt que rouge.

Je reportai alors mon attention sur la terre ferme, et découvris une chose qui me causa une nouvelle surprise; car la végétation ne ressemblait à rien que j'aie vu et dont j'aie jamais lu la description. Elle était apparemment tropicale ou au moins subtropicale – conséquence de l'intense chaleur de l'atmosphère. Je croyais parfois établir d'étranges analogies avec la flore de mon pays natal, en m'imaginant que des plantes et des arbustes bien connus pouvaient prendre de telles formes sous l'influence d'un changement radical de climat; mais les palmiers géants et omniprésents étaient nettement d'un autre pays. La maison que je venais de quitter était très petite – à peine plus grande qu'un cottage – mais le matériau utilisé était évidemment du marbre, son architecture était bizarre et composite, supposant une curieuse fusion des formes occidentales et orientales.

Il y avait aux angles des colonnes corinthiennes, mais le toit de tuiles rouges ressemblait à celui d'une pagode chinoise. Depuis la porte s'étendait vers l'intérieur des terres un sentier d'un sable singulièrement blanc, d'environ un mètre vingt de largeur et bordé de chaque côté par des palmiers majestueux et par des arbustes et plantes à fleurs impossibles à identifier. Il allait vers le côté du promontoire où la mer était bleue et la rive plutôt blanche. En bas de ce sentier je ressentis une impulsion m'engageant à fuir, comme si j'avais été poursuivi par quelque esprit malfaisant sorti de l'océan dont les vagues se brisaient plus bas. Au début, il montait légèrement, et je parvins à une crête peu élevée. Je regardai le paysage que je venais de laisser derrière moi; le cottage, les eaux sombres, la mer verte d'un côté, bleue de l'autre, et une malédiction innommée et innommable s'étendant sur le tout. Je ne l'ai jamais revu et je me demande souvent... Après ce dernier coup d'œil je partis à grands pas et je passai en revue le panorama qui s'étendait devant moi vers l'intérieur des terres.

Le sentier, comme je l'ai indiqué, suivait le rivage qui se trouvait à droite quand on s'enfonçait à l'intérieur. Devant et sur la gauche j'apercevais à présent une resplendissante vallée sur des centaines et des centaines d'hectares recouverte d'herbes tropicales qui se balançaient plus haut que ma tête. Presque à la limite de ma vision se trouvait un palmier colossal qui m'attirait et me fascinait. Dès ce moment l'émerveillement et le fait d'être sorti de cette péninsule riche en périls avaient largement dissipé ma peur, mais, tandis que je faisais une pause et me laissait tomber de fatigue sur le bord du sentier, que j'enfonçais distraitement les mains dans le sable chaud d'un blanc doré, je fus saisi par une impression de danger nouvelle et intense. Une certaine terreur dont l'origine paraissait se dissimuler dans les grandes herbes bruissantes s'ajoutait à celle de la mer au martèlement diabolique; je me mis à crier à haute voix et sans suite : « Tigre Tigre? Est-ce un Tigre? Bête? Bête? Est-ce une Bête dont j'ai peur? » Mon esprit revenait, en vagabondant, à une très ancienne histoire classique de tigres que j'avais lue; je m'efforçai de retrouver le nom de l'auteur, mais j'éprouvai des difficultés. Et puis, en pleine terreur, la mémoire me revint : l'histoire était de Rudyard Kipling; et ce qu'il y avait de grotesque à le traiter d'auteur très ancien ne me vint pas à l'esprit. J'aurais voulu avoir le volume contenant cette histoire et j'étais presque reparti en direction du cottage pour le chercher lorsque mon bon sens revenu et l'attrait du palmier me retinrent.

Aurais-je pu ou non résister à cette attirance me faisant m'en retourner s'il n'y avait pas eu la fascination qu'exerçait le grand palmier en sens inverse, je ne sais. Cette dernière attraction était maintenant la plus forte, si bien que je quittai le sentier et descendis à quatre pattes le versant de la vallée malgré ma terreur de l'herbe et des serpents qu'elle pouvait receler. Je décidai de me battre pour conserver la vie et ma raison aussi longtemps que possible, contre les menaces de la mer ou de la terre, bien que j'aie eu quelquefois peur d'être vaincu, lorsque l'affolant bruissement de cette herbe étrange venait s'ajouter à l'irritant et persistant martèlement des lames lointaines. Je m'arrêtais fréquemment, me bouchais les oreilles pour m'accorder une trêve, mais sans pouvoir jamais barrer complètement le chemin à ce bruit détestable. Il fallut des siècles, m'a-t-il semblé, pour parvenir à me hisser jusqu'à ce palmier attirant et à m'étendre, bien tranquille, dans son ombre protectrice.

Survint ensuite une série d'incidents qui me transportèrent aux deux extrêmes de l'extase et de l'horreur. Incidents que je ne peux me remémorer sans trembler et que je n'ose pas essayer d'interpréter. Dès que j'eus rampé sous le feuillage en surplomb du palmier, un jeune enfant, d'une beauté telle que je n'en avais jamais vu de semblable, se laissa tomber des branches. Bien que vêtu de haillons et couvert de poussière, cet être avait toutes les apparences d'un faune ou d'un demi-dieu et, dans l'ombre épaisse de l'arbre, il semblait émettre une luminosité. Il tendait la main en souriant, mais avant que j'aie pu me lever, et lui parler, j'entendis chanter au-dessus de ma tête la plus exquise des mélodies; une harmonie sublime éthérée, de notes aiguës et graves. Pendant ce temps le soleil avait plongé à l'horizon et dans la demi-obscurité je vis qu'une auréole irisée entourait la tête de l'enfant. Alors, d'une voix argentine, il s'adressa à moi : « C'est la fin. Ils sont descendus des étoiles à travers le crépuscule. A présent tout est accompli et au-delà des ruissellements d'étoiles d'Arinurie nous trouverons la béatitude à Téloé. » Tandis que l'enfant parlait, j'apercevais une douce luminescence à travers les feuilles du palmier et, en me levant, je saluai deux êtres que je savais être les chefs du chœur que j'avais entendu. Ce devaient être un dieu et une déesse, car aucun mortel ne peut être aussi beau. Ils me prirent les mains, et me dirent :

– Viens, mon enfant, tu as entendu ces voix, tout va bien. A Téloé, au-delà de la Voie Lactée et des constellations d'Arinurie, se trouvent des villes d'ambre et de chalcédoine. Et sur leurs dômes aux multiples facettes brillent les images d'étoiles étranges et magnifiques. Sous les ponts d'ivoire de Téloé coulent des fleuves d'or liquide sur lesquels naviguent des embarcations du plaisir cinglant vers Cytharion la fleurie, dans les Sept Soleils. Et à Téloé ainsi que sur Cytharion c'est le domaine de la jeunesse, de la beauté, du plaisir; on n'y entend que les rires, les chants et le son du luth. Seuls les dieux habitent Téloé aux rivières d'or, mais tu vivras parmi eux.

J'écoutai, transporté, et soudain je constatai un changement dans ce qui m'entourait. Le palmier qui, si peu de temps auparavant, donnait de l'ombre à mon corps exténué, était à présent à une certaine distance sur ma gauche et notablement au-dessous de moi. Je flottais incontestablement dans l'atmosphère, accompagné non seulement par l'étrange enfant et le couple rayonnant, mais par une foule sans cesse croissante de jeunes garçons et de vierges à moitié luminescents, couronnés de feuillages, dont les cheveux s'agitaient au vent et dont le visage exprimait la joie. Nous montâmes lentement de conserve, comme portés par une brise parfumée venant, non de la terre, mais de la nébuleuse dorée, et l'enfant murmurait à mon oreille qu'il me fallait toujours regarder vers le haut, vers les sentiers de lumière, et jamais en arrière dans la direction de la sphère que je venais de quitter. Les jeunes garçons et les vierges chantaient à présent, en s'accompagnant au luth, de suaves strophes de vers choriambiques. Je me sentais environné d'une paix et d'un bonheur plus profonds que je n'en avais imaginé de ma vie, lorsque l'intervention brutale d'un son unique vint modifier mon destin et ébranler mon âme. À travers les accents transportants des chanteurs et des joueurs de luth, comme pour se moquer, avec un ensemble démoniaque, le détestable martèlement de cet affreux océan se mit à monter des golfes qui se trouvaient en contrebas. Tandis que ces lames noires battaient leur message dans mes oreilles j'oubliai les paroles de l'enfant et je regardai vers le bas jusqu'à ce décor funeste dont je croyais m'être échappé.

En bas, à travers l'éther, je voyais la terre maudite tourner, tourner toujours; des mers furieuses et agitées par les tempêtes rongeaient les rivages sauvages et désolés et lançaient de l'écume jusqu'au sommet des tours des cités désertées. Et sous une lune effrayante apparaissaient des spectacles que je ne pourrai jamais décrire, que je ne pourrai jamais oublier; désert d'argiles cadavériques, jungles de ruines et de décadence, là où s'étendaient jadis les plaines peuplées et les villages de mon pays natal, maelströms écumants là où s'élevèrent jadis les temples imposants bâtis par mes ancêtres. Autour du pôle nord montait la vapeur de marécages où poussait une végétation infecte et d'où s'échappaient des vapeurs méphitiques, sifflant devant l'attaque des vagues montant sans cesse des profondeurs frémissantes en roulant et en bouillonnant. Alors une grande explosion retentit dans la nuit et en travers du désert des déserts apparut une déchirure fumante. L'océan noir continuait d'écumer et de ronger, de dévorer le désert de chaque côté, et la cassure centrale ne cessait de s'élargir.

A présent il ne restait plus de terre à part le désert, et l'océan fumant continuait à ronger, à ronger sans cesse. Immédiatement je crus que la mer paraissait avoir peur de quelque chose, des dieux sombres de l'intérieur des terres, par exemple, qui sont plus puissants que le malfaisant dieu des eaux, mais, même dans ce cas, il ne pouvait plus reculer; et le désert avait trop souffert pour que ces vagues de cauchemar puissent les aider à présent. L'océan rongea donc ce qu'il restait de la terre et se déversa dans le gouffre fumant, abandonnant ainsi tout ce qu'il avait jamais conquis. Il se retira de nouveau des terres nouvellement inondées, découvrant la mort et la pourriture; et de son lit antique et immémorial il s'écoula d'une manière répugnante, découvrant des secrets enfouis dans la nuit des temps nocturnes, des années où le Temps était jeune et où les dieux n'étaient pas encore nés. Au-dessus des vagues s'élevaient des clochers, des flèches élancées dont on se souvient. La lune déposait des lis pâles de lumière sur Londres morte, et Paris surgissait de sa tombe humide pour être sanctifié par de la poussière d'étoiles. Alors s'élevèrent des flèches et des monolithes qui étaient élancés mais dont on ne se souvenait pas; de terribles flèches et monolithes de terres dont les hommes n'ont jamais su que c'étaient des terres.

Il n'y avait plus aucun martèlement à présent, mais seulement le grondement surnaturel et le sifflement d'eaux s'engouffrant dans la brèche. La fumée sortant de cette cassure s'était changée en vapeur, et en s'épaississant, arrivait presque à cacher le monde. Elle me desséchait la figure et les mains et quand je regardai l'effet produit sur mes compagnons, je m'aperçus qu'ils avaient tous disparu. Alors ce fut très soudainement la fin et je ne sus plus rien jusqu'au moment où je m'éveillai sur un lit de convalescent. Le nuage de vapeur s'élevant du golfe de Pluton finit par me cacher toute la surface, tout le firmament se déchira alors dans une subite agonie de folles réverbérations qui secoua l'éther. Cela se produisit dans un holocauste aveuglant, assourdissant, de feu, de fumée, et de tonnerre qui pulvérisa la pâle lune au moment où elle se précipitait dans le vide.

Quand la fumée se fut dissipée, et quand j'essayai de tourner les yeux vers la terre, je ne vis sur le fond d'étoiles froides et capricieuses que le soleil à son déclin et les pâles planètes en deuil à la recherche de leur sœur.

H.P. LOVECRAFT et Elizabeth BERKELEY

LA VERTE PRAIRIE

Introduction

Le très singulier récit ou compte rendu d'impressions, qu'on va lire, fut découvert dans des conditions si extraordinaires qu'elles méritent d'être consignées en détail. Le mercredi 27 août 1913, à huit heures et demie du soir, la population du petit village côtier de Potowonket, Maine, U.S.A., fut réveillée par un coup de tonnerre accompagné d'un éclair aveuglant; et les gens qui se trouvaient près du rivage virent une énorme boule de feu surgir des cieux pour tomber dans la mer, à une faible distance, en faisant jaillir une prodigieuse colonne d'eau. Le dimanche suivant, un groupe de pêcheurs composé de John Richmond, Peter B. Carr et Simon Canfield prirent dans leur chalut et halèrent jusque sur la plage une masse métallique pesant cent quatre-vingts kilos et ressemblant (selon les dires de M. Canfield) à un morceau de mâchefer. La plupart des habitants s'accordèrent à dire que cette masse pesante n'était autre que la boule de feu tombée du ciel quatre jours auparavant; et le Dr Richard Jones, l'autorité scientifique locale, admit que ce devait être un aérolithe ou météorite. En détachant des fragments pour les envoyer à un spécialiste de Boston aux fins d'analyse, le Dr Jones découvrit, pris dans cette masse semi-métallique, l'étrange livre contenant l'histoire qu'on va lire et qui est toujours en sa possession.

Comme aspect extérieur, sa découverte ressemble à un carnet ordinaire, d'environ 12 cm sur 7,5 cm, et comportant trente feuilles. Au point de vue matière, cependant, il présente de nettes particularités. La couverture est apparemment faite d'une substance pierreuse de couleur foncée, inconnue des géologues et incassable, quel que soit le moyen mécanique employé. Aucun réactif chimique ne semble avoir d'action sur cette substance. Les feuilles sont très semblables, sauf qu'elles sont d'une couleur plus claire, et si minces qu'elles en deviennent flexibles. L'ensemble est relié par un procédé que ne comprennent pas très bien ceux qui l'ont étudié : il permet en tout cas à la substance des feuilles d'adhérer à celle de la couverture. Ces substances ne peuvent actuellement être séparées, et les feuilles ne peuvent se plier, quelle que soit la force qu'on déploie. Le texte est en *grec de la plus pure qualité classique* et plusieurs savants spécialistes de la paléographie déclarent que les caractères sont tracés dans une écriture manuscrite utilisée vers le second siècle avant J.-C. Il y a peu de choses dans ce texte qui permette d'en déterminer la date. Pour ce qui est du moyen mécanique utilisé, on peut seulement dire, sans aller plus loin, qu'il devait ressembler beaucoup à celui qui consiste à écrire sur une ardoise à l'aide d'un crayon spécial. Au cours des tentatives d'analyse effectuées par feu le professeur Chambers, de Harvard, plusieurs pages, principalement vers la conclusion du récit, ont subi, avant d'avoir pu être déchiffrées, des frottements qui les ont complètement effacées. Il en est résulté une perte pour ainsi dire irréparable. Ce qui subsiste du contenu de ce carnet a été transcrit en caractères grecs modernes par le paléographe Rutherford, et soumis sous cette forme aux traducteurs.

Le professeur Mayfield, de l'Institut de Technologie du Massachusetts, qui a examiné des échantillons de cette pierre étrange, déclare qu'il s'agit d'un véritable météorite; cette opinion n'est pas confirmé par le Dr von Winterfeld d'Heidelberg (interné en 1918 comme dangereux ressortissant ennemi). Le professeur Bradley de l'Université Columbia se tient sur un terrain moins dogmatique; il souligne la présence, en grandes quantités, dans ces échantillons, de certaines substances complètement inconnues et met en garde contre des conclusions hâtives, du fait qu'aucune classification n'est encore possible.

L'endroit où ce livre étrange a été trouvé, sa nature, le message qu'il contient, constituent dans l'ensemble un problème si considérable qu'aucune explication n'a pu seulement être proposée. Le texte, dans la mesure où il a été conservé, est traduit ici aussi littéralement que notre langue le permet, dans l'espoir qu'un lecteur pourra mettre le doigt sur une interprétation et apporter ainsi une solution à l'un des plus grands mystères scientifiques de ces dernières années.

C'était un endroit exigu, et je m'y trouvais seul. D'un côté, au-delà d'une bande de gazon ondulant d'un vert vif, il y avait la mer : bleue, étincelante, houleuse; elle dégageait des vapeurs grisantes. Si abondante était cette exhalaison qu'elle me donnait, à dire vrai, l'impression d'une fusion entre la mer et le ciel, car le ciel était du même bleu étincelant. De l'autre côté , il y avait la forêt, presque aussi antique que la mer, et s'étendant à l'infini vers l'intérieur des terres. Elle était très sombre, car les arbres étaient d'une taille monstrueuse, luxuriants, et incroyablement nombreux. Leurs troncs géants étaient d'un vert affreux qui se mêlait étrangement à l'étroite bande de gazon sur laquelle je me tenais. Plus loin, à une certaine distance de chaque côté de l'endroit où je me trouvais, l'étrange forêt s'étendait jusqu'au bord de l'eau, en cachant le rivage et bordant complètement l'étroite bande de gazon. Quelques arbres, remarquai-je, plongeaient même leurs racines dans l'eau; comme s'ils s'étaient insurgés contre toute barrière opposée à leur progression.

Je n'apercevais aucun être humain, aucun signe indiquant qu'il n'y en ait jamais eu avant moi. J'étais cerné par la mer, le ciel, les bois, qui s'étendaient jusqu'à des régions sortant des limites de mon imagination. Il n'y avait pas non plus le moindre bruit, à part celui du vent dans les branches, et de la mer.

Seul dans cet endroit silencieux, je me mis à trembler; bien que je ne sache point comment j'étais arrivé là, que je puisse à peine me rappeler mon nom et mon rang, j'avais l'impression que je deviendrais fou si je ne pouvais comprendre ce qui me guettait. Je me rappelais des choses que j'avais apprises, que j'avais rêvées, imaginées, auxquelles j'avais aspiré dans je ne sais quelle autre existence lointaine. Je pensais aux longues nuits pendant lesquelles j'avais contemplé les étoiles de ce ciel et invoqué les dieux en les conjurant de ne pas permettre à mon âme libérée de traverser les gouffres immenses qui étaient inaccessibles à mon corps. J'évoquais les blasphèmes antiques et de terribles plongeons dans l'univers des atomes de Démocrite. Mais, à la remontée de ces souvenirs, je frissonnais de plus belle, en proie à une profonde terreur, car je me savais seul – horriblement seul. Seul, mais cependant proche d'impulsions des sens d'une nature vague et vaste; et je priais pourtant de ne jamais comprendre ni rencontrer pareilles sollicitations. Dans le bruit que faisaient en se balançant les branches verdoyantes, je croyais pouvoir déceler une sorte de haine malfaisante et de triomphe démoniaque. Cela me frappait parfois comme un affreux colloque entre des choses terrifiantes, inconcevables, dissimulées à moitié derrière les troncs verts, couverts d'écailles, des arbres; cachées à ma vue, mais non à ma conscience. La plus oppressante des sensations était celle d'une sinistre aliénation. Je voyais bien autour de moi des objets dont je pouvais dire le nom : arbres, herbe, mer et ciel, mais j'avais l'impression que leurs rapports avec moi n'étaient pas les mêmes que ceux que j'avais connus dans une autre vie, dont je ne me souvenais que confusément, avec les arbres, l'herbe, la mer et le ciel. Je ne pouvais dire en quoi consistait cette différence, cependant je frémissais de terreur lorsqu'elle m'apparaissait.

Et alors, en un point où je n'avais tout d'abord discerné rien d'autre que la mer recouverte de brume, je vis la Verte Prairie. Bien que séparée de moi par une vaste étendue d'eau bleue agitée de vaguelettes ourlées de soleil, elle me paraissait étrangement proche. Je jetais souvent vers les arbres un coup d'œil furtif par-dessus mon épaule droite, mais je préférais regarder la Verte Prairie, qui me faisait un effet étrange.

C'était au moment où mes yeux étaient fixés sur cette singulière bande de terrain que j'ai senti pour la première fois le sol bouger sous mes pieds. Cela commença par une sorte de palpitation qui faisait penser à une action consciente et diabolique. Puis le fragment de berge sur lequel je me trouvais se détacha du rivage gazonné et se mit à s'éloigner, entraîné lentement par quelque courant d'une force irrésistible. Je ne bougeai pas, étonné et frappé que j'étais par un phénomène sans précédent. Mais je restai figé jusqu'au moment où un large chenal se fût ouvert entre moi et la terre boisée. Alors je m'assis, plongé dans une sorte d'hébétude, et je regardai à nouveau les rayons frisants du soleil dans l'eau et la Verte Prairie.

Derrière moi, les arbres et les choses qu'ils avaient peut-être cachées semblaient dégager une menace sans limites. Cela, je le savais sans avoir besoin de me retourner, car plus je m'habituais au décor, moins j'en arrivais à dépendre des cinq sens auxquels je devais jusque-là me fier exclusivement. Je savais que la forêt verte aux écailles me haïssait, et cependant, à présent, je n'étais plus sous sa menace, puisque mon fragment de rivage m'entraînait au loin.

Mais, un péril dissipé, un autre se dressait devant moi. Des morceaux de terrain se détachaient constamment de l'île flottante qui me supportait, si bien que la mort ne pouvait plus, en tout cas, être très éloignée. Même à cet instant je croyais avoir l'impression que la mort ne serait plus la mort pour moi, car je me retournai de nouveau pour surveiller la Verte Prairie, envahi par un curieux sentiment de sécurité qui contrastait étrangement avec l'horreur que j'éprouvais en général.

C'est alors que j'entendis, à une énorme distance, le bruit d'une chute d'eau. Il ne s'agissait pas d'une cascade banale comme j'en avais connu. C'était un peu de ce qu'on aurait pu entendre dans le lointain pays des Scythes si toute la Méditerranée s'était déversée dans un gouffre insondable. C'était dans la direction de ce bruit que mon île, qui rétrécissait, se dirigeait et j'en étais satisfait, cependant.

Loin en arrière se produisaient des choses étranges et terribles; des choses que je me retournai pour voir, mais qui me firent frissonner ensuite. Dans le ciel, des formes sombres et vaporeuses planaient d'une manière fantastique, s'attardant au-dessus des arbres et ayant l'air de relever le défi des branches ondulantes et vertes. Alors une brume épaisse s'éleva de la mer pour aller rejoindre les formes qui peuplaient le ciel, et le rivage devint invisible pour moi. Bien que le soleil – quel soleil? je l'ignorais – ait illuminé brillamment l'eau autour de moi, la terre que j'avais quittée semblait être devenue le théâtre d'une tempête démoniaque où s'affrontaient la volonté des arbres infernaux et de ce qu'ils dissimulaient et celle du ciel bleu et de la mer. Quand la brume se dissipa, je ne vis plus que le ciel bleu et la mer bleue, car il n'y avait plus ni terre ni arbres.

C'est en cet instant que mon attention fut attirée par un *chant* sur la Verte Prairie. Jusque-là, comme je l'ai dit, je n'avais rencontré aucun signe de vie humaine; mais à présent parvenait à mes oreilles un chant mélancolique sur l'origine et la nature duquel on ne pouvait apparemment pas se tromper. Les paroles étaient complètement impossibles à distinguer, mais ce chant éveilla en moi une suite particulière d'associations; me revinrent en mémoire des vers vaguements inquiétants que j'avais jadis traduits d'un livre égyptien, et qui, pour leur part, avaient été transcrits d'un papyrus de l'antique Meroé. Des vers, que j'aurais peur de répéter, traversaient mon cerveau; des vers parlant de choses de la plus haute antiquité et de formes de vie datant d'une époque où notre terre était excessivement jeune. De choses qui pensaient, se déplaçaient, étaient vivantes, et que pourtant ni les dieux ni les hommes ne considéraient comme vivantes. C'était un livre étrange.

En écoutant, je devenais progressivement conscient d'une circonstance qui ne m'avait jusque-là intrigué que dans mon subconscient. A aucun moment ma vue n'avait distingué d'objets précis dans la Verte Prairie, une impression de verdure fraîche et homogène représentait la totalité de ma perception. A présent, cependant, je vis que le courant allait faire passer mon île à une faible distance du rivage; si bien que je pourrais en apprendre davantage sur cette terre et sur le chant qui s'y faisait entendre. La curiosité que j'éprouvais à l'idée d'apercevoir les chanteurs avait atteint un niveau élevé, mais il s'y mêlait quelque appréhension.

Des débris de gazon continuaient à se détacher de la minuscule bande de terrain qui me transportait, mais je ne regrettais pas leur disparition; car je sentais que je ne devais pas mourir avec le corps (ou l'apparence de corps) que j'avais l'air de posséder. Que tout ce qui me concernait, même la vie et la mort, était pure illusion; que j'étais libéré des liens de la mortalité et de l'entité corporelle, pour devenir une chose libre, sans lien avec quoi que ce fût. J'avais de tout cela une quasi-certitude. De l'endroit où je me trouvais, je ne savais rien, sauf l'impression que ce ne pouvait être la planète terre qui m'avait jadis été si familière. Mes sensations, à part une sorte de terreur hallucinante, étaient celles d'un voyageur embarqué dans un voyage d'exploration sans fin. Pendant un moment je pensai aux pays et aux êtres que j'avais laissés derrière moi, et aux voies étranges par lesquelles je pourrais un jour leur conter mes aventures, même si je ne revenais jamais.

J'avais à présent flotté très près de la Verte Prairie, si bien que les voix étaient claires et distinctes, mais malgré mes connaissances en langues je n'étais pas en mesure d'interpréter parfaitement les paroles de ces chants. Elles m'étaient à dire vrai familières, comme je l'avais vaguement senti quand je me trouvais plus loin, mais en dehors d'une sensation vague et effrayante de déjà entendu, je ne pouvais rien saisir. Une très extraordinaire *qualité* des voix – que je suis incapable de décrire – m'effraya et me fascina sur-le-champ. Mes yeux pouvaient à présent discerner diverses choses au milieu de la verdure envahissante – des rochers couverts d'une mousse d'un vert vif, des arbustes d'une hauteur considérable et des formes de grande taille, moins faciles à définir, qui semblaient se déplacer ou vibrer d'une façon particulière au milieu des bosquets. Le chant, dont j'étais si anxieux d'apercevoir les exécutants, paraissait plus intense aux endroits où ces formes étaient plus nombreuses et plus nettement en mouvement.

Et alors, tandis que mon île glissait plus près et que le bruit de la lointaine chute d'eau s'amplifiait, je vis clairement *l'origine* du chant et, l'espace d'un instant horrible, je me rappelai tout. De ces choses je ne peux, je n'ose pas parler car par elles se trouvait révélée l'abominable solution de tout ce qui m'avait intrigué; et cette solution vous rendrait fous, comme elle m'a presque rendu fou moi-même... Je sais maintenant quelle transformation j'avais subie, comme l'avaient subie certains autres êtres qui avaient été des hommes, il fut un temps! et j'ai connu le cycle sans fin du futur auquel aucun être comme moi ne peut échapper... Je vivrai à jamais, je serai conscient à jamais, bien que mon âme implore les dieux de lui accorder la mort et l'oubli... Tout est devant moi : au-delà du torrent assourdissant s'étend la terre de Stethelos, où les jeunes hommes sont infiniment vieux... La Verte Prairie... J'enverrai un message à travers l'abîme horrible et incommensurable...

(*A partir d'ici le texte devient illisible.*)

Sonia GREENE

LE MONSTRE INVISIBLE

Je n'ai jamais entendu une explication satisfaisante, même approximativement, de l'horreur de Martin Beach. Malgré le grand nombre de témoins, il n'y pas deux récits qui concordent. Et les témoignages recueillis par les autorités locales contiennent les contradictions les plus stupéfiantes.

Cette imprécision nébuleuse est peut-être naturelle si l'on tient compte du caractère sans précédent de l'horreur elle-même, de la terreur presque paralysante qui s'est emparée de tous ceux qui l'ont vue, des efforts déployés par l'élégante auberge Wavecrest Inn pour faire taire la publicité résultant de l'article du professeur Alton : « Les pouvoirs hypnotiques sont-ils limités à ce qui est reconnu comme humain? »

Malgré tous ces obstacles je m'efforce de présenter ici une version cohérente; car j'ai assisté à cet événement affreux et je crois qu'il faut le connaître en raison des possibilités inquiétantes qu'il suggère. Martin Beach est plus connu comme station balnéaire, mais je frissonne en y pensant. A dire vrai, je ne peux plus à présent regarder l'océan, sans frissonner.

Le Destin n'est pas toujours dépourvu d'un sens du drame et de la gradation des effets, car le terrible événement du 8 août 1922 a suivi de peu une période d'excitation réduite et agréablement riche en miracles, à Martin Beach. Le 17 mai, l'équipage du bateau de pêche *Alma*, de Gloucester, sous les ordres du capitaine James P. Orne, tuait, après une lutte de près de quarante heures, un monstre marin dont la taille et l'aspect ont provoqué la plus grande émotion dans les milieux scientifiques et ont conduit certains spécialistes de Boston à prendre toutes dispositions en vue de sa naturalisation.

L'objet avait quelque quinze mètres de long, il était d'une forme approximativement cylindrique, et son diamètre était d'environ trois mètres. Il n'y avait pas moyen de se tromper : ses caractères essentiels le désignaient comme un poisson à branchies; mais avec certaines variantes curieuses, telles que la présence de pattes de devant rudimentaires et de pieds à six doigts à la place des nageoires pectorales, qui provoquaient les spéculations les plus étendues. Son extraordinaire gueule, sa peau épaisse couverte d'écailles, son œil unique, profondément enfoncé, étaient des merveilles à peine moins remarquables que ses dimensions colossales; et quand les naturalistes déclarèrent qu'il s'agissait d'un organisme infantile, qui ne pouvait pas être vieux de plus de quelques jours, l'intérêt du public atteignit un niveau extraordinaire.

Le capitaine Orne, avec un sens des affaires bien yankee, se procura un bateau dont la coque était assez grande pour contenir l'objet et organisa l'exhibition de sa prise. Grâce à un judicieux travail de menuiserie, il monta en fait un excellent musée maritime; il cingla vers le sud en direction du riche district de villégiature de Martin Beach, jeta l'ancre devant l'embarcadère de l'hôtel, et fit une abondante moisson de droits d'entrée.

Le merveilleux intrinsèque de la chose, l'importance qu'elle revêtait dans l'esprit de nombreux savants visiteurs venant de loin comme de près, se combinèrent pour en faire la sensation de la saison. On comprenait bien qu'il était absolument unique – unique à un degré scientifiquement révolutionnaire.

Les naturalistes avaient clairement montré qu'il différait radicalement du poisson immense, de proportions similaires capturé au large de la côte de Floride; bien qu'étant l'hôte de profondeurs presque incroyables, peut-être des milliers de pieds, son cerveau et ses principaux organes indiquaient un développement étonnamment vaste et hors de proportion avec tout ce qui se rattache à la gent poisson.

Le 20 juillet au matin, l'émotion fut portée à son comble par suite du naufrage du vaisseau et de son étrange trésor. Pendant la tempête de la nuit précédente, il avait rompu ses amarres et disparu à jamais de la vue des hommes, emportant le gardien qui avait couché à bord en dépit du temps menaçant. Le capitaine Orne, soutenu par d'importants intérêts d'ordre scientifique et aidé par de nombreux bateaux de pêche de Gloucester, entreprit une croisière de recherches approfondies et exhaustives; sans autre résultat que d'alimenter l'intérêt et les conversations. Le 7 août tout espoir était abandonné. Le capitaine Orne était revenu à Wavecrest Inn pour remettre en train ses affaires à Martin Beach et conférer avec certains scientifiques qui étaient restés là. L'horrible chose se produisit le 8 août.

On était au crépuscule, les oiseaux de mer gris planaient à proximité du rivage, la lune qui se levait commençait à tracer un chemin étincelant à travers les eaux. Il est important de se rappeler le décor, car la moindre impression a son importance. Sur la plage il y avait pas mal de promeneurs et quelques baigneurs attardés; des flâneurs venus d'une colonie de vacances installée dans de petites maisons modestes sur une colline verdoyante assez loin vers le nord, ou de l'auberge adjacente, perchée sur la falaise, dont les tours imposantes proclamaient l'allégeance à la richesse et à la grandeur.

A une distance d'où l'on pouvait encore bien voir il y avait un autre groupe de spectateurs, les clients installés dans la véranda de l'auberge, au plafond élevé, éclairée par des lanternes, et qui semblaient apprécier la musique de danse venant de la somptueuse salle de bal de l'intérieur. Ces spectateurs, au nombre desquels se trouvaient le capitaine Orne et les confrères de son groupe scientifique, rejoignirent le groupe de la plage avant que l'horreur n'aille très loin; de même que beaucoup de clients de l'auberge. Il ne manquait certes pas de témoins, si confuses qu'aient pu être leurs histoires, par peur et faute d'être sûrs d'avoir bien vu.

On n'a pas de témoignage exact sur l'heure à laquelle la chose débuta, bien que la majorité des gens aient déclaré que la lune, bien ronde, était à « environ un pied » des vapeurs qui flottaient bas au-dessus de l'horizon. Ils parlent de la lune parce que ce qu'ils ont vu semble avoir avec elle un rapport subtil – une sorte de ride sur l'eau furtive, décidée, menaçante qui roulait en partant de l'horizon et en suivant le chemin brillant de rayons lunaires réfléchis, et qui paraissait cependant s'effacer avant d'atteindre le rivage.

Beaucoup de gens ne remarquèrent cette ride qu'à la réflexion, par suite des événements ultérieurs. Mais elle semble avoir été très marquée, différente par la hauteur et sa façon de se mouvoir des vagues normales qui l'entouraient. Certains la qualifiaient de *rusée* et *réfléchie*. Au moment où elle venait mourir discrètement au loin près des récifs noirs, un cri de mort surgit de l'océan coupé de striures lumineuses; un hurlement d'angoisse et de désespoir qui provoquait la pitié tout en ayant l'air de la moquer.

Les premiers à répondre à ce cri, ce furent deux sauveteurs de service. De solides gaillards en costume de bain blanc, avec leur fonction indiquée en lettres rouges sur leur poitrine. Habitués pourtant au sauvetage et aux cris des gens qui se noient, ils ne purent rien reconnaître de familier dans ce hululement lugubre; cependant, leur sens du devoir leur fit négliger l'étrangeté du cri et ils procédèrent comme ils en avaient l'habitude.

Ils se hâtèrent de s'emparer d'un matelas pneumatique, qu'ils avaient en permanence sous la main, avec le rouleau de corde qui s'y trouvait fixé; l'un d'eux suivit en courant rapidement le rivage jusqu'à l'endroit où s'amassait la foule; de là, après l'avoir fait tournoyer pour prendre de l'élan, il lança le disque creux au loin, dans la direction d'où le bruit était venu. Le coussin disparut dans les vagues et la foule attendait avec curiosité de voir le malheureux qui se trouvait exposé à un si grand danger; impatiente de voir le sauvetage s'effectuer grâce à cette grosse corde.

Mais ce sauvetage ne tarda pas à se révéler comme une affaire peu rapide et peu facile; en tirant de toutes leurs forces sur la corde, les deux gardiens musclés ne pouvaient bouger l'objet qui se trouvait à l'autre bout. Au contraire ils s'aperçurent que l'objet en question tirait dans la direction exactement opposée avec une force égale et même supérieure à la leur. En quelques secondes ils furent terrassés et entraînés dans l'eau par l'étrange force qui s'était emparée de la corde de sauvetage.

L'un d'eux, en reprenant ses esprits, appela immédiatement au secours des gens faisant partie de la foule amassée sur le rivage, en leur lançant le reste de la corde; en un moment les gardes étaient secondés par tous les hommes les plus robustes, parmi lesquels, au premier rang, se trouvait le capitaine Orne. Plus d'une douzaine d'hommes vigoureux étaient à présent en train de haler l'énorme corde, et cependant sans aucun résultat.

Plus fort ils tiraient, plus fort tirait à l'autre extrémité cette chose étrange, et comme ils ne laissaient faiblir leur traction ni d'un côté ni de l'autre, la corde prit la rigidité de l'acier sous cet effort énorme. Ceux qui participaient à ce véritable combat, aussi bien que les spectateurs, étaient dès cet instant rongés de curiosité : Quelle était cette force qui se dissimulait dans la mer? L'idée d'un homme en train de se noyer avait été depuis longtemps écartée; on parlait à présent de baleines, de sous-marins, de monstres, et de démons. L'humanité avait d'abord conduit les sauveteurs, l'attrait du merveilleux les maintenait à leur tâche; et ils halaient avec une détermination farouche pour éclaircir le mystère.

On arriva finalement à cette conclusion : le matelas pneumatique avait dû être avalé par une baleine. Le capitaine Orne, en sa qualité de chef tout désigné, cria à ceux qui se trouvaient sur la plage qu'il fallait aller chercher un bateau pour s'approcher du léviathan invisible, le harponner et l'amener à terre. Plusieurs hommes se préparèrent aussitôt à partir à la recherche de l'embarcation convenable, tandis que les autres venaient remplacer le capitaine à la corde, puisque sa place logique était avec l'équipage quel qu'il fût, qu'on allait constituer pour embarquer à bord de ce bateau.

Sa propre idée sur la situation était très large, et n'était en aucune façon limitée aux baleines, puisqu'il avait affaire à un monstre tellement plus étrange. Il se demandait ce qu'auraient pu être le comportement et les possibilités d'un adulte appartenant à l'espèce dont ils avaient vu un représentant de quinze mètres de long qui, on le comprenait à présent, n'était en fait qu'un jeune. Alors, se produisit avec une terrifiante soudaineté un fait crucial qui changea complètement le tableau : de l'étonnement on passa à l'horreur. Travailleurs et spectateurs en furent paralysés de terreur. En se retournant pour laisser sa place à la corde, le capitaine Orne s'aperçut que ses mains étaient maintenues en place par une force incompréhensible; en un instant, il se rendit compte qu'il lui était impossible de lâcher le câble. On comprit immédiatement ses ennuis et chacun de ses compagnons vérifia sa propre situation : même résultat. Le fait était indéniable : tous les sauveteurs étaient liés par une force mystérieuse au câble qui, lentement, affreusement, sans répit, les halait jusqu'à la mer.

Ce fut une horreur laissant chacun sans voix. Les spectateurs eux-mêmes étaient pétrifiés, incapables de bouger, livrés à une complète incohérence dans leurs idées. Leur état de totale démoralisation se reflète dans les divergences de leurs récits, dans les excuses embarrassées qu'ils donnèrent pour expliquer une inertie qu'on aurait pu imputer à de l'indifférence. J'étais du nombre, et je suis au courant.

Après quelques cris affolés et de vains gémissements, les sauveteurs succombèrent eux-mêmes à cette influence paralysante et, en face de ces forces inconnues, gardèrent le silence et se réfugièrent dans le fatalisme. Ils étaient là dans le clair de lune blême, tirant en aveugles, résistant à un destin fantomatique, se balançant avec monotonie en avant, en arrière, à mesure que l'eau montait, tout d'abord jusqu'à leurs genoux, à leurs hanches ensuite. La lune était en partie cachée par un nuage; dans la pénombre cette rangée d'hommes animés d'un balancement ressemblait à quelque sinistre mille-pattes géant, se débattant dans l'étreinte d'une mort sournoise.

Le câble était de plus en plus tendu, à mesure qu'augmentait l'effort de traction exercé aux deux extrémités, les grèves étaient bouleversées par les vagues se soulevant sans que rien ne les arrête. La marée avançait lentement, jusqu'à ce que le sable qui, tout récemment encore, était le domaine d'enfants rieurs et d'amoureux se parlant à l'oreille soit englouti sous le flux inexorable. La foule des spectateurs pris de panique recula à l'aveuglette quand l'eau commença à lui submerger les pieds; la ligne terrifiante des sauveteurs se balançait horriblement en essayant d'avancer; ils se trouvaient à présent à une bonne distance des spectateurs. Le silence était complet.

La foule avait gagné un refuge hors de l'atteinte de la marée; elle regardait, muette et fascinée, sans proférer la moindre parole – conseil ou encouragement – sans tenter d'apporter la moindre assistance. Il y avait dans l'air la terreur de fléaux menaçants tels que le monde n'en avait jamais connu jusque-là, et qui atteignait au cauchemar.

Les minutes s'étiraient en heures, le serpent de torses humains oscillants s'apercevait encore au-dessus des flots, qui montaient rapidement. Il ondulait suivant un rythme; lentement, affreusement, marqué par le Destin. Des nuages plus épais passaient à présent devant la lune ascendante, et le chemin lumineux tracé sur les flots s'était presque effacé.

La ligne serpentine de têtes se tordait dans la pénombre; de temps à autre, on voyait luire faiblement le visage livide d'une victime qui se retournait. Les nuages pâles s'amoncelaient de plus en plus vite dans le ciel noir, jusqu'à ce que, finalement, de leurs bords furieux émergent des langues acérées de feu galvanique. Il y eut des roulements de tonnerre, d'abord faibles, puis ne tardant pas à s'amplifier, jusqu'à atteindre une intensité assourdissante, affolante. Le point culminant atteint, il y eut une explosion qui, en se répercutant, secoua la mer et la terre. Aussitôt après, un nuage creva avec violence, inondant le monde obscurci, comme si les cieux s'étaient entrouverts pour livrer passage à des cataractes vengeresses.

En l'absence de pensée consciente et cohérente, les spectateurs agirent instinctivement. Ils opérèrent leur retraite en gravissant les marches taillées dans la falaise et menant à la véranda de l'hôtel. Des rumeurs étaient parvenues aux oreilles des clients restés à l'intérieur, si bien que les réfugiés trouvèrent un état de panique presque égal au leur. Je crois que quelques paroles terrifiées furent prononcées, mais je ne puis en être sûr.

Parmi les résidents de l'hôtel il y en eut un petit

nombre pour regagner leurs chambres; les autres restèrent pour assister à l'immersion rapide des victimes, tandis que la rangée de têtes ballottées par les vagues qui progressaient, apparaissait encore à la lueur capricieuse des éclairs. Je pense encore à ces têtes, et à leurs yeux exorbités; des yeux qui pouvaient bien refléter toute la terreur, la panique, le délire d'un univers malfaisant – toute la tristesse, le péché, le malheur, les espérances anéanties et les désirs inassouvis, l'affreuse peur et l'angoisse, brûlant du feu éternel des enfers, dans la douleur et le supplice de l'âme.

Tandis que je regardais au-delà de ces têtes je m'imaginais que je voyais encore un autre œil; un œil unique, également flamboyant, mais exprimant une intention si révoltante pour mon esprit que la vision s'effaça bientôt. Immobilisée dans les griffes d'un démon inconnu, la file des damnés était entraînée; leurs cris silencieux étouffés, leurs prières non formulées n'étaient connus que des démons des vagues noires et du vent de la nuit.

Du ciel en furie surgit soudain un cataclysme démentiel dans un vacarme satanique tel que le coup de tonnerre précédent paraissait dérisoire en comparaison. La voix du ciel retentit au milieu du feu tombant des nues et répandant une lumière aveuglante. Elle lançait tous les blasphèmes de l'Enfer, et l'agonie commune à toutes les âmes perdues se fondait en un seul grondement apocalyptique d'un tumulte cyclopéen assez violent pour déchirer la planète. C'était la fin de la tempête, car la pluie cessa avec une soudaineté insolite et, bientôt, la lune promenait à nouveau ses rayons blafards sur une mer étrangement apaisée.

Il n'y avait plus, à présent, de têtes dansant sur l'eau. La mer était calme et déserte, brisée seulement, au loin, par les vaguelettes mourantes de ce qui ressemblait à un remous, dans le chenal éclairé par la lune d'où ce cri étrange était sorti pour la première fois. Mais tandis que je suivais du regard, avec une imagination enfiévrée et des sens surmenés, cette bande traîtresse, miroitant d'un reflet argenté, surgis des insondables abysses vinrent frapper mes oreilles les vagues et sinistres échos d'un éclat de rire.

Sonia GREENE

QUATRE HEURES

Vers deux heures du matin, je sus que cela arrivait. Les grands silences noirs des profondeurs de la nuit me le dirent, et un criquet monstrueux, stridulant avec une insistance trop affreuse pour être dépourvue de signification, m'en apporta la certitude. Il faut que ce soit à quatre heures – à quatre heures, dans la demi-obscurité qui précède l'aube, exactement comme il a dit que ce serait. Précédemment je n'y avais pas tellement cru, parce que les prophéties des fous vindicatifs doivent être rarement prises au sérieux. En outre, il n'était pas juste de me rendre responsable de ce qui lui était arrivé à quatre heures cet autre matin; cette terrible matinée dont je garderai toute ma vie le souvenir. Et quand il avait fini par mourir et qu'il avait été enterré dans le vieux cimetière juste devant mes fenêtres au soleil levant, de l'autre côté de la route, j'étais sûre que sa malédiction ne pourrait me nuire. N'avais-je pas vu le limon à présent sans vie dont il avait été fait maintenu bien au fond par d'énormes pelletées de terre? Ne pouvais-je avoir l'assurance que ses os tombant en poussière seraient impuissants à attirer le malheur sur ma tête à une échéance aussi précise : jour et heure? Telles avaient été mes pensées jusqu'à cette nuit éprouvante; cette nuit d'incroyable chaos, de certitudes ébranlées, et de mauvais présages non précisés.

trophes... fumée caustique, puante, méphitique, à travers laquelle filtre une abominable odeur de chairs brûlées.

« Une fois de plus, je me trouve seul en face de ce calme de mauvais augure. La brise bienvenue qui caresse mes joues fait rapidement renaître mon courage évanoui. Cela est clair, la maison ne peut pas être en feu, car le moindre vestige de cette fumée torturante a disparu. Je ne peux en déceler la moindre trace, bien qu'ayant reniflé comme un chien de chasse. Je commence à me demander si je ne deviens pas fou; si ces années de solitude ne m'ont pas détraqué l'esprit, mais le phénomène a été trop net pour me permettre de le ranger au nombre des simples hallucinations. Fou ou pas fou, je ne peux concevoir ces choses que comme réelles et dès l'instant où je les catalogue ainsi, je ne peux aboutir qu'à la seule conclusion logique. En elle-même la conclusion suffit à bouleverser votre stabilité mentale. L'admettre, c'est reconnaître la vérité des rumeurs superstitieuses que Dobbs a recueillies des villageois et a transcrites pour permettre à mes doigts sensibles de les lire, racontars sans substance que mon esprit matérialiste condamne instinctivement comme insanités!

« Je voudrais que cessent ces bourdonnements d'oreilles! C'est comme si des musiciens fantômes jouaient un duo de tambour sur mes tympans torturés. Je suppose que c'est simplement une réaction aux sensations de suffocation que je viens de connaître. Encore quelques bouffées profondes de cet air rafraîchissant...

« Quelque chose... il y a quelque chose dans la chambre! Je suis aussi sûr de ne plus être seul que si je pouvais vérifier de mes yeux cette présence que je sens d'une manière tellement infaillible. C'est une impression tout à fait semblable à celle que j'ai eue en jouant des coudes pour me frayer un passage dans une rue envahie mon imagination rencontra *sa* tombe. Je n'osais pas laisser ma pensée s'égarer dans cette sépulture et j'aurais hurlé si quelque chose n'était pas venu détourner la puissance maligne qui attirait ma vision mentale. C'était un brusque coup de vent, soufflant on ne sait d'où, au sein de la nuit calme, qui décrocha le volet de la fenêtre la plus proche, le renvoya en claquant avec une violence qui me fit sursauter, et démasqua, en me permettant de l'apercevoir de mes vrais yeux, le cimetière ancien lui-même, dans la lumière spectrale d'une lune du petit matin.

Je parle de cette bouffée de vent comme de quelque chose de bénéfique, tout en sachant à présent qu'elle ne l'était qu'à titre provisoire et comme pour se moquer. Car je n'avais pas plus tôt embrassé des yeux ce décor de clair de lune que je pris conscience d'un nouveau présage, cette fois trop net pour pouvoir être rangé au nombre des fantasmes sans contenu et qui surgit d'entre les tombes de l'autre côté de la route. Ayant jeté avec une appréhension instinctive un coup d'œil dans la direction de l'endroit où *il* gisait et tombait en poussière – endroit que me cachait le châssis de ma fenêtre – j'aperçus, en tremblant de tous mes membres, l'approche de quelque chose d'indescriptible qui arrivait d'un air menaçant de cette même direction; une masse vague, vaporeuse, informe, d'un blanc grisâtre, faite d'une substance jusqu'à présent imprécise et inconsistante, mais dont la potentialité terrifiante et cataclysmique augmentait à chaque instant. J'aurais pu essayer d'éluder la question en voyant là un phénomène météorologique naturel, mais son caractère de mauvais augure et *intentionnel* s'imposa peu à peu à moi au milieu de nouveaux frissons d'horreur et d'appréhension. Si bien que je fus à peine prise au dépourvu lorsque, peu de temps après, cette chose parvint à son point culminant. Son caractère voulu et maléfique était en même temps confirmé. Cela s'entoura d'une préfiguration symbolique et affreuse du dénouement. C'était aussi simple que menaçant. A chaque instant la vapeur s'épaississait, s'entassait et finit par prendre un aspect presque tangible. Cependant la surface tournée vers moi devenait peu à peu circulaire, et nettement concave. En même temps la chose cessait lentement d'avancer et se dressait au bout du chemin, comme un fantôme. En la voyant là, frémissant légèrement dans l'air humide de la nuit, sous cette lune peu engageante, je pus voir que cette chose avait la forme d'un gigantesque cadran de *pendule* déformé et blafard.

Ce fut ensuite une succession démoniaque d'événements atroces. La partie inférieure droite de ce cadran vaporeux prit le contour d'un être noir et formidable, sans forme, et que je n'apercevais qu'à moitié, mais qui avait cependant quatre griffes proéminentes se tendant vers moi avec voracité – des griffes évoquant par leur forme et leur situation une fatalité malfaisante, car elles présentaient trop distinctement cette forme redoutable, et en même temps occupaient sans erreur possible la position exacte du chiffre IV sur ce cadran tremblant, de mauvais augure. Ensuite cette monstruosité sauta ou se glissa hors de la surface concave du cadran et se mit à approcher de moi, mue par un moyen de locomotion inexpliqué. Les quatre griffes, longues, minces et rectilignes étaient à présent terminées, je le voyais, par des tentacules filiformes et dégoûtants, dont chacun avait sa propre intelligence. Sans répit, ils avançaient à tâtons, d'abord, lentement, puis à une vitesse progressivement croissante, jusqu'à ce que l'étrange tournoiement dont ils étaient animés me rende presque folle. Pour mettre l'horreur à son comble des bruits subtils et incompréhensibles rompaient le silence de la nuit plus profond que jamais, et je commençai à les entendre. Amplifiée mille fois, ce fut une seule voix qui me rappelait l'heure abhorrée : *quatre heures.* Je tentai sans succès de tirer vers moi le couvre-pieds pour l'étouffer. En vain j'essayai de la couvrir de mes cris. J'étais muette et paralysée, mais toujours affreusement consciente de la moindre image, du moindre bruit qui n'étaient pas naturels, dans ce calme annihilant, sous cette lune maudite. A un moment, je réussis à m'enfouir la tête sous les couvertures – au moment où le criquet stridulait ces mots abominables : *quatre heures* et menaçait de me faire perdre l'esprit – mais cela ne fit qu'aggraver ma terreur, les cris de cette détestable créature venaient à présent me meurtrir comme les coups d'un marteau-pilon géant.

Alors, tandis que ma tête quittait cette inutile protection, mes yeux rencontrèrent pour leur supplice un spectacle d'un diabolisme accru. Sur le mur fraîchement peint de mon appartement comme s'ils avaient été appelés par le monstre à tentacules sorti de la tombe, une myriade d'êtres dansaient en me narguant : noirs, gris, blancs, ils étaient comme seul peut en imaginer un être abandonné de Dieu. Certains étaient infiniment petits; d'autres couvraient de vastes surfaces. Jusque dans le moindre détail, ils avaient chacun une personnalité grotesque et horrible; dans leur forme générale et malgré ces différences de taille, ils étaient tous conformes au même type de cauchemar. De nouveau, j'essayai d'écarter les monstruosités qui hantaient cette nuit, mais aussi inutilement que précédemment. Les choses qui dansaient sur le mur augmentaient et diminuaient de taille, s'approchaient et s'éloignaient selon les figures de leur danse morbide et menaçante. Et tous avaient le même aspect, celui d'un démon à visage en forme de cadran; tous marquaient la même heure fatale : *quatre heures.*

Tous mes efforts pour secouer ce délire dont j'étais cernée sans répit étant ainsi déjoués, je regardai une fois de plus la fenêtre sans volet et je revis le monstre sorti de la tombe. Il avait été jusque-là horrible; il était devenu indescriptible.

Cette créature, issue d'abord d'une substance indéterminée, était faite à présent d'un feu rougeoyant et maléfique; elle agitait d'une manière repoussante ses quatre griffes à tentacules – indicibles langues de flamme vivante. Cela me regardait, me regardait sans arrêt dans la nuit; en ricanant, en se moquant; tantôt avançant, tantôt reculant. Alors, dans le silence et les ténèbres, ces quatre griffes de feu firent des gestes d'invite à l'adresse de leurs acolytes du mur pour qu'ils se joignent à elles dans une danse démoniaque. Elles avaient l'air de battre la mesure de cette affreuse sarabande jusqu'à ce que tout se transforme en un tourbillon vampiresque de bonds, de piaffements, de glissades; d'un air narquois, sarcastique et en même temps menaçant, c'était une mesure à *quatre temps* que ces monstres battaient.

Quelque part, j'entendis le vent matinal qui se mettait à frémir; cela commença très loin et se rapprocha en passant au-dessus de la mer mystérieuse et des marais qui répandent les miasmes générateurs de fièvre; d'abord faiblement, puis de plus en plus fort jusqu'à ce que ce murmure incessant dégénère en une cacophonie diluvienne de bruissements et de vrombissements apportant avec elle la menace, toujours affreuse, toujours la même « *quatre heures, quatre heures,* QUATRE HEURES ». Avec la même monotonie, cela commença par une plainte pour aboutir à un grondement assourdissant, faisant penser à une cataracte gigantesque, puis, après avoir atteint un maximum, se mit à décroître. En repartant au loin, cette cacophonie laissait dans mes oreilles sensibles une vibration comme après le passage d'un train rapide et lourdement chargé; cela s'accompagnait d'une peur paralysante, à laquelle son intensité même conférait une sorte d'apaisement résigné.

La fin est proche. Bruits et visions ne font plus qu'un vaste maelström chaotique de menace mortelle, bruyante, dans lequel viennent se fondre toutes les « quatre heures » abominables et impies qui ont sonné depuis des temps immémoriaux, et toutes celles qui sonneront jusqu'à la consommation des siècles. Le monstre flamboyant avance à présent, ses tentacules de charogne effleurent mon visage, ses serres se recourbent avec avidité en avançant vers ma gorge. A la fin je peux voir sa face à travers les vapeurs phosphorescentes et tournoyantes en suspension au-dessus du cimetière et, ravagée par l'angoisse, je m'aperçois que c'est essentiellement une caricature affreuse, colossale, ressemblant à une gargouille, de *sa* figure – de la figure de celui dont la tombe est là, en face de moi. Je sais à présent que mon destin est irrévocable; que les menaces furieuses du fou étaient en réalité les malédictions diaboliques d'un démon puissant, et que mon innocence ne constituerait aucune protection contre sa volonté malfaisante à la recherche d'une vengeance sans motif. Il est décidé à se faire payer avec usure ce qu'il a souffert à cette heure spectrale; à m'entraîner hors du monde vers des royaumes que seuls connaissent les fous et les possédés du démon.

Tandis que, parmi les foisonnements des flammes de l'Enfer et les cris des damnés, ces griffes brûlantes s'avançaient avec des intentions meurtrières vers ma gorge, j'entendis le petit vrombissement d'une pendulette posée sur la cheminée. Pour m'annoncer qu'elle était sur le point de sonner l'heure que ne cesse d'énoncer de sa voix caverneuse, de sa voix de mort, le monstre surgi de la tombe, le monstre railleur, sarcastique, croassant qui se trouve en face de moi – l'heure maudite, infernale : *quatre heures.*

[illegible]

[illegible]

Hazel HEALD (1)

L'HOMME DE PIERRE (2)

Ben Hayden avait toujours été un garçon obstiné; dès qu'il eut entendu parler de ces statues étranges que l'on trouvait parmi les sommets les plus élevés des Adirondacks, rien ne put l'empêcher d'aller voir. J'étais depuis des années son ami intime, nous étions en toutes circonstances aussi inséparables qu'Oreste et Pylade. Si bien que lorsque Ben eut pris la ferme résolution d'y aller... eh bien! je n'eus rien d'autre à faire que de courir derrière lui, comme un chien fidèle.

(1) L'obligeante secrétaire de la revue « Weird Tales », très dévouée, semble-t-il, aux intérêts de Lovecraft.

(2) *The Man of Stone* est la première histoire qu'ait publiée Mrs Heald. Elle a été révisée par Lovecraft dans des proportions plutôt moindres que ses histoires plus récentes. Le 30 septembre 1944, Mrs Heald écrivait : « Lovecraft m'a aidée pour cette histoire autant que pour les autres, et a vraiment récrit des paragraphes entiers. Il faisait la critique des paragraphes les uns après les autres, notait en marge des remarques au crayon, puis me les faisait recommencer jusqu'à ce qu'ils lui plaisent. » Il y a là une preuve concluante de ce fait : le travail de révision de Lovecraft se divise nettement en deux parties – une révision purement professionnelle de la langue et de la ponctuation; et certaines histoires, en nombre réduit, auxquelles il s'était lui-même intéressé vivement et avait réussi à infuser un peu de sa personnalité littéraire. Cela est moins vrai de *The Man of Stone* que d'œuvres postérieures parues sous la signature de Hazel Heald. Lovecraft a également révisé, en dehors d'œuvres déjà imprimées par

– Jack, me dit-il, tu connais Henry Jackson, qui habitait une hutte là-haut, au-delà de Lake Placid à cause de cette vilaine tache qu'on voyait sur la radio de ses poumons? Eh bien, il est rentré l'autre jour, presque guéri, mais avec énormément de choses à dire sur des circonstances étranges, diaboliques, qu'il a connues là-haut. Il est tombé là-dessus tout d'un coup et il ne peut avoir la certitude qu'il ne s'agit pas simplement d'une sculpture bizarre; mais son impression de malaise subsiste tout autant.

« Un jour, il était, semble-t-il, à la chasse. Il est passé devant une caverne sur le seuil de laquelle se tenait quelque chose qui ressemblait à un chien. Au moment où il s'attendait à l'entendre aboyer, il a regardé de nouveau, et il a vu que cette chose n'était pas du tout vivante. C'était un chien de pierre – une image si parfaite, jusqu'au moindre poil, qu'il ne put trancher la question de savoir s'il s'agissait d'une statue exécutée avec une habileté surnaturelle, ou d'un animal pétrifié. Il avait presque peur de le toucher, mais après s'y être décidé, il se rendit compte qu'il était sûrement en pierre.

« Au bout d'un moment, il s'arma de courage et entra dans la caverne – là il éprouva un choc encore plus violent. A peu de distance, il y avait une autre silhouette de pierre – ou quelque chose qui y ressemblait – mais, cette fois, il s'agissait d'un homme. Il était étendu par terre, sur le côté. Il était vêtu, et sur son visage se peignait un étrange sourire. Cette fois, Henry ne s'attarda pas à le manipuler, mais courut droit au village que tu connais, Mountain Top. Il posa naturellement des

Arkham House, des histoires portant les signatures de Sonia H. Greene (qui fut pendant peu de temps sa femme) et d'Adolphe de Castro, parues dans *Weird Tales*. *The Man of Stone* figure ici avant tout à titre d'exemple d'une des premières révisions de Lovecraft, portant la marque à la fois d'un intérêt purement professionnel et d'un intérêt personnel, comme en témoigne l'allusion surajoutée au *Livre d'Eibon*, etc. (N.d.T.)

questions, mais il n'en fut guère plus avancé. Il s'aperçut qu'il arbordait un sujet brûlant, car les gens du pays se contentaient de secouer la tête, de croiser les doigts, et de marmonner des allusions à un certain « Dan le Fou » – ou quelque chose comme cela.

« C'en était trop pour Jackson, si bien qu'il rentra plusieurs semaines avant la date qu'il s'était fixée. Il me raconta tout, connaissant mon goût pour l'étrange – et, chose assez curieuse, je pus retrouver un souvenir qui se raccordait assez nettement avec son récit. Est-ce que tu te souviens d'Arthur Wheeler, ce sculpteur tellement réaliste que les gens avaient fini par le qualifier de « photographe à trois dimensions »? Je crois que tu l'as un peu connu. Eh bien, c'est un fait, il a fini par aller lui-même dans cette région des Adirondacks. Il y a passé beaucoup de temps, puis il a disparu. Jamais plus entendu parler de lui. A présent si l'on trouve dans ces parages des statues de pierre qui ressemblent à des hommes et à des chiens, il me semble qu'elles pourraient être son œuvre – peu importe ce que les paysans disent, ou refusent de dire, à leur sujet. Naturellement, un garçon nerveux comme Jackson pourrait facilement se troubler et perdre la tête en face de semblables objets; mais j'ai examiné un tas de choses avant de me décider à partir.

« En fait, Jack, je monte là-haut pour examiner l'ensemble de la question – et tu viens avec moi. Cela représenterait une chose énorme de découvrir Wheeler – ou l'une quelconque de ses œuvres. De toute façon, l'air de la montagne nous fera du bien. »

Ainsi, moins d'une semaine plus tard, après un long voyage en train et un parcours en autobus cahotant, nous arrivions à Mountain Top vers la fin d'un après-midi de juin inondé de soleil. Le village ne comportait que quelques petites maisons, un hôtel et un magasin vendant de tout devant lequel l'autobus nous arrêta; mais nous savions que cet établissement se révélerait probablement comme une mine de renseignements dans le genre de ceux que nous recherchions. Le groupe habituel de flâneurs désœuvrés était rassemblé autour des marches; lorsque nous nous fûmes présentés comme des estivants à la recherche d'un logement ils en eurent beaucoup à nous recommander.

Nous avions prévu de ne faire aucune recherche jusqu'au lendemain, mais Ben ne put résister à la tentation de risquer quelques questions vagues et prudentes quand il eut remarqué la loquacité sénile de l'un des flâneurs mal vêtus. D'après son expérience antérieure, Jackson sentait qu'il aurait été inutile de commencer par des allusions aux étranges statues; mais il décida de citer Wheeler comme quelqu'un que nous aurions connu, ce qui nous donnait le droit de nous intéresser à son sort...

La foule parut mal à l'aise lorsque Sam cessa de tailler un bout de bois qu'il avait à la main pour se mettre à parler. Même ce vieil homme de la montagne qui allait pieds nus se roidit en entendant prononcer le nom de Wheeler et Ben éprouva les plus grandes difficultés à tirer de lui une réponse cohérente.

– Wheeler? finit-il par dire d'une voix sifflante d'asthmatique. Oh oui! ce type passait son temps à faire sauter les rochers et à les tailler pour en faire des statues. Alors, comme ça, vous le connaissiez, hein? Eh bien il n'y a pas grand-chose qu'on puisse vous dire et c'est peut-être encore trop. Il a habité dans les collines la cabane de Dan le Fou – mais pas très longtemps. Il y a eu un moment où il en a eu assez, Dan, c'est-à-dire. Il tournait autour de la femme de Dan et lui faisait du boniment, jusqu'au moment où le vieux diable s'en est aperçu. Du plat qu'il lui faisait, je suppose. Mais il a repris subitement le trimard et personne ne l'a plus jamais revu. Dan a dû lui parler carrément – c'est pas le genre de type à se mettre à dos, Dan! Il vaut mieux se tenir à l'écart, les gars, car les types ne sont pas bons, de ce côté-ci des collines. Dan était de plus en plus de mauvaise humeur et on ne le voyait plus par ici. Sa femme non plus. Je pense qu'il l'avait bouclée de façon que personne ne puisse lui faire de l'œil!

Après quelques autres remarques, Sam reprit son travail, Ben et moi nous échangeâmes un coup d'œil. A coup sûr, il y avait là une nouvelle piste qui méritait d'être suivie activement. Nous décidâmes de descendre à l'hôtel, et nous nous y installâmes aussi vite que nous le pûmes; nous projetions de nous enfoncer dès le lendemain dans la région sauvage des collines.

Nous sommes partis au lever du soleil; nous portions chacun un sac tyrolien chargé de provisions et des outils dont nous pourrions avoir besoin. La journée que nous avions en perspective contenait presque une invite stimulante. Il y avait seulement, sous-jacent, un vague contre-courant de mauvais augure. Notre route de montagne abrupte devint rapidement raide et pleine de virages, si bien que nous n'avons pas tardé à avoir très mal aux pieds.

Au bout d'environ trois kilomètres, nous avons quitté la route, en franchissant un mur de pierre sur notre droite près d'un grand orme et en coupant en diagonale en direction d'une pente plus rapide, d'après le plan et les directives que Jackson nous avait préparés. Le trajet à travers les bruyères était pénible, mais nous savions que la caverne ne pouvait plus être très éloignée. Finalement nous sommes tombés tout d'un coup sur l'ouverture – une crevasse noire, encombrée de broussailles; à un endroit où le sol se relevait brusquement, et, à côté, près d'une mare peu profonde creusée dans le roc, une petite silhouette se tenait, rigide, comme si elle avait voulu rivaliser avec sa propre et étrange pétrification.

C'était un chien gris – ou une statue de chien – et

lorsque le cri de surprise que nous poussâmes ensemble se fut éteint, nous ne savions pas très bien ce que nous devions en penser. Jackson n'avait nullement exagéré, et nous ne pouvions croire que la main d'un sculpteur ait pu réussir à produire une chose aussi parfaite. Chaque poil de la fourrure magnifique de cet animal se distinguait, ceux du dos étaient hérissés comme s'il avait été surpris par une chose inconnue. Ben, en se décidant enfin à effleurer la délicate fourrure de pierre, laissa échapper une exclamation.

– Dieu Tout-Puissant, Jack, mais il est impossible que ce soit une statue! Regarde – tous ces petits détails, et la façon qu'ont les poils d'être plantés! Il n'y a rien ici de la technique de Wheeler! C'est un vrai chien – comment il a pu se trouver dans un état pareil? Dieu seul le sait. Exactement comme de la pierre – touche-le toi-même. Crois-tu possible qu'un gaz étrange s'échappe parfois de la caverne et donne ce résultat sur un animal vivant? Nous aurions dû étudier de plus près les légendes locales. Et si ceci est – ou a été – un vrai chien, alors l'homme qui se trouve à l'intérieur doit être lui aussi réel.

C'est avec une grande solennité – authentique – et presque de la crainte que nous nous sommes mis finalement, Ben en tête, à ramper sur les mains et les genoux pour franchir l'ouverture de la caverne. Ce passage n'atteignait même pas un mètre de large; ensuite la grotte s'étendait dans toutes les directions pour former une pièce humide, plongée dans la pénombre, dont le sol était jonché de détritus et de cailloux. Pendant un moment nous sommes restés sans pouvoir distinguer grand-chose; puis, nous nous sommes mis debout, nous avons écarquillé les yeux et nous avons peu à peu distingué une silhouette couchée dans une partie de la grotte encore plus obscure. Ben promenait partout sa torche électrique, mais il hésita un moment à la braquer sur cette forme étendue. Nous étions à peu près sûrs que cette chose de pierre avait autrefois été un homme et il y avait là une certaine cause de malaise.

Ben s'étant enfin décidé à braquer dans cette direction le faisceau de sa torche, nous avons vu que l'objet en question était couché sur le côté, et nous tournait le dos. On voyait clairement qu'il était fait de la même matière que le chien de l'entrée, mais subsistait sur lui les vestiges d'un vêtement de sport en gros tissu rugueux, qui tombait en poussière et n'était pas pétrifié. Nous étions prêts à subir un choc, nous nous sommes donc approchés avec le plus grand calme pour examiner l'objet de plus près. Ben le contourna pour examiner le visage tourné de l'autre côté. Mais rien ne le préparait à ce qu'il allait voir en dirigeant sa torche sur ce visage de pierre. Le cri qu'il poussa était donc entièrement excusable; lorsque j'eus bondi à ses côtés pour voir à mon tour, je ne pus m'empêcher d'y faire écho. Cela n'avait pourtant rien d'affreux ni de terrifiant en soi. C'était seulement le fait d'avoir reconnu ces traits : sans l'ombre d'un doute, ce visage figé dans l'immobilité de la pierre, avec son expression à moitié effrayée, à moitié amère, avait appartenu à une vieille connaissance à nous : Arthur Wheeler.

Mus par quelque instinct, nous sommes sortis de la caverne en chancelant, puis en rampant, nous avons descendu la pente couverte de broussailles jusqu'à un endroit d'où l'on ne voyait plus ce sinistre chien de pierre. Nous ne savions que penser, nos esprits brassaient des conjectures et des appréhensions. Ben, qui avait bien connu Wheeler, était particulièrement bouleversé; il semblait rassembler des indices qui m'avaient échappé.

Pendant notre halte sur la pente verdoyante, il ne cessait de répéter : « Pauvre Arthur, pauvre Arthur! », mais je ne me rappelai ce que nous avait dit le vieux Sam Poole sur les ennuis qu'avait eus Wheeler avant sa disparition qu'après l'avoir entendu murmurer : « Dan le Fou. » Le temps d'un éclair, l'idée nous effleura que l'hôte jaloux aurait pu être responsable de la présence de Wheeler dans cette caverne, mais cette pensée s'évanouit aussi vite qu'elle avait pris naissance.

Ce qui nous intriguait le plus concernait le phénomène lui-même. Nous étions complètement dépassés par cette question; quelle émanation gazeuse, quelle vapeur issue d'une substance minérale avait pu provoquer ce changement en relativement peu de temps? La pétrification normale, nous le savions, est un processus chimique supposant le remplacement très lent de substances par d'autres. Il lui faut beaucoup de temps pour s'accomplir; et pourtant, il y avait ici deux images de pierre qui avaient été des êtres vivants – du moins Wheeler était ce cas – quelques semaines auparavant. Il était inutile de faire des conjectures. Il nous restait, cela était clair, qu'à aviser les autorités en leur laissant le soin de découvrir ce qu'elles pourraient. Mais Ben avait toujours cette arrière-pensée concernant Dan le Fou. De toute façon, nous sommes retournés, en nous agrippant, jusqu'à la route; une fois là, Ben ne prit pas la direction du village, mais regarda vers les hauteurs dans la direction où le vieux Sam avait dit que se trouvait la cabane de Dan. C'était la deuxième maison après le village, avait dit le vieux vagabond asthmatique; elle se trouvait sur la gauche, loin de la route dans un épais taillis de chênes rabougris. Avant que j'aie eu le temps de m'en apercevoir, Ben m'entraînait pour me faire remonter la route sablée, passer devant une ferme crasseuse et pénétrer dans une région de plus en plus sauvage.

Il ne me vint pas à l'idée de protester, mais j'éprouvais la sensation d'une menace qui se précisait à mesure que se raréfiaient les indices familiers de l'agriculture et de la civilisation. Finalement s'ouvrit à notre gauche un sentier étroit et mal entretenu, tandis qu'apparaissait au-delà d'un bouquet d'arbres souffreteux, à moitié morts, le toit pointu d'un bâtiment sordide aux murs et aux volets sans peinture. Ce devait être la cabane de Dan le Fou, et je m'étonnai que Wheeler ait pu choisir un endroit aussi peu engageant pour y installer son quartier général. J'appréhendais d'avoir à gravir ce sentier rebutant envahi de mauvaises herbes, mais Ben avançant d'un pas décidé, je ne pouvais rester en arrière. Il cognait déjà vigoureusement, à la porte branlante qui sentait le moisi.

Il n'obtint aucune réponse, et il y eut dans l'écho qui répondit aux coups frappés par lui, quelque chose qui me donna des frissons. Sans se troubler, il se mit sur-le-champ à faire le tour de la cabane à la recherche d'une fenêtre non fermée. A sa troisième tentative, il en trouva une, à l'arrière de cette misérable cabane, qui lui parut susceptible de s'ouvrir. Après un coup d'épaule et un saut alerte, il se trouva à l'intérieur et m'aida à entrer à sa suite.

La pièce dans laquelle nous nous trouvions était pleine de blocs de granit et de calcaire, de ciseaux de sculpteur et de modèle en terre glaise, et nous comprîmes sur-le-champ que c'était l'ancien atelier de Wheeler. Jusque-là nous n'avions rencontré aucun signe de vie. Il flottait partout une odeur de poussière de très mauvais augure. Il y avait à notre gauche une porte ouverte. On accédait évidemment par là à une cuisine, sur le côté de la maison où se remarquait une cheminée. Ben la franchit, soucieux de découvrir tout ce qui pourrait concerner le dernier domicile de son ami. Il était très en avance sur moi quand il franchit le seuil, si bien que je ne pus voir immédiatement ce qui le fit s'arrêter net et pousser à voix basse une exclamation horrifiée.

Un moment plus tard, je voyais à mon tour, et je criais sans plus pouvoir m'en empêcher que dans la caverne. Car ici, dans cette cabane éloignée des gouffres souterrains qui auraient pu dégager des gaz étranges et donner naissance à d'étranges simulacres, il y avait deux personnages de pierre dont je sus immédiatement qu'ils ne pouvaient pas avoir été taillés par le ciseau d'Arthur Wheeler. Dans un fauteuil mal dégrossi devant le foyer, maintenu dans cette position par la lanière d'un long fouet de cuir vert, il y avait la forme d'un homme – pas soigné, âgé, avec une expression d'horreur insondable peinte sur sa vilaine figure pétrifiée.

A côté de lui, sur le sol, était étendue une femme, gracieuse, avec un visage très jeune, d'une grande beauté et qui semblait exprimer une satisfaction sardonique; près de sa main droite tendue il y avait un grand seau de fer-blanc, sali à l'intérieur comme par un dépôt noirâtre.

Nous ne fîmes rien pour nous approcher de ces deux corps pétrifiés d'une manière inexplicable, et nous n'échangeâmes pas d'autres paroles que les conjectures les plus simples. Que ce couple de pierre ait été celui que formaient Dan le Fou et son épouse, nous ne pouvions guère en douter, mais expliquer l'état dans lequel ils se trouvaient, c'était une tout autre affaire. En promenant autour de nous des regards horrifiés, nous comprîmes la soudaineté avec laquelle le dénouement de cette scène était intervenu – malgré l'épaisse couche de poussière, la pièce avait été apparemment laissée en l'état où elle se trouvait à la suite de banales occupations ménagères.

Le seul détail pouvant démentir cette interprétation se remarquait sur la table de la cuisine. Au milieu, bien dégagé comme pour attirer à coup sûr l'attention, se trouvait un cahier peu épais, fatigué, maintenu en place par un entonnoir en fer-blanc, de bonne dimension. Ben s'avança pour lire et vit aussitôt qu'il s'agissait d'une sorte d'agenda avec des notes datées, écrites d'une main maladroite et peu exercée. Les tout premiers mots fixèrent mon attention, et, moins de dix secondes plus tard, Ben, la respiration coupée, était en train de dévorer ce texte, tandis que je suivais avec avidité par-dessus son épaule. Sans cesser de lire, nous sommes passés dans l'autre pièce, pour trouver une atmosphère un peu moins macabre. Bien des choses restées obscures devenaient à présent terriblement claires pour nous, et nous tremblions, en proie à des émotions complexes.

Voici ce que nous avons lu – et ce que le coroner a lu après nous. Le public a trouvé dans les journaux populaires une version déformée et à sensation mais elle ne dégage qu'une faible partie de l'horreur véritable que ce simple original représenta pour nous tandis que, seuls dans cette cabane vermoulue au milieu des collines sauvages, nous nous posions toutes sortes de questions, avec ces deux choses de pierre monstrueusement anormales se dissimulant dans le silence de mort de la pièce voisine. Lorsque nous eûmes terminé, Ben mit le cahier dans sa poche avec un geste exprimant quelque répulsion et ses premiers mots furent : « Partons d'ici. »

Sans un mot, avec nervosité, nous avons regagné en chancelant le devant de la maison, ouvert la porte et entamé le long trajet menant au village. Dans les jours qui suivirent, il y eut bien des déclarations à faire, bien des réponses à donner aux questions qu'on nous posait. Je ne crois pas que nous puissions, ni Ben ni moi, nous débarrasser jamais des séquelles de cette expérience éprouvante. Pas plus que certaines autorités locales et quelques reporters de la ville qui se sont rassemblés dans le voisinage, bien qu'ils aient brûlé un certain livre et des papiers trouvés dans le grenier, détruit une quantité considérable de matériel dans la partie la plus profonde de cette sinistre caverne à flanc de colline. Mais voici le texte :

5 novembre. – Mon nom est Daniel Morris. Dans la région on m'appelle « Dan le Fou » parce que je crois à des pouvoirs auxquels personne ne croit plus de nos jours. Quand je monte à Thunder Hill pour célébrer la Fête des Renards ils croient que je suis fou – sauf les gens de l'arrière-pays à qui je fais peur. Ils essaient de me retenir de sacrifier le Bouc Noir la veille de la Toussaint et m'empêchent toujours de célébrer le Grand Rite qui ouvrirait la barrière. Ils devraient mieux savoir, car ils n'ignorent pas que, du côté de ma mère, je suis un Van Kauran et tout le monde, sur cette rive-ci de l'Hudson peut dire quelle tradition ont transmise les Van Kauran. Nous descendons de Nicholas Van Kauran, le sorcier, pendu à Wijtgaart en 1587, et dont tout le monde sait qu'il a conclu un pacte avec l'Homme Noir.

« Quand ils ont brûlé sa maison, les soldats n'ont pu mettre la main sur son *Livre d'Eibon*. Quand il se rendit à Rensselacrwyck et plus tard traversa le fleuve pour aller à Esopus, son petit-fils, William Van Kauran l'emporta avec lui. Demandez à n'importe qui à Kingston ou Hurley ce que peuvent faire les descendants de William Van Kauran à ceux qui se mettent sur leur chemin. Demandez-leur aussi si mon oncle Hendrik ne s'est pas arrangé pour conserver le *Livre d'Eibon* quand ils l'ont chassé de la ville et qu'il a remonté le fleuve jusqu'ici avec sa famille.

« J'écris ceci – et je continuerai – parce que je veux que les gens sachent la vérité lorsque je ne serai plus là. Je crains aussi de devenir vraiment fou si je ne consigne pas les choses noir sur blanc. Tout se ligue contre moi, et si cela continue, il faudra que j'utilise les secrets du *Livre* et que j'invoque certaines Puissances. Il y a trois mois, ce sculpteur Arthur Wheeler est venu à Mountain Top; on me l'a envoyé parce que je suis le seul ici à tout savoir excepté l'agriculture, la chasse, et l'exploitation des estivants. Ce type a paru intéressé par ce que j'avais à dire et a fait un arrangement pour descendre ici moyennant 13 dollars par semaine, nourriture comprise. Je lui ai donné la chambre de derrière à côté de la cuisine pour entreposer ses blocs de pierre et faire sa sculpture. J'ai pris un arrangement avec Nate Williams pour qu'il l'aide à faire sauter le roc et pour qu'il hale les gros blocs jusqu'ici avec un traîneau et un attelage de bœufs.

« Cela se passait il y a trois mois. A présent je sais pourquoi ce maudit fils de l'enfer s'est installé aussi rapidement. Ce n'est pas du tout à cause de ma conversation, mais des charmes de Rose mon épouse, la fille aînée d'Osborn Chandler. Elle a seize ans de moins que moi, elle ne cesse de faire les yeux doux aux garçons de la ville. Mais nous avons toujours réussi à bien nous entendre jusqu'à l'arrivée de ce rat puant; même si elle refusait de m'assister dans la célébration des Rites de la Toussaint et de la Croix. Je vois à présent que Wheeler le lui fait au sentiment. Il la rend si amoureuse de lui qu'elle ne me regarde presque plus; je suppose qu'il essaiera de s'enfuir tôt ou tard avec elle.

« Mais il agit lentement comme tous ces chiens bien polis, mais rusés et j'ai du temps pour réfléchir à ce que je dois faire. Ils ne se doutent ni l'un ni l'autre que je soupçonne quelque chose, mais bientôt ils comprendront tous les deux que cela ne paie pas de violer l'intimité de la maison d'un Van Kauran. Je leur promets beaucoup de nouveauté dans ce que je vais faire.

25 novembre. – Thanksgiving Day! Le jour d'actions de grâces! Voici une assez bonne plaisanterie! Quand j'aurai terminé ce que j'ai commencé, il y a quelqu'un à qui je devrai des remerciements. Il n'y a aucun doute : Wheeler est en train d'essayer de me prendre ma femme. Pour le moment, toutefois, je vais le laisser dans son rôle de locataire. Descendu la semaine dernière le *Livre d'Eibon* trouvé dans la vieille malle d'Oncle Hendrik au grenier. Cherché quelque chose de bien qui ne nécessite pas de sacrifice que je ne peux pas célébrer par ici. Je veux que cela liquide ces deux traîtres sournois, mais, en même temps, ne me cause aucun ennui. S'il y a par la même occasion un soupçon de drame, cela n'en sera que mieux. J'ai pensé évoquer l'émanation de Yoth, mais cela nécessite le sang d'un enfant et il faut que je prenne garde aux voisins. La Pourriture Verte paraît prometteuse, mais ce serait un peu désagréable pour moi aussi bien que pour eux. Il y a certains spectacles et certaines odeurs que je n'aime pas.

10 décembre. – Eureka! J'ai fini par trouver! La vengeance est douce – et ceci est la perfection! Wheeler, le sculpteur – c'est trop merveilleux! Oui, c'est vrai, ce sale hypocrite va produire une statue qui se vendra plus vite que tout ce qu'il a pu sculpter ces dernières semaines! Un réaliste, hein? Ces nouvelles statues n'en manqueront pas, de réalisme! J'ai trouvé la formule dans une note manuscrite en face de la page 679 du *Livre.* D'après l'écriture j'estime qu'elle est de la main de mon arrière-grand-père Bareut Picterse Van Kauran – celui qui a disparu de New Platz en 1839. *Iä Shub-Niggurath!* Le Bouc avec les Mille Jeûnes!

« Pour tout dire, j'ai trouvé un moyen de changer ces ignobles rats en statue de pierre. C'est ridiculement simple et cela s'apparente en réalité à la pure chimie plutôt qu'aux Pouvoirs Extérieurs. En m'assurant de la drogue qui convient, je peux préparer un breuvage qu'on fera passer pour du vin fait à la maison, et une bonne lampée devrait venir à bout d'un être ordinaire qui n'est pas un éléphant. Cela revient à une sorte de pétrification infiniment accélérée. Cela envoie dans tout l'organisme des sels de calcium et de baryum qui remplacent les cellules vivantes par une substance minérale, si rapidement que rien ne peut l'arrêter. Ce doit être l'une de ces choses que mon arrière-grand-père a eues au Grand Sabbat sur le Pain de Sucre dans les Catskill. Il se passait des choses étranges là-bas. Je crois avoir entendu parler d'un homme qui, à New Paltz – Squire Hasbrouck –, avait, en 1834, été métamorphosé en pierre ou quelque chose comme cela. C'était un ennemi des Van Kauran. La première chose que je dois faire, c'est de commander les cinq produits chimiques dont j'ai besoin à Albany et à Montréal. Ensuite, tout mon temps pour expérimenter. Lorsque tout est terminé j'embarque toutes les statues et je les vends comme œuvres de Wheeler pour payer ses notes en souffrance! Il a toujours été un réaliste et un égoïste – ne serait-il pas naturel qu'il fasse un autoportrait en pierre et qu'il utilise ma femme comme modèle pour une seconde statue – comme il le fait en réalité depuis quinze jours? Je parie que le public sera trop abruti pour demander de *quelle carrière* est sortie cette pierre étrange!

25 décembre. – Noël. Paix sur la terre, et ainsi de suite!

« Ces deux cochons se font les yeux doux comme si je n'existais pas. Ils doivent me croire sourd, abruti, et aveugle! Bon. Le sulfate de baryum et le chlorure de sodium ont été livrés d'Albany jeudi dernier, et les acides, les catalyseurs et les instruments doivent arriver de Montréal d'un jour à l'autre. Les moulins des dieux – et tout cela! Je ferai le travail dans la Caverne d'Allen près du dépôt de bois du bas, et en même temps je ferai au vu de tout le monde du vin dans la cave d'ici. Il faudra une excuse pour offrir une nouvelle boisson – bien qu'il ne soit pas nécessaire de dresser trop de plans pour flouer ces benêts à l'esprit dérangé. La difficulté ce sera de faire boire du vin à Rose, parce qu'elle prétend ne pas l'aimer. Toutes les expériences sur les animaux, je les ferai en bas dans la caverne, personne ne songe à y aller en hiver. De toute façon, pour justifier le temps que j'y passe, je couperai un peu de bois. Une ou deux petites charges rentrées le lanceront sur une fausse piste.

20 janvier. – C'est un travail plus difficile que je ne pensais. Les proportions ont une grande importance. Les produits sont arrivés de Montréal, mais il m'a fallu passer une nouvelle commande pour pouvoir améliorer mes dosages et je fais venir une lampe à acétylène. En bas, dans le village, ils commencent à se montrer curieux. J'aurais bien voulu que le bureau des colis exprès ne se trouve pas dans le magasin de Steenwyck. J'essaie différents mélanges sur les moineaux qui viennent boire et se baigner dans la mare devant la caverne – quand elle n'est pas gelée. Quelquefois cela les tue, mais quelquefois aussi, ils s'envolent. C'est clair, j'ai dû négliger une réaction importante. Je pense que Rose et ce parvenu vont tirer le maximum de mon absence – mais je peux me permettre de les laisser faire. Mon succès final ne fait aucun doute.

11 février. – J'ai fini par y arriver! J'ai mis dans la mare – qui aujourd'hui est bien fondue – une nouvelle dose. Le premier oiseau qui a bu a culbuté comme si on lui avait tiré dessus. Je l'ai ramassé un instant après, il était devenu un véritable morceau de pierre, jusqu'à la moindre plume, la plus petite griffe. Aucun muscle n'a changé depuis le moment où il s'est posé pour boire; il a donc dû mourir dès l'instant où un peu de drogue est arrivé dans son estomac. Je ne m'attendais pas à une pétrification aussi rapide. Mais l'expérience sur un moineau ne permet pas de se rendre compte du résultat qu'on obtiendrait sur un gros animal. Il me faut quelque chose de plus volumineux pour faire un essai, car il me faut la bonne concentration pour le moment où j'en donnerai à ces cochons. Je pense que Rex, le chien de Rose, fera l'affaire. Je l'emmènerai la prochaine fois et je raconterai qu'il a été pris par un loup gris. Elle tient beaucoup à lui, mais je ne serais pas fâché de lui donner une raison de larmoyer un peu avant la grande expiation. Je dois faire attention à l'endroit où je range ce cahier. Rose va quelquefois fureter dans les endroits les plus invraisemblables.

15 février. – Ça brûle! Essayé sur Rex. Ça a marché admirablement avec une dose simplement double. J'ai préparé cela dans la mare et je l'ai fait boire. Il avait l'air de savoir que quelque chose d'étrange lui était arrivé, car il s'est hérissé et il a grondé, mais il était transformé en un morceau de pierre avant d'avoir pu tourner la tête. Il fallait une solution plus forte et, pour un être humain, il la faudrait plus forte encore. Je crois tenir le bon bout, et je suis pour ainsi dire prêt pour ce salaud de Wheeler. La drogue ne paraît pas avoir de goût, mais pour plus de sûreté je la parfumerai avec le vin nouveau que je suis en train de faire à la maison. Je voudrais être absolument sûr de son absence de goût, de manière à pouvoir la donner à Rose dans de l'eau sans être obligé d'insister pour lui faire boire du vin. Je les prendrai séparément. Wheeler ici dehors et Rose à la maison. Je viens de préparer une solution forte et j'ai débarrassé le devant de la caverne de tous les objets étranges. Rose a gémi comme un petit chien quand je lui ai dit qu'un loup avait emporté Rex, et Wheeler a fait entendre un gargouillis plein de compassion.

1er mars. – Iä R'lyeh! Gloire au Seigneur Tsathoggua! J'ai fini par avoir ce rejeton de l'Enfer! Je lui ai dit que j'avais trouvé une nouvelle veine de calcaire friable en bas de ce chemin et il m'a couru derrière comme un chien jaune qu'il est! J'avais sur la hanche une bouteille de drogue aromatisée au vin, et, une fois arrivé ici, il a été content d'en boire une lampée. Il a tout avalé sans sourciller et il a été terrassé sur place avant que j'aie pu compter jusqu'à trois. Mais il sait que j'ai eu ma vengeance car je lui ai fait une figure à laquelle il n'a pas pu se tromper. Au moment où il basculait j'ai vu une lueur de compréhension sur son visage. En deux minutes, il était changé en pierre.

« Je l'ai tiré dans la caverne et j'ai remis Rex dehors. Ce chien aux poils hérissés contribuera à tenir les gens à l'écart. Cela va être bientôt la saison des chasseurs de printemps et, de plus, il y a ce sacré tubard du nom de Jackson dans une cabane sur l'autre versant de la colline, qui va fouiner partout dans la neige. Je ne voudrais pas qu'on découvre déjà mon laboratoire et mon magasin! En rentrant j'ai dit à Rose que Wheeler avait trouvé au village un télégramme le rappelant d'urgence chez lui. Je ne sais pas si elle m'a cru ou non, mais c'est sans importance. Pour sauvegarder les apparences, j'ai fait un paquet des affaires de Wheeler et les ai descendues en bas de la colline, en disant que j'allais les expédier. Je les ai jetées dans le puits asséché de la maison abandonnée de Rapelye. A présent, au tour de Rose!

Mardi 3. – Je n'ai pas pu faire boire de vin à Rose. J'espère que cette drogue est assez dépourvue de goût pour que lorsque je l'aurai mélangée à de l'eau, Rose ne remarque rien. J'ai essayé d'en mettre dans du thé et du café, mais il se forme un précipité. Si je l'emploie dans de l'eau, il faudra que je diminue la dose et que je me fie à une action plus progressive. Mr et Mrs Hoog sont arrivés à l'improviste à midi, et j'ai eu beaucoup de mal à éviter que la conversation ne vienne sur le départ de Wheeler. Il ne faut pas que le bruit coure que nous avons parlé de son rappel à New York quand tout le monde sait qu'il n'est arrivé aucun télégramme et qu'il n'est pas parti par le car. Rose a dans tout cela une attitude bien curieuse. Il va falloir que je me dispute avec elle et que je l'enferme au grenier. Le meilleur moyen c'est d'essayer de lui faire boire de ce vin drogué – et si elle marche, ça n'en sera que mieux.

7 *mars.* – J'ai commencé avec Rose. Elle ne voulait pas boire de vin, si bien que j'ai pris un fouet et l'ai menée au grenier. Elle ne redescendra pas vivante. Je lui fais passer deux fois par jour un plat de viande et du pain, tout cela très salé, et un seau d'eau légèrement additionnée de drogue. La nourriture salée devrait la faire beaucoup boire et l'effet ne peut plus se faire attendre longtemps. Je n'aime pas la façon dont elle pousse des cris au sujet de Wheeler lorsque je suis devant la porte. Le reste du temps elle est complètement silencieuse.

9 *mars.* – Comme cette drogue est longue à prendre possession de Rose, c'est joliment extraordinaire. Il faut que je la prépare plus concentrée – elle n'en sentira probablement jamais le goût avec le sel que je lui fais absorber. Bon, si ça n'arrive pas à triompher d'elle, il y a d'autres moyens d'y parvenir. Mais je voudrais tellement mener à bien cette combinaison de la statue! Eté ce matin dans la caverne et tout est bien là-bas. J'entends quelquefois les pas de Rose au-dessus de ma tête à travers le plafond, et j'ai l'impression qu'ils deviennent de plus en plus traînants. La drogue agit certainement, mais elle

est trop lente. Pas assez forte. Désormais, je vais rapidement augmenter la dose.

11 mars. – C'est très étrange. Elle est encore vivante, et elle bouge toujours. Mardi soir je l'ai entendue qui tripotait une fenêtre. Je suis donc monté et je l'ai fouettée. Elle semble plus lugubre que terrifiée, et ses yeux paraissent gonflés. Mais elle ne pourrait jamais se laisser tomber sur le sol de cette hauteur et il n'y a pas d'endroit par lequel elle puisse se laisser descendre. Cette nuit, j'ai eu des rêves car son pas lent et traînant sur le plancher me porte sur les nerfs. Par moments j'ai l'impression qu'elle s'attaque à la serrure de la porte.

15 mars. – Toujours vivante malgré l'augmentation de la dose. Il y a là quelque chose d'étrange. A présent elle rampe et ne marche plus très souvent. Mais le bruit de cette reptation est horrible. Elle secoue également les fenêtres et tripote la porte. Si cela continue, il faudra que je l'achève à coups de fouet. Je commence à avoir très sommeil. Je me demande si Rose n'était pas plus ou moins sur ses gardes. Mais elle doit boire la drogue. Cette somnolence est anormale... Je crois que la fatigue agit sur moi. J'ai sommeil... »

(Ici l'écriture en pattes de mouche tourne au gribouillage informe, puis laisse la place à une lettre d'une écriture plus ferme, évidemment féminine, trahissant une grande tension émotionnelle.)

16 mars - 4 heures du matin. – Ceci est ajouté par Rose C. Morris, sur le point de mourir. Prévenez s'il vous plaît mon père, Osborne E. Chandler, Route 2, Mountain Top, N.Y. Je viens de lire ce que cette bête sauvage a écrit. J'avais la certitude qu'il avait tué Arthur Wheeler, mais j'ignorais comment avant d'avoir lu ce terrible cahier. Je sais à présent à quoi j'ai échappé. J'avais remarqué le drôle de goût de l'eau, si bien qu'après avoir goûté la première gorgée, j'ai cessé d'en prendre. J'ai tout jeté par la fenêtre. Cette première gorgée m'a paralysée à moitié, mais je peux encore aller et venir. La soif était terrible, mais je mangeais le moins possible de nourriture salée et j'ai pu me procurer un peu d'eau en installant quelques vieilles casseroles et assiettes qui se trouvaient ici, aux endroits où le toit avait des fuites.

« Il y a eu deux grandes pluies. J'ai cru qu'il essayait de m'empoisonner, mais je ne savais pas à quoi ressemblait le poison. Ce qu'il a écrit a son sujet et au mien est un mensonge. Nous n'avons jamais été heureux ensemble et je ne crois l'avoir épousé que parce qu'il m'avait envoûtée comme il savait le faire. Je pense qu'il nous a hypnotisés, mon père et moi, car il a toujours été haï, craint, soupçonné d'avoir conclu des pactes maudits avec le Diable. Mon père l'a appelé une fois l'Allié du Diable, et il avait raison.

« Personne ne saura jamais les épreuves que j'ai connues en étant sa femme. Ce n'était pas de la simple cruauté commune – Dieu sait pourtant à quel point il était cruel –, et il lui arrivait fréquemment de me battre avec un fouet de cuir. Cela allait plus loin, plus loin que ne pourra jamais le comprendre quelqu'un vivant à notre époque. C'était une créature monstrueuse, et il pratiquait toutes sortes de cérémonies infernales célébrées par la famille de sa mère. Il a essayé de me faire participer à la célébration des cérémonies – et je n'ai même pas osé avoir un aperçu de ce qu'elles étaient. Je ne voulais pas, si bien qu'il me battait. Ce serait blasphémer de dire ce qu'il essayait de me faire faire. Je peux affirmer qu'il était déjà un meurtrier à cette époque, car je sais le sacrifice qu'il a célébré une nuit à Thunder Hill. Il était sûrement l'Allié du Diable. J'ai essayé quatre fois de m'enfuir; mais il m'a toujours reprise et alors, il me battait. Il faut ajouter qu'il exerçait sur mon esprit – et même sur celui de mon père – une sorte d'emprise.

« A propos d'Arthur Wheeler, il n'y a rien dont je puisse avoir honte. Nous sommes tombés amoureux l'un de l'autre, mais en tout bien, tout honneur. J'ai été traitée par lui avec bonté pour la première fois depuis que j'avais quitté mon père, et il voulait m'aider à sortir des griffes de ce démon. Il avait eu plusieurs conversations avec mon père, et il allait m'aider à partir pour l'Ouest. Après mon divorce, nous nous serions mariés.

« Depuis que cette brute m'a enfermée au grenier j'ai formé le projet de sortir et d'en finir avec lui. Je gardais toujours le poison pendant la nuit pour le cas où je pourrais m'échapper, le surprendre endormi et le lui faire prendre d'une façon ou d'une autre. Au début il se réveillait facilement lorsque je travaillais sur la serrure de la porte ou examinais l'état des fenêtres, mais ensuite, il commença à être plus fatigué et à dormir plus profondément. Je pouvais toujours reconnaître à son ronflement s'il était endormi.

« Ce soir il s'est endormi si vite que j'ai forcé la serrure sans le réveiller. J'ai eu énormément de peine à descendre l'escalier à cause de ma paralysie partielle, mais j'y parvins. Je l'ai trouvé ici, avec la lampe allumée, endormi devant la table, près du cahier dans lequel il avait écrit. Dans le coin, était appuyé le long fouet de cuir vert qu'il avait si souvent utilisé pour me battre. Je m'en servis pour le ligoter à sa chaise de sorte qu'il ne puisse bouger un muscle. Je lui liai le cou de manière à pouvoir, sans qu'il résiste, lui faire ingurgiter n'importe quoi.

« Il s'éveilla au moment où je terminais et je crois qu'il a vu ce qui l'attendait. Il hurla des choses effrayantes et essaya de déclamer des formules mystiques, mais je le bâillonnai au moyen d'un torchon pris sur l'évier. Puis je vis ce cahier dans lequel il avait écrit et je m'arrêtai pour le lire. Le choc fut terrible, j'ai failli m'évanouir quatre ou cinq fois. Mon esprit n'était pas préparé à des choses semblables. Ensuite j'ai parlé à ce démon pendant deux ou trois heures de suite. Je lui dis tout ce que j'aurais voulu pouvoir lui dire pendant mes longues années d'esclavage, et un tas d'autres choses ayant un rapport avec ce que je venais de lire dans cet horrible cahier.

« Quand j'ai eu terminé, il paraissait presque violet, et je crois qu'il délirait à moitié. Alors, j'ai pris un entonnoir sur le buffet et, après lui avoir ôté son bâillon, je le lui ai enfoncé dans la bouche. Il savait ce que j'allais faire, mais il ne pouvait pas m'en empêcher. J'avais apporté le seau d'eau empoisonnée, et, sans éprouver l'ombre d'un remords, j'en ai versé une bonne moitié dans l'entonnoir.

« La dose devait être très forte, car je vis presque aussitôt cette brute se roidir et prendre un aspect de pierre gris terne. Au bout de dix minutes je savais qu'il était transformé en pierre compacte. Je ne pouvais supporter l'idée de le toucher, mais, lorsque je sortis l'entonnoir de sa bouche, il fit entendre un *tintement* horrible. J'aurais voulu pouvoir infliger à cet Allié du Diable une mort plus pénible, plus lente, mais c'était sûrement celle qui lui convenait le mieux.

« Il ne me reste plus grand-chose à dire. Je suis à demi paralysée, et Arthur étant mort, je n'ai plus rien qui me retienne à la vie. Je vais terminer ce qui a été commencé en buvant le reste du poison après avoir mis ce cahier dans un endroit où l'on ne manquera pas de le trouver. Dans un quart d'heure je serai une statue de pierre. Mon seul souhait, c'est d'être enterrée à côté de la statue qui fut Arthur, lorsqu'on l'aura découverte dans la caverne où ce démon l'a laissée. Le pauvre Rex, si confiant, devra reposer à nos pieds. Je ne me soucie pas de ce qu'il adviendra du démon de pierre ligoté sur le fauteuil... »

Hazel HEALD

LA MORT AILÉE

L'Orange Hotel se trouve dans High Street, près de la gare du chemin de fer, à Bloemfontein, Afrique du Sud. Le dimanche 24 janvier 1932, dans une chambre du troisième étage, il y avait quatre hommes qui tremblaient de terreur. L'un était George C. Titteridge, propriétaire de l'hôtel; l'autre l'officier de police Ian De Witt, du Commissariat Central; le troisième était Johannes Bogaert, le coroner du lieu; le quatrième, et apparemment le moins bouleversé du groupe, était le Dr Cornelius Van Keulen, le médecin légiste attaché au coroner.

Sur le plancher, très en vue, d'une manière peu agréable en raison surtout de l'étouffante chaleur estivale, il y avait le cadavre d'un homme – mais ce n'était pas de lui que ces quatre hommes avaient peur. Leurs regards allaient de la table, sur laquelle se trouvaient des objets curieusement rassemblés, au plafond, dont la surface blanche sans aspérités portait d'énormes lettres tracées à l'encre d'une main tremblante, on ne savait comment. Et, à chaque instant, le Dr Van Keulen jetait un regard furtif sur le cahier relié de cuir fatigué qu'il tenait dans sa main gauche. L'horreur ressentie par ces quatre personnages semblait se répartir également entre le cahier, les mots griffonnés au plafond et une mouche morte d'un aspect particulier qui flottait dans un flacon d'ammoniaque posé sur la table. Il y avait aussi sur cette table un encrier ouvert, une plume, un bloc-notes, une trousse de médecin, un flacon d'acide chlorhydrique et un verre d'un quart de litre plein d'un produit noir, du peroxyde de manganèse.

Le cahier relié de cuir fatigué était le journal du mort qui gisait sur le sol. Il avait permis d'établir sur-le-champ que le nom qu'il avait signé sur le registre de l'hôtel, Frederik N. Mason, Mining Properties, Toronto, Canada, n'était pas le sien. Il y avait d'autres choses – terribles – que ce livre éclaircissait aussi; et d'autres encore beaucoup plus terrifiantes auxquelles il faisait d'atroces allusions sans les rendre claires ni même tout à fait croyables. C'était la demi-conviction de ces quatre hommes, préparés par une existence passée tout près des secrets noirs et bien enracinés de la mystérieuse Afrique, qui les faisait frissonner si violemment en dépit de la chaleur cuisante de janvier.

Le cahier n'était pas grand, ce qui y était porté l'avait été d'une jolie écriture fine qui, cependant, devenait négligée et nerveuse vers la fin. Les notes avaient d'abord été jetées irrégulièrement sur le papier, puis devenaient finalement quotidiennes. Appeler cela un journal n'aurait pas été tout à fait exact, car un seul aspect des activités de l'intéressé s'y trouvait relaté. Le Dr Van Keulen reconnut le nom du défunt à l'instant même où il ouvrait le cahier. C'était l'un de ses éminents confrères qui s'était largement occupé de questions africaines. Un moment après, il fut horrifié de trouver son nom lié à un crime ignoble resté officiellement inexpliqué, et dont les journaux parus quatre mois plus tôt étaient pleins. A mesure qu'il avançait dans sa lecture, son horreur, sa terreur, sa répulsion et son état de panique s'accentuaient.

Voici, dans l'essentiel, le texte que le docteur lut à haute voix dans cette chambre sinistre et de plus en plus puante; pendant ce temps, les trois hommes qui l'entouraient avaient de la peine à respirer, s'agitaient sur leurs sièges, lançaient des regards terrifiés vers le plafond, la table, la chose étendue sur le sol, et en échangeaient entre eux :

Journal de Thomas Slauenwitt,
Docteur en Médecine

« Concerne la punition de Henry Sargent Moore, Docteur en Philosophie, de Brooklyn, New York, professeur de Biologie des Invertébrés à l'Université Columbia, New York, N. Y. Note préparée pour être lue après ma mort, pour la satisfaction de rendre public l'accomplissement de ma revanche, qui pourrait autrement ne jamais m'être imputée, même si elle réussit.

5 janvier 1929. – Je suis maintenant fermement résolu à tuer le Dr Henry Moore, et un récent incident m'a montré comment je devrai m'y prendre. Désormais, je suivrai une ligne d'action cohérente. C'est pourquoi j'entreprends la rédaction de ce journal.

« Il est à peine nécessaire de rappeler les circonstances qui m'ont amené à prendre cette décision, car la partie informée du public est familiarisée avec tous les faits importants. Né à Trenton, New Jersey, le 12 avril 1885, je suis le fils du Dr Paul Slauenwitt, originaire de Pretoria, Transvaal, Afrique du Sud. J'étudiai la médecine conformément à la tradition de ma famille et sous l'impulsion de mon père (mort en 1916, pendant que je servais en France dans un régiment sud-africain), je me spécialisai dans les maladies africaines. Après avoir obtenu mon diplôme à Columbia j'ai passé beaucoup de temps à effectuer des recherches qui m'ont mené à Durban, Natal, et jusqu'à l'équateur.

« A Mombassa j'ai mis au point ma théorie

nouvelle concernant la transmission et l'évolution de la fièvre récurrente, aidé, mais très superficiellement, par les travaux de l'ancien médecin du Gouvernement, Sir Norman Sloane, que je trouvai dans la maison où je logeais. Lorsque je publiai les résultats que j'avais obtenus, je devins, du premier coup, célèbre et je me mis à faire autorité. On me présenta comme probable ma nomination à un poste presque suprême dans le service de Santé d'Afrique du Sud, et même au titre de Chevalier. Le tout était subordonné à ma naturalisation, si bien que je pris les mesures nécessaires pour l'obtenir.

« Survint alors l'incident pour lequel je suis sur le point de tuer Henry Moore. Cet homme, qui était mon camarade d'études, mon ami depuis des années en Amérique et en Afrique, prit délibérément le parti de saper mes légitimes prétentions à la propriété de ma théorie; sous prétexte que Sir Norman Sloane m'aurait devancé dans des détails essentiels, et en sous-entendant que j'en avais probablement trouvé dans ses papiers plus que je ne le déclarais dans mon exposé. Pour étayer cette accusation absurde, il produisit certaines lettres personnelles de Sir Norman qui montraient en vérité que mon aîné avait exploré le même terrain que moi et qu'il n'aurait pas tardé à publier ses résultats s'il n'avait pas été surpris par une mort soudaine. Cela, je ne pouvais faire autrement que de l'admettre, avec regret. Ce que je ne pouvais excuser, c'était d'essayer par jalousie de me faire soupçonner d'avoir volé la théorie de Sir Norman dans ses papiers. Le Gouvernement britannique a eu assez de bon sens pour ignorer ces assertions calomnieuses, mais il refusa ma nomination à moitié promise et mon accession au titre de Chevalier, sous prétexte que ma théorie, originale à mon point de vue, n'était pas nouvelle en fait.

« Je ne fus pas long à m'apercevoir que ma carrière en Afrique était nettement entravée; pourtant, j'y avais mis tous mes espoirs, au point de renoncer à la nationalité américaine. Une froideur très nette à mon égard commença à se manifester au sein du gouvernement établi à Mombassa, spécialement parmi ceux qui avaient connu Sir Norman. C'est alors que je décidai de rendre la pareille à Moore, tôt ou tard; mais je ne savais pas encore comment. Il avait été jaloux de ma célébrité rapide et il avait tiré avantage de sa correspondance ancienne avec Sir Norman pour me nuire. Et cela de la part de l'ami que j'avais moi-même incité à s'intéresser à l'Afrique – que j'avais fait travailler et inspiré jusqu'à ce qu'il accède à sa petite réputation actuelle de spécialiste de l'entomologie africaine. Même à présent, cependant, je n'irai pas nier que ses acquisitions soient profondes. Je l'ai fait, et, en retour, il a ruiné ma carrière. Maintenant – un jour ou l'autre – je le détruirai.

« En voyant que je perdais du terrain à Mombassa, je me suis tourné vers la situation que j'occupe actuellement, à M'gonga, à soixante-quinze kilomètres seulement de la ligne d'Ouganda. C'est un comptoir pour l'achat du coton et de l'ivoire, comportant seulement huit hommes blancs en dehors de moi. Un trou épouvantable; presque à l'équateur, infesté de toutes les fièvres connues de l'humanité. Des serpents et des insectes venimeux partout, des Noirs atteints de maladies dont personne n'a jamais entendu parler en dehors des facultés de Médecine. Mais mon travail n'est pas pénible et j'ai toujours eu énormément de temps pour dresser des plans concernant Henry Moore. Cela m'amuse de mettre son *Diptères d'Afrique centrale et du Sud* en vedette dans ma bibliothèque. Je suppose qu'il est réellement le manuel consacré – on l'utilise à Columbia, Harvard et au Wisconsin – mais mes suggestions personnelles sont à la base de la moitié de ses meilleurs passages.

« La semaine dernière j'ai rencontré la chose qui m'a fait prendre ma décision sur la façon de tuer Moore. Un détachement de l'Ouganda nous a amené un Noir atteint d'une curieuse maladie que je ne peux pas encore diagnostiquer. Il était en léthargie, il avait une température très basse, et il traînait les pieds d'une façon particulière. Les autres avaient pour la plupart peur de lui; ils disaient qu'un sorcier lui avait jeté quelque sort; mais Gobo, l'interprète, disait qu'il avait été piqué par un insecte. Ce qu'était cet insecte, je ne puis l'imaginer, car il a seulement sur le bras une légère marque rouge vif, cernée de violet. Un aspect fantomatique. Je ne m'étonne pas que les boys l'attribuent à la magie noire. Il semble qu'ils aient déjà rencontré des cas de ce genre, et ils disent qu'il n'y a rien à faire.

« Le vieux N'Kuru, l'un des Galla du comptoir, dit que cela doit être la morsure d'une mouche-démon : ses victimes s'épuisent progressivement et finissent par trépasser. Alors si l'insecte survit, il s'empare de son âme et de sa personnalité. Il voltige à la ronde avec tous ses goûts, ses dégoûts, sa conscience. Curieuse légende, et je ne connais pas d'insecte local assez terrible pour qu'on puisse la lui attribuer. J'ai donné à ce Noir malade – qui s'appelle Mevana – une bonne dose de quinine, j'ai pris un échantillon de son sang pour l'examiner, mais je n'ai pas fait grand progrès. Il y a certainement là un germe étrange, mais je ne peux pas l'identifier, même très approximativement. Ce qu'il y a de plus voisin ce serait le bacille qu'on trouve chez les bœufs, les chevaux, les chiens qui ont été piqués par la mouche tsé-tsé; mais la mouche tsé-tsé n'infecte pas les êtres humains et, de toute façon, nous sommes trop au nord.

« Cependant, la chose importante, c'est que

j'aie décidé comment je tuerai Moore. Si cette région de l'intérieur possède des insectes aussi venimeux que le disent les indigènes, je vais m'arranger pour qu'il en reçoive une expédition d'une origine qu'il ne pourra suspecter, avec toutes sortes d'assurances sur leur innocuité. Je compte sur lui pour envoyer au diable toute précaution quand l'occasion se présente d'étudier une espèce inconnue, et alors nous verrons comment agira la nature! Il ne devrait pas être difficile de trouver un insecte qui terrifie les Noirs à ce point. Voir d'abord comment cela tourne pour le pauvre Mevana – et ensuite trouver mon messager de mort.

7 janvier. – Mevana ne va pas mieux; je lui ai pourtant injecté toutes les antitoxines connues de moi. Il a des crises de tremblements, au cours desquelles il tient des discours terrifiés et extravagants; il parle du chemin que va prendre son âme à sa mort pour passer dans le corps de l'insecte qui l'a piqué. Mais pendant les accalmies, il reste plongé dans une sorte de demi-stupeur. Le cœur est encore bon, il est possible que je l'en sorte. Je vais m'y employer, car il pourra probablement me guider mieux que personne jusqu'à la région où il a été piqué.

« En attendant je vais écrire au Dr Lincoln, mon prédécesseur ici, car Allen, le chef de comptoir, dit qu'il a une connaissance approfondie des maladies locales. S'il y a un homme blanc au courant de ce qui concerne la mouche de la mort, ce doit être lui. Actuellement, il est à Nairobi, mais un coureur noir devrait me rapporter sa réponse dans une semaine – en utilisant le chemin de fer sur la moitié du parcours.

10 janvier. – Etat du patient stationnaire, mais j'ai trouvé ce que je voulais! Un vieux volume de rapports sanitaires locaux que je me suis hâté de parcourir en attendant des nouvelles de Lincoln. Il y a trente ans, une épidémie a tué en Ouganda des milliers d'indigènes et on l'a attribuée avec certitude à une mouche peu répandue appelée *glossina palpalis* – une sorte de cousine germaine de *glossina marsitans,* ou tsé-tsé. Elle vit dans les buissons sur le bord des lacs et des rivières, et se nourrit du sang des crocodiles, des antilopes et des grands mammifères. Lorsque ces animaux ont le germe de la trypanosomiase, ou maladie du sommeil, elle se l'inoçule et, après une incubation de trente et un jours, devient le siège d'une infection aiguë. Ensuite, pendant soixante quinze jours, sa piqûre est inévitablement mortelle pour tout homme ou animal.

« Sans aucun doute, ce doit être la « mouche-démon » dont parlent les Noirs. Je sais à présent dans quelle direction je me dirige. Espérons que Mevana s'en tirera. Je devrais avoir des nouvelles de Lincoln dans quatre ou cinq jours. Le plus difficile, ce sera de faire parvenir les mouches à Moore sans qu'il les reconnaisse. Avec son maudit côté scolaire et bûcheur, ce serait bien de lui de tout connaître à leur sujet depuis qu'elles ont été décrites pour la première fois.

II

15 janvier. – J'ai à l'instant des nouvelles de Lincoln qui confirme tout ce que disent les comptes rendus au sujet de *glossina palpalis.* Il a un remède pour la maladie du sommeil qui a réussi dans un grand nombre de cas à condition de ne pas être administré trop tard. Injections intramusculaires de tryparsamide. Comme Mevana a été piqué il y a environ deux mois, je ne sais pas si ça va marcher. Mais Lincoln dit qu'on connaît des cas qui ont traîné pendant dix-huit mois, il n'est donc pas impossible que ce ne soit pas trop tard. Lincoln m'a envoyé un peu de sa drogue et je viens de faire à Mevana une piqûre bien tassée. Dans un état de stupeur à présent. On lui a amené du village sa principale épouse mais il ne la reconnaît même pas. S'il se rétablit, il pourra certainement me montrer où sont les mouches. C'est un grand chasseur de crocodiles, d'après les rapports, et il connaît l'Ouganda comme sa poche. Je lui ferai une autre piqûre demain.

16 janvier. – Mevana paraît un peu plus brillant aujourd'hui, mais son rythme cardiaque se ralentit un peu. Je vais continuer les injections, mais sans insister.

17 janvier. – Le rétablissement se précise vraiment aujourd'hui. Mevana ouvre les yeux et donne des indices de conscience réelle, bien que restant un moment étourdi après la piqûre. J'espère que Moore ne connaît pas la tryparsamide. Il y a beaucoup de chances que non, car il n'est guère orienté du côté de la médecine. La langue de Mevana semble paralysée, mais je m'imagine que cela va passer si seulement je peux le réveiller. Est-ce que je n'aimerais pas faire moi-même un bon somme, mais pas de cette nature.

25 janvier. – Mevana presque guéri! Dans une semaine, il pourra m'emmener dans la jungle. Il était terrifié la première fois qu'il a abordé le sujet... la mouche prenant sa personnalité après sa mort... mais il s'est finalement rasséréné quand je lui ai dit qu'il allait recouvrer la santé. Sa femme, Ugowe, prend bien soin de lui à présent, et je peux un peu me reposer. Ensuite, au tour des messagers de la mort!

3 février. – Mevana se porte bien à présent et je lui ai parlé d'une chasse aux mouches. Il a peur d'aller près de l'endroit où il a été piqué mais je joue sur la reconnaissance que je lui inspire. En outre, il a l'idée que je peux le prémunir contre la maladie aussi bien que j'ai pu le soigner. Son cran ferait honte à un homme blanc – il ira, sans aucun doute. Je peux partir en disant au chef de comptoir que le voyage a pour objectif un travail sur la santé publique dans la région.

12 mars. – Enfin en Ouganda! J'ai cinq boys en dehors de Mevana, mais ils sont tous Galla. On ne peut engager de Noirs du lieu pour venir à proximité de cette région à cause des bavardages concernant ce qui est arrivé à Mevana. Cette jungle est un endroit pestilentiel. De tous côtés se dégagent des vapeurs chargées de miasmes. Tous les lacs paraissent stagnants. A un endroit nous avons découvert des vestiges de ruines cyclopéennes que même les Galla évitent par un grand détour. Ils disent que ces mégalithes datent d'une époque antérieure à l'apparition de l'homme. C'étaient des repaires ou des avant-postes des « Pêcheurs d'Ailleurs » – quel que soit le sens de ces mots – et des dieux malfaisants Tsadogwa et Cthulhu. On dit qu'ils ont encore aujourd'hui une influence maléfique et un certain rapport avec les mouches-démons.

15 mars. – Arrivés ce matin au lac Mlolo, où Mevana a été piqué. Un endroit infernal, recouvert d'une écume verte, infesté de crocodiles. Mevana a installé un piège à mouches en mailles très fines avec pour appât de la viande de crocodile. L'entrée est très étroite; une fois à l'intérieur, la proie ne sait pas comment en sortir. Ces mouches sont aussi stupides que dangereuses; elles sont également friandes de viande fraîche et attirées par un bol de sang. J'espère que nous allons pouvoir en faire une bonne provision. J'ai décidé de faire mes expériences avec elles, en trouvant un moyen de changer leur apparence de telle sorte que Moore ne les reconnaisse pas. Je peux éventuellement les croiser avec une autre espèce et produire un hybride dont les aptitudes à transmettre l'infection ne soient pas diminuées. Nous verrons. Je dois attendre, mais, à présent, je ne suis pas pressé. Quand je serai prêt je me ferai envoyer par Mevana de la viande infectée pour nourrir mes messagers de mort – et alors, en route pour la poste. Il ne devrait pas être difficile de trouver cette viande, car ce pays est véritablement infesté.

16 mars. – J'ai eu de la chance. Deux cages pleines. Cinq spécimens vigoureux avec des ailes étincelantes comme des diamants. Mevana est en train de les faire passer dans une grande boîte dont le couvercle est fait de mailles très serrées. Je pense que nous les avons attrapés dans le minimum de temps. Nous pouvons les emporter à M'gonga sans difficulté, en nous munissant d'une bonne provision de viande de crocodile pour leur nourriture. Il n'est pas douteux que ces mouches soient toutes – ou pour la plupart – déjà infectées.

20 avril. – Rentré à M'gonga, occupé au laboratoire. J'ai demandé au Dr Joost à Pretoria quelques mouches tsé-tsé pour des expériences d'hybridation. Si ce croisement marche, il doit produire quelque chose d'assez difficile à reconnaître, et cependant tout aussi dangereux que *palpalis.* Si ça ne marche pas, j'essaierai d'autres diptères de l'intérieur et j'ai écrit au Dr Vandervelde à Nyangwe pour lui demander quelques spécimens du Congo. Finalement je ne serai pas obligé de demander à Mevana de m'expédier une nouvelle provision de viande contaminée car je m'aperçois que je peux conserver presque indéfiniment dans des tubes des germes de *Trypanasoma gambiensis,* prélevés sur la viande que nous nous sommes procurée le mois dernier. Le moment venu, j'ensemencerai un peu de viande fraîche, j'en ferai absorber une bonne dose par mes messagers ailés – et je leur souhaiterai *bon voyage!*

18 juin. – Les mouches tsé-tsé envoyées par Joost sont arrivées aujourd'hui. Les cages pour la reproduction étaient prêtes depuis longtemps et je suis en train à présent d'opérer des sélections. J'ai l'intention d'utiliser les rayons ultraviolets pour accélérer le cycle. J'ai heureusement le dispositif nécessaire dans mon matériel normal. Naturellement je ne dis à personne ce que je suis en train de faire. L'ignorance des rares hommes se trouvant ici me permet de dissimuler facilement mes objectifs et de faire semblant d'étudier simplement les espèces existantes pour des raisons médicales.

29 juin. – Le croisement est fertile! Bons dépôts d'œufs mercredi dernier, et, maintenant, j'ai quelques larves excellentes. Si l'insecte parfait a un aspect aussi étrange que ces larves, je n'ai besoin de rien d'autre. Je prépare des cages séparées et numérotées pour les différents spécimens.

7 juillet. – Les nouveaux hybrides sont éclos! Pour ce qui est de la forme, le déguisement est excellent, mais le reflet des ailes fait encore penser à *palpalis.* Le thorax évoque vaguement les rayures de la tsé-tsé. Légères différences d'un individu à l'autre. Je les nourris tous de viande de crocodile infectée et lorsqu'ils auront acquis le pouvoir de contamination, je les essaierai sur certains des Noirs, par accident, naturellement, du moins en apparence. Il y a tant de mouches modérément venimeuses par ici que cela est facile à faire sans éveiller de soupçons. Je lâcherai un insecte dans la salle à manger munie de moustiquaires serrées, au moment où Batta, mon boy, sert le petit déjeuner, en prenant bien garde moi-même. Lorsque l'insecte aura rempli son office, je le capturerai ou l'écraserai – chose facile en raison de sa stupidité – ou je l'asphyxierai en remplissant la pièce de chlore. Si ça ne marche pas la première fois, j'essaierai de nouveau jusqu'à ce que je réussisse. J'aurai naturellement de la tryparsamide sous la main pour le cas où je me ferais moi-même piquer – mais je ferai très attention pour l'éviter, car aucun antidote n'est absolument sûr.

10 août. – Pouvoir de contamination acquis. Trouvé moyen de faire piquer Batta dans de bonnes conditions. Attrapé la mouche sur lui, remise dans sa cage. Calmé la douleur avec de la teinture d'iode, et le pauvre diable est tout à fait reconnaissant pour le service que je lui ai rendu. Demain, j'essaierai un spécimen différent sur Gamba, le coursier du comptoir. Ce seront les seules expériences que je me hasarderai à faire ici, mais si j'ai besoin d'en faire d'autres, j'emporterai quelques spécimens à Ukala et recueillerai des observations complémentaires.

11 août. – Pas réussi à avoir Gamba, mais repris la mouche vivante. Batta semble aller aussi bien que d'habitude, il n'a pas mal dans le dos à l'endroit où il a été piqué. Je dois attendre avant d'essayer de nouveau d'avoir Gamba.

14 août. – Le colis d'insectes provenant de Vandervelde arrive enfin. Sept espèces complètement différentes, dont quelques-unes plus ou moins venimeuses. Je les nourris bien pour le cas où le croisement avec la tsé-tsé ne marcherait pas. Quelque-uns de ces jeunes gens paraissent très différents de *palpalis*, mais l'ennui, c'est qu'ils pourraient ne pas donner avec elle un croisement fertile.

17 août. – J'ai eu Gamba cet après-midi, mais j'ai dû tuer la mouche sur lui. Elle l'a piqué à l'épaule gauche. J'ai pansé la piqûre, et Gamba est aussi reconnaissant que Batta. Aucun changement dans l'état de Batta.

20 août. – Etat de Gamba sans changement jusqu'à présent – de même pour Batta. J'expérimente une nouvelle forme de déguisement pour obtenir un supplément d'hybridation. Une sorte de teinture pour changer le reflet, dont tout le monde parle, des ailes de *palpalis*. Une couleur bleuâtre vaudrait mieux, quelque chose que je pourrais vaporiser sur tout un lot d'insectes. Je vais commencer par examiner des produits tels que les bleus de Prusse et Turnbull, des sels de fer et des cyanures.

25 août. – Batta s'est plaint aujourd'hui d'avoir mal dans le dos. Il est possible que les choses prennent tournure.

3 septembre. – Ai réalisé de bons progrès dans mon expérimentation. Batta présente des signes de léthargie, et dit que son dos lui fait mal sans arrêt. Gamba commence à ressentir une légère douleur dans l'épaule où il a été piqué.

24 septembre. – Batta va de plus en plus mal, et commence à avoir peur, à cause de sa piqûre. Pense que ce doit être la mouche-démon et m'a supplié de la tuer – car il m'a vu la remettre en cage – jusqu'à ce que je lui affirme qu'elle était morte depuis longtemps. Il a dit qu'il ne voulait pas qu'au moment de sa mort, son âme passe dans le corps de l'insecte. Je lui fais des piqûres d'eau pour lui maintenir le moral. La mouche conserve évidemment toutes les caractéristiques de *palpalis*. Gamba est lui aussi très abattu, il présente les mêmes symptômes que Batta. Je vais peut-être prendre la décision de lui donner sa chance en lui administrant de la tryparsamide, car l'effet produit par la mouche me semble suffisamment établi. Cependant, j'abandonnerai Batta à son sort, car je veux avoir une idée approximative du temps qu'il faut pour atteindre le dénouement.

« Les expériences de teinture se poursuivent dans de bonnes conditions. Un isomère du cyanure de fer, additionné de sels de potassium, est soluble dans l'alcool et, vaporisé sur les insectes, donne un effet splendide. Il teint les ailes en bleu sans modifier sensiblement la couleur sombre du thorax, et cela tient à l'eau. Avec ce déguisement, je crois pouvoir utiliser les hybrides actuels de la tsé-tsé sans me soucier de procéder à d'autres expériences. Malgré sa vivacité d'esprit, Moore ne pourrait reconnaître une mouche à ailes bleues avec la moitié du thorax de tsé-tsé. Naturellement, je tiendrai cette histoire de teinture rigoureusement secrète. On ne devra jamais par la suite pouvoir établir la moindre connexion entre ces mouches bleues et moi.

9 octobre. – Batta est en léthargie et a gardé le lit. Voilà deux semaines que je donne de la tryparsamide à Gamba; et j'imagine qu'il va se rétablir.

25 octobre. – Batta est très bas, Gamba presque bien.

18 novembre. – Batta est mort hier. Il est arrivé

une chose étrange qui m'a fait vraiment frissonner en pensant aux légendes transmises par les indigènes et aux frayeurs de Batta lui-même. Quand, après sa mort, je suis retourné au laboratoire, j'ai entendu dans la cage 12, contenant la mouche qui avait piqué Batta, le plus étrange bourdonnement et le bruit d'une grande agitation. L'animal paraissait en proie à une véritable frénésie, mais s'arrêta dès que j'apparus. Il s'est posé sur la toile métallique et m'a regardé de la plus étrange façon. Il faisait passer les pattes au travers comme s'il avait été désorienté. Quand je suis revenu après avoir dîné avec Allen, il était mort. Evidemment il était devenu fou furieux et s'était heurté aux parois de la cage au point de se tuer.

« Il est certainement étrange que cela se soit produit au moment précis où Batta mourait. Si un Noir avait assisté à la scène, il l'aurait immédiatement attribuée à l'introduction dans son corps de l'âme du pauvre diable. Avant longtemps je ferai partir mes hybrides teints en bleu. Le taux d'accidents mortels de l'hybride, s'il doit y avoir une différence, semble légèrement supérieur à celui de *palpalis* de pure race. Batta est mort trois mois et huit jours après l'inoculation, mais, bien entendu, il y a toujours une grande marge d'incertitude. Je regrette presque de ne pas avoir laissé Gamba aller jusqu'au bout.

5 décembre. – Occupé à combiner comment je pourrai faire parvenir mes messagers à Moore. Il faut que je les fasse passer pour un envoi provenant de quelque entomologiste s'occupant de recherche ayant lu ses *Diptères d'Afrique centrale et du Sud* et supposant qu'il pourrait être intéressé par l'étude de ces espèces « nouvelles et impossibles à identifier ». Il devrait y avoir également l'assurance que cette mouche à ailes bleues est inoffensive, comme l'établit la longue expérience des indigènes. Moore ne prendra aucune précaution, et l'une des mouches l'aura sûrement tôt ou tard sans qu'on puisse dire quand exactement.

« Il faudra que je m'en remette aux lettres de mes amis de New York – ils continuent à parler de temps à autre de Moore – pour me tenir au courant des premiers résultats, et je pense bien cependant que les journaux annonceront sa mort. Avant tout, je ne dois manifester aucun intérêt pour ce cas. J'expédierai les mouches au cours d'un voyage, mais il ne faudra pas que je sois reconnu en le faisant. La meilleure chose ce sera de prendre de longues vacances à l'intérieur, de me laisser pousser la barbe, d'expédier le paquet à Ukala en y passant comme un entomologiste en visite, et de revenir ici après m'être rasé.

12 avril 1930. – De retour à M'gonga après mon long voyage. Tout s'est passé à merveille, avec une précision d'horloge. Ai expédié les mouches à Moore sans laisser de trace. Pris vacances de Noël le 15 décembre, et suis parti immédiatement avec la drogue appropriée. Préparé un excellent emballage postal avec de la place pour y ajouter un peu de viande de crocodile infectée comme nourriture pour les messagers. Vers la fin février, j'avais assez de barbe pour la tailler à la Van Dyck.

« Ai fait mon apparition à Ukala le 9 mars. Tapé une lettre à Moore sur la machine du comptoir. Ai signé « Nevil Wayland-Hall », nom supposé d'un entomologiste de Londres. Je crois avoir pris le ton qu'il fallait, intérêt en qualité de confrère scientifique, et ainsi de suite. Ai pris avec beaucoup d'art un air détaché pour insister sur la « complète innocuité » des spécimens. Personne n'a rien soupçonné. Me suis rasé dès que j'ai eu atteint la brousse, si bien que lorsque je serai rentré il n'y aura aucune inégalité de bronzage. Me suis passé de porteurs indigènes sauf pour une petite partie de marécages, je peux faire des merveilles avec un simple havresac, et mon sens de l'orientation est bon. Une chance que je sois habitué à ce genre de voyage. Ai expliqué mon absence prolongée en invoquant une atteinte de fièvre et quelques erreurs de direction en traversant la brousse.

« Mais maintenant se présente la partie la plus difficile au point de vue psychologique : attendre des nouvelles de Moore sans laisser paraître la moindre préoccupation. Naturellement, même pendant le temps où le venin est encore virulent, il peut encore y échapper et ne pas être piqué, mais avec son insouciance, il n'a qu'une chance sur cent pour que cela lui arrive. Je ne regrette rien; après ce qu'il m'a fait, il le mérite, et bien davantage.

30 juin 1930. – Hourrah! La première étape est franchie! Je viens tout à fait par hasard d'entendre Dyson de Columbia dire que Moore avait reçu d'Afrique quelques nouvelles mouches à ailes bleues, et qu'il est joliment embarrassé! Pas question de piqûre, mais si je connais les façons qu'a Moore de bâcler le travail comme je crois les connaître, cela ne saurait tarder!

27 août 1930. – Lettre de Morton, de Cambridge. Il dit que Moore écrit qu'il se sent très à plat, et fait allusion à une piqûre à la nuque, faite par un curieux insecte qu'il a reçu comme spécimen nouveau vers le milieu de juin. Ai-je réussi? Apparemment Moore n'établit pas de rapports entre la faiblesse qu'il ressent et cette piqûre. Si c'est la bonne drogue, alors Moore a été piqué en plein milieu de la période où l'insecte transmet l'infection.

12 septembre 1930. – Victoire! Une autre lettre de Dyson dit que Moore est vraiment dans un état alarmant. À présent il attribue sa maladie à la piqûre que lui a faite un insecte dont l'identité l'intrigue profondément, aux alentours du 19 juin. Il essaie d'entrer en contact avec un certain « Nevil Wayland-Hall » qui lui a expédié le colis d'insectes. Sur la centaine que je lui ai envoyée environ vingt-cinq semblent lui être arrivés vivants. Quelques-uns se sont échappés au moment où il a été piqué, mais plusieurs larves sont sorties des œufs pondus depuis la date de l'expédition. Il est, d'après Dyson, en train de faire soigneusement incuber ces larves. Quand elles seront parvenues à l'état d'insectes parfaits, je suppose qu'il identifiera l'hybridation de tsé-tsé palpalis, mais ça ne l'avancera plus beaucoup à présent. Il se demandera, cependant, pourquoi les ailes bleues ne sont pas transmises héréditairement!

8 novembre 1930. – Des lettres d'une demi-douzaine d'amis parlent de la grave maladie de Moore. Dyson est venu aujourd'hui. Il dit que Moore nage complètement sur la question des hybrides obtenus à partir des larves et qu'il commence à croire que les parents doivent leurs ailes bleues à un procédé artificiel. il doit garder le lit presque en permanence, à présent. On ne dit pas s'il utilise la tryparsamide.

13 février 1931. – Pas tellement bon! Moore sombre, ne semble pas connaître de remède, mais je crois qu'il soupçonne quelqu'un. Le mois dernier j'ai reçu de Morton une lettre très froide, dans laquelle il ne parle pas de Moore; et à présent Dyson écrit – lui aussi un peu gêné – que Moore est en train de bâtir des théories sur l'ensemble de l'affaire. Il a fait des recherches par télégrammes pour trouver « Wayland-Hall » à Londres,

Ukala, Nairobi, Mombassa et en d'autres endroits et il n'a naturellement rien trouvé. J'estime qu'il a dit à Dyson qui il soupçonnait, mais jusqu'à présent Dyson n'y croit pas. Je crains que Morton y croie, lui.

« Je vois qu'il vaut mieux dresser un plan pour partir d'ici et changer d'identité pour de bon. Quelle fin pour une carrière qui partait si bien! Je crois que je retournerai en Afrique du Sud et d'ici là, je vais tranquillement verser des fonds à mon propre crédit « Frederick Nasmyth Mason, de Toronto, Canada, courtier en concessions minières ». Je vais déposer une nouvelle signature. Si je n'ai pas besoin de franchir le pas, je pourrai facilement transférer à nouveau les fonds au bénéfice de ma personnalité actuelle.

15 août 1931. – La moitié d'une année s'est écoulée, et les choses restent encore en suspens. Dyson et Morton – aussi bien que plusieurs autres amis – semblent avoir cessé de m'écrire. Le Dr James de San Francisco a de temps à autre des nouvelles d'amis de Moore; il dit que celui-ci ne sort plus pour ainsi dire du coma. Depuis mai, il ne peut plus marcher. A peine pouvait-il parler, et c'était pour se plaindre d'avoir froid. A présent il ne le peut plus du tout et il a pourtant encore des éclairs de conscience. Sa respiration est courte et rapide, on l'entend jusqu'à une certaine distance. Il ne fait pas de doute qu'il soit rongé par *Trypanosoma gambiensis* mais il résiste mieux que les Noirs de la région. Batta n'a tenu que trois mois et huit jours et Moore a déjà survécu plus d'un an à sa piqûre. Entendu le mois dernier des bruits au sujet de recherches intensives dans la région d'Ukala pour découvrir « Wayland-Hall ». Je ne crois pas avoir à m'inquiéter pour le moment, cependant, parce qu'il n'y a absolument rien qui puisse établir un lien entre cette affaire et moi.

7 octobre 1931. – C'est enfin terminé! Des nouvelles dans la *Mombassa Gazette.* Moore est mort en septembre après une série de crises de tremblements et avec une température largement inférieure à la normale. Question réglée! J'ai dit que je l'aurais, et je l'ai eu! Il y avait un article de trois colonnes sur sa longue maladie et sa mort, sur les recherches vaines en vue de trouver « Wayland-Hall ». De toute évidence, Moore occupait en Afrique une place plus importante que je ne l'aurais imaginée. L'insecte qui l'a piqué a été maintenant parfaitement identifié d'après les spécimens survivants et les larves ayant subi leur métamorphose; la teinture des ailes est également détectée. Il est universellement admis que les mouches ont été préparées et expédiées dans l'intention de tuer. Moore, semble-t-il, a fait part de certains soupçons à Dyson, mais ce dernier – ainsi que la police – gardent le secret en l'absence de preuve. Le cas de tous les ennemis de Moore a été examiné soigneusement. *Associated Press* laisse entendre qu'« une enquête, mettant peut-être en cause un médecin éminent, actuellement à l'étranger suivra ».

« Tout à fait à la fin du compte rendu, un détail me fait frissonner à cause des légendes rapportées par les Noirs et à la suite de la façon dont la mouche était devenue folle au moment où Batta mourait. Il s'agit sans aucun doute d'une invention d'un journaliste à sensation. Il semble qu'un incident étrange se soit produit le soir de la mort de Moore. Dyson avait été réveillé par le bourdonnement d'une mouche aux ailes bleues, qui s'envola immédiatement par la fenêtre, et cela juste avant que l'infirmière annonce au téléphone depuis le domicile de Moore, à des kilomètres, à Brooklyn, que ce dernier venait de rendre l'âme.

« Mais ce qui a pour moi le plus d'importance,

c'est le côté africain de l'affaire. Les gens d'Ukala se rappellent l'étranger barbu qui a tapé la lettre et envoyé le paquet, et la police passe le pays au peigne fin pour retrouver les Noirs qui auraient pu le porter. Je n'en ai pas utilisé beaucoup, mais si les officiers interrogent les Ubandes qui m'ont fait traverser la jungle N'Kini, j'aurai à donner plus d'explications que je n'en ai envie. Il semblerait que le moment soit venu pour moi de disparaître; je crois que je donnerai demain ma démission et que je me préparerai à gagner des régions inconnues.

9 novembre 1931. – Dur travail pour obtenir qu'on accepte ma démission, mais la lettre me libérant est enfin arrivée aujourd'hui. Je ne veux pas aggraver les soupçons en décampant sur-le-champ. La semaine dernière James m'a parlé de la mort de Moore, mais il ne m'a rien dit de plus que ce que j'avais pu lire dans les journaux. Les gens de son entourage à New York paraissent assez réservés sur les détails, bien qu'ils parlent tous d'une enquête en cours. Pas de nouvelles d'aucun de mes amis de l'Est. Moore doit avoir fait naître autour de lui quelques soupçons avant de perdre conscience, mais il n'a pas pu apporter un iota de preuve.

« Toutefois je ne prends pas de risques. Jeudi je pars pour Mombassa, et de là j'embarquerai sur un paquebot qui longe la côte jusqu'à Durban. Ensuite, je disparaîtrai, mais peu après, le courtier en concessions minières Frederick Nasmyth Mason, de Toronto, fera son apparition à Johannesburg. »

Que mon journal prenne fin ici. Si en définitive je continue à ne pas être soupçonné, il atteindra après ma mort le but que je m'étais tout d'abord fixé, en révélant ce qui serait autrement resté ignoré. Si, d'autre part, ces soupçons se matérialisent et persistent, il confirmera et clarifiera des charges vagues, et comblera bien des lacunes importantes et embarrassantes. Naturellement, si je rencontre le danger sur mon chemin, il faudra que je le détruise.

Bon, Moore est mort, comme il le méritait amplement. Maintenant, le Dr Thomas Slauenwitt est mort, lui aussi. Et quand le corps appartenant antérieurement à Thomas Slauenwitt sera mort, le public pourra prendre connaissance de ce compte rendu.

III

15 janvier 1932. – Une année nouvelle et, à contrecœur, je rouvre ce journal. Cette fois je n'écris que pour soulager mon esprit car il serait absurde d'imaginer que le dossier n'est pas définitivement clos. Je suis installé au Vaal Hotel, Johannesburg, sous mon nouveau nom, et personne n'a jamais, jusqu'ici, mis en doute mon identité. J'ai eu quelques conversations d'affaires sans suite pour continuer à jouer mon rôle de courtier dans les mines, et je crois pouvoir réellement travailler dans cette partie. Plus tard j'irai à Toronto pour recueillir quelques témoignages étayant mon passé fictif.

« Mais ce qui me préoccupe, c'est cet insecte qui est entré dans ma chambre aujourd'hui vers midi. Naturellement j'ai eu toutes sortes de cauchemars il n'y a pas longtemps à propos de mouches bleues, mais on ne pouvait pas ne pas s'y attendre en raison du surmenage nerveux auquel j'avais été soumis. Cependant cette chose était quelque chose de réel, constaté à l'état de veille et je suis totalement incapable de l'expliquer. Cela a bourdonné autour de ma bibliothèque pendant un bon quart d'heure, et a déjoué toutes mes tentatives pour l'attraper ou le tuer. La chose la plus étrange, c'était sa couleur et son aspect, car il avait les ailes bleues et était à tous points de vue l'exacte reproduction de mes hybrides messagers de mort. Comment cela pourrait-il en être réellement un, je ne le sais certainement pas. Je me suis débarrassé de tous les hybrides – contaminés ou non – que je n'avais pas expédiés à Moore, et je peux me rappeler qu'il n'y a eu aucune évasion.

« Cela peut-il être une hallucination totale? Ou bien l'un des spécimens qui se sont échappés à Brooklyn quand Moore a été piqué aurait-il pu trouver son chemin pour revenir en Afrique? Il y avait cette histoire absurde de la mouche bleue qui avait réveillé Dyson lorsque Moore est mort, mais après tout, la survivance et le retour de l'un de ces êtres n'est pas impossible. Il est parfaitement plausible que le bleu soit resté fixé à leurs ailes, également, parce que le pigment que j'avais combiné était presque aussi solide qu'un tatouage. Par élimination, cela semblerait être la seule explication rationnelle; il est pourtant très curieux que ce sujet soit venu aussi loin vers le sud. C'est peut-être une sorte d'instinct héréditaire appartenant à la lignée des tsé-tsé et les poussant à revenir au pays natal. Après tout, il appartient par ce côté à l'Afrique du Sud.

« Je dois me tenir sur mes gardes pour éviter d'être piqué. Le venin d'origine – si c'est réellement l'une des mouches ayant échappé à Moore – a naturellement perdu sa virulence depuis un temps infini; mais le sujet doit s'être alimenté en venant d'Amérique, il peut très bien avoir traversé l'Afrique centrale et contracté une nouvelle possibilité de contamination. A dire vrai c'est plus que probable; car la moitié de son hérédité le ferait naturellement retourner en Ouganda retrouver tous les germes de Trypanosomiase. Il me reste encore un peu de tryparsamide. Je n'ai pu me résoudre à détruire ma trousse médicale malgré ce qu'elle pouvait avoir de compromettant, mais depuis que j'ai lu d'autres travaux sur la question je ne suis plus aussi sûr qu'autrefois de l'efficacité de cette drogue. Elle donne la possibilité de lutter – elle a certainement sauvé Gamba – mais il y a de grandes probabilités d'échec.

« Ce serait d'une étrangeté diabolique que cette mouche soit justement venue dans ma chambre plutôt que dans n'importe quel autre endroit de l'immense Afrique. Ce serait vouloir faire jouer les coïncidences au-delà de toute vraisemblance. Je pense que si elle revient, je la tuerai certainement. Je suis surpris qu'elle m'ait échappé aujourd'hui, car habituellement ces animaux sont extrêmement stupides et faciles à attraper. Est-ce que cela ne pourrait pas après tout, être pure illusion? Certainement la chaleur me déprime depuis quelque temps comme jamais auparavant, même en Ouganda.

16 janvier. – Est-ce que je deviens fou? La mouche est revenue vers midi, et se conduit d'une manière si anormale que cela n'a plus pour moi ni queue ni tête. Il n'y a qu'une illusion de ma part qui puisse rendre compte de ce que ce fléau bourdonnant a l'air de faire. Il est sorti on ne sait d'où et a été tout droit à ma bibliothèque, en tournoyant sans fin devant un exemplaire des *Diptères d'Afrique centrale et du Sud* de Moore. De temps en temps il se posait sur le haut ou le dos du volume, occasionnellement il se lançait vers moi et battait en retraite avant que j'aie pu le frapper avec un papier plié. On n'a jamais entendu parler de rien de pareil de la part des diptères africains qui sont d'une stupidité notoire. Pendant près d'une demi-heure j'ai essayé d'attraper cette chose maudite, mais il a fini par s'en aller par la fenêtre en passant à travers un trou de la moustiquaire que je n'avais pas remarqué. A certains moments je pouvais imaginer qu'il se moquait délibérément de moi en venant à portée de mon arme pour ensuite se dégager adroitement en s'en allant de côté au moment où j'allais l'atteindre. Il faut que je me raccroche solidement à ma conscience.

17 janvier. – Ou je suis fou, ou le monde est soumis à quelque soudaine suspension des lois des probabilités telles que nous les connaissons. Cette maudite mouche est sortie on ne sait d'où un peu avant midi et a commencé à bourdonner autour de mon exemplaire des *Diptères* de Moore sur mon étagère. De nouveau j'ai essayé de l'attraper et l'expérience d'hier s'est renouvelée. Finalement ce fléau s'est dirigé vers l'encrier ouvert sur ma table et s'y est trempé, juste les pattes et le thorax, en gardant les ailes en dehors. Alors il s'est envolé vers le plafond et s'y est posé. Il a commencé à ramper suivant une courbe et en laissant une traînée d'encre. Ensuite il a fait un petit saut et a tracé une tache isolée séparée de la traînée. Ensuite il s'est laissé tomber carrément devant ma figure et a disparu en bourdonnant avant que j'aie pu l'atteindre.

« Dans toute cette affaire il y a quelque chose qui me frappe comme monstrueusement sinistre et anormal, plus que je ne pourrais me l'expliquer à moi-même. Quand je regardai sous différents angles la trace d'encre laissée sur le plafond, elle me sembla de plus en plus familière et tout à coup, je commençai à me rendre compte qu'elle avait la forme d'un point d'interrogation absolument parfait. Quel graphisme pouvait être plus malicieusement approprié? C'est un miracle que je ne me sois pas évanoui. Jusqu'à présent le personnel de l'hôtel ne l'a pas remarqué. Je n'ai pas vu la mouche de tout l'après-midi et de toute la soirée, mais je maintiens mon encrier hermétiquement fermé. Je pense que l'épisode de la mort de Moore me travaille et me donne des hallucinations morbides. Peut-être n'y a-t-il pas du tout de mouche?

18 janvier. – Dans quel étrange enfer de cauchemar vivant suis-je plongé? Ce qui s'est produit aujourd'hui est une chose qui ne pourrait pas arriver normalement... *et pourtant un employé de l'hôtel a vu les marques au plafond et en reconnaît la réalité.* Vers onze heures ce matin, tandis que je travaillais sur un manuscrit, quelque chose s'est précipité sur l'encrier pendant une seconde et est reparti avant que j'aie pu voir ce que c'était. J'ai levé les yeux et j'ai vu cette mouche infernale sur le plafond comme l'autre fois, en train de ramper en traçant des courbes et des traits. Je ne pouvais rien faire, mais je pliai un journal et le gardai à portée de la main pour attraper cet animal s'il volait à proximité. Après avoir parcouru plusieurs fois le plafond il vola dans un coin sombre et disparut. Je levai les yeux vers la surface de plâtre deux fois maculée et je pus voir que la nouvelle traînée d'encre formait à ne pas s'y tromper un énorme chiffre 5!

« Devant cette vague de menaces sans nom que je ne pouvais préciser complètement je restai un moment presque inconscient. Puis je fis appel à mon esprit de décision et repris l'initiative. J'allai chez le pharmacien acheter un peu de colle et d'autres choses pour préparer un piège collant, ainsi qu'un nouvel encrier. Je rentrai dans ma chambre, remplis le nouvel encrier de la mixture collante, le posai là où se trouvait l'ancien, en le laissant ouvert. Puis je tentai de me concentrer sur un livre. Vers trois heures, j'entendis de nouveau l'insecte maudit et je le vis tournoyer autour du nouvel encrier. Il descendit jusqu'à la surface collante mais n'y toucha pas; ensuite il se dirigea droit sur moi, mais battit en retraite avant que j'aie pu l'atteindre. Ensuite il alla jusqu'à la bibliothèque et tournoya autour du traité de Moore. Il y a quelque chose de profondément diabolique dans la façon dont l'intrus rôde autour de ce livre.

« Ce qu'il y a eu de pire s'est produit à la fin. Abandonnant le livre de Moore, l'insecte vola vers la fenêtre ouverte et se mit à se cogner contre la moustiquaire suivant un certain rythme. Il y avait une série de coups, puis une série de traits d'égale longueur et une autre pause, et ainsi de suite. Il y avait dans cette démonstration quelque chose qui me fit rester immobile pendant deux minutes, mais ensuite j'allai à la fenêtre en essayant de tuer cette bête nuisible. Comme d'habitude, rien à faire. Il se contenta de voler à travers la chambre jusqu'à une lampe et il se mit à battre le même tam-tam sur l'abat-jour de carton rigide. Je ressentais un vague désespoir, je me mis à fermer toutes les portes, ainsi que la fenêtre dont le grillage avait ce trou imperceptible. Il me semblait très nécessaire de tuer cet être opiniâtre dont l'acharnement était en train de me mettre rapidement l'esprit à l'envers. Puis, en comptant insconsciemment, je commençai à m'apercevoir que chaque série de coups en comportait exactement *cinq*.

« Cinq, le même chiffre que la chose avait tracé à l'encre sur le plafond dans la matinée! Pouvait-on concevoir une connexion? Cette idée était folle, car elle supposait une intelligence humaine et une connaissance des chiffres chez la mouche hybride. Une intelligence humaine... est-ce que cela ne nous ramenait pas aux légendes les plus primitives des Noirs de l'Ouganda? Et cependant, il y avait cette intelligence diabolique à m'éviter qui contrastait avec la stupidité habituelle de l'espèce. Tandis que je mettais de côté mon journal plié et m'asseyais, en proie à une horreur croissante, l'insecte s'éleva en bourdonnant et disparut à travers un trou du plafond, à l'endroit où le tuyau du chauffage montait dans la chambre au-dessus.

« Ce départ ne m'apaisa pas, car mon esprit s'était embarqué dans une suite de réflexions terribles et désordonnées. Si cette mouche était douée d'une intelligence humaine, d'où lui venait-elle? Y avait-il quelque vérité dans la notion qu'avaient les indigènes et d'après laquelle ces animaux héritaient la personnalité de leurs victimes après la mort de celles-ci? Dans ce cas, de qui était la personnalité endossée par cette mouche? En raisonnant j'étais arrivé à la conclusion que cette mouche devait être l'une de celles qui s'étaient échappées de chez Moore au moment où il avait été piqué. *Etait-ce le messager de mort qui avait piqué Moore? Dans ce cas, que me voulait-il?* Que me voulait-il en tout cas? Envahi par une sueur froide, je me remémorai le comportement de la mouche qui avait piqué Batta lorsque ce dernier était mort. Est-ce que la personnalité de sa victime était venue remplacer la sienne? Et puis il y avait ce sensationnel compte rendu journalistique à propos de la mouche qui avait réveillé Dyson à l'instant même de la mort de Moore. Quant à la mouche qui s'acharnait sur moi, pouvait-il y avoir en elle une personnalité humaine attachée à une vengeance? La façon dont elle voltigeait autour du livre de Moore! Je me refusai à y penser plus avant. Je me mis immédiatement à me figurer que cet animal était bel et bien infecté, et de la façon la plus virulente. Avec cette volonté malfaisante et délibérée, si évidente dans chacun de ses actes, elle s'était certainement chargée exprès des bacilles les plus mortels de toute l'Afrique. Mon esprit, profondément bouleversé, tenait à présent pour certaines les qualités humaines de cet animal.

« Je téléphonai alors à la réception en demandant qu'un ouvrier vienne boucher le trou autour du tuyau du radiateur, et toutes les autres fissures qui pouvaient exister dans ma chambre. Je prétendis être tourmenté par les mouches, et celui qui me répondit parut compatir à mes malheurs. Quand l'ouvrier arriva, je lui montrai les traces d'encre sur le plafond et il en reconnut la présence sans difficulté. Elles sont donc réelles! La ressemblance avec un point d'interrogation et avec un chiffre 5 l'intrigua et le fascina. Il finit par boucher tous les trous qu'il put trouver, répara le grillage de la moustiquaire, si bien que je peux à présent garder les deux fenêtres ouvertes. Il m'a évidemment trouvé un peu excentrique, surtout que pendant qu'il était dans ma chambre, aucun insecte n'était visible. Mais je n'en suis plus là. Jusqu'ici la mouche ne s'est pas montrée ce soir. Dieu sait ce que c'est, ce qu'elle veut, ou ce que je vais devenir!

19 janvier. – Je suis complètement submergé par l'horreur. *La chose m'a touché.* Quelque chose de monstrueux et de démoniaque est à l'œuvre autour de moi, victime sans défense. Ce matin, comme je remontais après avoir pris mon petit déjeuner, ce démon ailé issu de l'enfer s'est précipité dans la chambre en passant par-dessus ma tête et a commencé à se cogner contre la moustiquaire comme hier. Cette fois-ci, cependant, chaque série ne comportait que *quatre* coups. Je me suis précipité à la fenêtre et j'ai essayé de l'attraper mais, comme d'habitude, il m'a échappé, a voltigé au-dessus du traité de Moore, en bourdonnant d'un air moqueur. Ses organes vocaux sont limités, mais j'ai remarqué que ses courtes périodes de bourdonnement arrivaient par séries de quatre.

« J'étais dès cet instant certainement devenu fou, car je lui criai : « *Moore, Moore, pour l'amour de Dieu, que voulez-vous?* » Au même instant, l'animal cessa brusquement de tournoyer, vint vers moi, fit un lent et gracieux plongeon en l'air, ressemblant un peu à un salut. Puis il retourna au livre. Du moins, c'est ce que j'ai cru voir, mais je ne me fie plus au témoignage de mes sens.

« Et alors, la pire des choses s'est produite. J'avais laissé ma porte ouverte, espérant que, si je ne réussissais pas à l'attraper, le monstre s'en irait. Mais vers onze heures et demie je refermai la porte, pensant qu'il était parti. Je m'installai pour lire. A midi précis je sentis un chatouillement sur la nuque, mais quand j'y portai la main, je ne trouvai rien. Un moment plus tard je sentis de nouveau ce chatouillement et avant que j'aie pu bouger, cet innommable suppôt de l'enfer arrivant de derrière moi se montra, fit un autre de ces plongeons moqueurs et gracieux en l'air, et s'envola à travers le trou de la serrure que je n'aurais jamais cru assez grand pour lui livrer passage.

« La chose m'a touché, il n'y a aucun doute. Elle m'a touché sans me faire de mal, et je me rappelai alors, glacé par une frayeur subite, que Moore avait été piqué *sur la nuque à midi.* Depuis, aucune nouvelle intrusion, mais j'ai bouché le trou des serrures avec du papier et je vais avoir toujours un journal plié tout prêt à être utilisé chaque fois que j'ouvrirai la porte pour sortir ou entrer.

20 janvier. – Je ne peux pas entièrement croire au surnaturel, mais je crains néanmoins d'être perdu. L'affaire me dépasse. Aujourd'hui un peu avant midi ce démon a fait son apparition devant la fenêtre, à *l'extérieur* et a recommencé à frapper ses coups; mais cette fois par séries de *trois.* Quand je suis allé à la fenêtre, il s'est envolé et il a disparu. Je suis encore assez résolu pour prendre une nouvelle mesure défensive. J'ai retiré des fenêtres les panneaux tendus de toile métallique, je les ai enduits sur les deux faces de la préparation collante déjà utilisée dans l'encrier puis, je les ai remis en place. S'il tente une nouvelle séance de tam-tam, ce sera la dernière!

« Le reste de la journée s'est passé dans le calme. Pourrai-je supporter cette expérience sans devenir fou?

21 janvier. – A bord du train de Bloemfontein. Je suis en déroute. La chose est victorieuse. Elle est douée d'une intelligence diabolique contre laquelle tous mes dispositifs restent sans effet. Elle est apparue ce matin devant la fenêtre, *mais elle n'a pas touché la moustiquaire collante.* Elle est partie sans se poser et elle a commencé à bourdonner en décrivant des cercles – *deux à la fois* – suivis d'une pause en l'air. Après plusieurs démonstrations de ce genre, elle est partie et a disparu au-dessus des toits de la ville. Mes nerfs sont tout près du point de rupture, car ces *suggestions de nombres* se prêtent à une horrible interprétation. Lundi, cette chose insistait sur le chiffre *cinq.* Mardi, c'était *quatre.* Mercredi, *trois;* et aujourd'hui, c'est *deux. Cinq, quatre, trois, deux...* Que cela peut-il être, sinon un monstrueux et impensable *compte à rebours des jours?* Dans quel but, seules les puissances maléfiques de l'univers peuvent le savoir. J'ai passé tout l'après-midi à faire mes malles, à empaqueter mes affaires, et à présent j'ai pris l'express de nuit pour Bloemfontein. La fuite est peut-être inutile, mais que puis-je faire d'autre?

22 janvier. – Installé à l'Orange Hotel, Bloemfontein – confortable et excellent – mais l'horreur m'a suivi. J'avais fermé toutes les portes et les fenêtres, bouché le trou des serrures, cherché toutes les fissures possibles, baissé les stores, mais un peu avant midi j'ai entendu frapper un coup mat à l'un des panneaux grillagés. J'ai attendu. Après une longue pause, ce fut un autre coup. Une seconde pause, et encore un coup isolé. Je relevai le store et je vis la mouche maudite, comme je m'y attendais. Elle décrivit en l'air, lentement, un grand cercle, puis disparut. J'étais comme une loque, je dus m'allonger sur le divan. *Un!* Tel était le contenu du message du monstre pour aujourd'hui. *Un* coup, *un* cercle. Cela voulait-il dire qu'il me restait *un* jour avant de subir un destin qu'il valait mieux ne pas imaginer? Devais-je m'enfuir à nouveau, ou me retrancher dans cette chambre après l'avoir hermétiquement fermée?

« Après une heure de repos, je me sentis en mesure d'agir; je me fis livrer d'abondantes provisions de nourriture en boîtes et en paquets, en même temps que du linge et des serviettes. Demain, sous aucun prétexte, je n'entrebâillerai seulement une porte ou une fenêtre. Le Noir qui m'a apporté les provisions et le linge m'a regardé d'un drôle d'air, mais je ne me soucie plus de paraître excentrique, ni même fou. Je suis harcelé par des puissances plus redoutables que le sens du ridicule. Après avoir reçu mes provisions, je passai en revue chaque millimètre carré des murs et bouchai toutes les ouvertures, même microscopiques que je pus découvrir. C'est seulement après que je me sentis capable de goûter un véritable sommeil.

(Ici l'écriture devient irrégulière, nerveuse, très difficile à déchiffrer.)

23 janvier. – Il n'est pas tout à fait midi et je sens que quelque chose de terrible est sur le point d'arriver. Je n'ai pas dormi aussi tard que je m'y étais attendu, bien que n'ayant pour ainsi dire pas eu un instant de repos dans le train la nuit précédente. Levé de bonne heure, j'ai eu du mal à me concentrer sur quoi que ce soit, lecture ou écriture. Ce lent compte à rebours, avec son intention bien précise, dépasse les limites de ce que je puis supporter. Je ne sais pas ce qui est dérangé, la nature ou ma tête. Jusqu'à environ onze heures, j'ai fait très peu de choses, à part marcher de long en large dans la chambre.

« Alors, j'entendis un bruissement au milieu des paquets de vivres qu'on m'a apportés hier, et sous mes yeux, cette mouche démoniaque en est sortie en rampant. Je me saisis d'un objet plat et malgré ma terreur panique j'ai essayé de l'atteindre, mais sans plus de résultats que d'habitude. Lorsque je m'avançais, cette horreur aux ailes bleues repartait pour aller se réfugier sur la table où j'avais entassé mes livres, et se poser pendant une seconde sur les *Diptères d'Afrique centrale et du Sud,* de Moore. Je la suivis, elle s'envola jusqu'à la cheminée, se posa sur le cadran à proximité du chiffre 12. Avant que j'aie eu le temps de penser à ce que j'allais faire, elle avait commencé à ramper autour du cadran, très lentement, délibérément, dans la direction des aiguilles. Elle passa sous celle des minutes, descendit et remonta, passa sous l'aiguille des heures et finalement vint s'arrêter exactement au chiffre 12. Là, elle se souleva en agitant les ailes avec un bruit de bourdonnement.

« Est-ce un présage ? Je deviens aussi superstitieux que les Noirs. Il est à présent un peu plus de onze heures. Est-ce que midi marque la fin ? Je n'ai plus qu'un dernier recours qui me vint à l'esprit au moment où je me trouvais au comble du désespoir. Je regrette de ne pas y avoir pensé plus tôt. En me rappelant que ma trousse contenait les deux produits permettant de préparer du chlore, j'ai décidé de remplir la chambre de ce gaz mortel et d'asphyxier ainsi l'insecte. Pendant ce temps, je me protégerai grâce à un mouchoir imbibé d'ammoniaque. Ce masque rudimentaire neutralisera probablement le dégagement caustique de chlore jusqu'à ce que l'insecte ait péri, ou soit tout au moins possible à écraser. Mais je dois faire vite. Comment être sûr que cette chose ne va pas subitement se lancer sur moi avant la fin de mes préparatifs? Je ne dois plus m'arrêter dans la rédaction de ce journal.

Plus tard. – Les deux produits – acide chlorhydrique et peroxyde de manganèse – sont sur la table, prêts à être mélangés. J'ai noué le mouchoir sur mon nez et ma bouche, j'ai sous la main un flacon d'ammoniaque pour le maintenir imbibé jusqu'à ce que le chlore ait disparu. J'ai calfeutré les deux fenêtres. Cependant, je n'aime pas le comportement de ce démon hybride. Il reste sur la pendule, mais il rampe très lentement en arrière, à partir du chiffre12 pour aller à la rencontre de l'aiguille des minutes qui avance progressivement.

« Est-ce la dernière fois que j'écris dans ce journal? Il serait inutile d'essayer de nier ce que je soupçonne. Trop souvent une parcelle de vérité incroyable se dissimule derrière la plus extravagante et la plus fantastique des légendes. Est-ce la personnalité d'Henry Moore qui essaie de m'atteindre par l'intermédiaire de ce démon aux ailes bleues? Est-ce la mouche qui l'a piqué et qui a par conséquent donné asile à sa conscience quand il est mort? S'il en est ainsi et s'il me pique, est-ce que ma personnalité va déplacer celle de Moore, pour pénétrer dans ce corps bourdonnant lorsque je viendrai ensuite à mourir de cette piqûre? Peut-être, cependant, n'est-il pas obligatoire que je meure même s'il arrive à me piquer. Il subsiste toujours une chance avec la tryparsamide. Et je ne regrette rien. Moore devait mourir, peu importent les conséquences.

Un peu plus tard. – La mouche s'est arrêtée sur le cadran près de la position « moins le quart ». Il est maintenant onze heures et demie. J'imbibe à saturation le mouchoir qui est sur mon visage et je garde le flacon à portée de la main pour applications ultérieures. Ces notes seront les dernières avant que je mélange l'acide et le peroxyde de manganèse et libère le chlore. Je ne dois pas perdre de temps, mais cela me détend de coucher des notes sur le papier. A part cela, j'ai perdu depuis longtemps toutes mes raisons de le faire. La mouche semble s'agiter, et l'aiguille des minutes s'en approche. A présent, le chlore... »

(Fin du journal)

Le dimanche 24 janvier 1932, des coups répétés frappés à sa porte n'ayant amené aucune réponse de la part de l'excentrique occupant la chambre 303 à l'Orange Hotel, un domestique noir entra avec son passe et ressortit aussitôt en courant et en poussant des cris de terreur dans l'escalier pour dire à l'employé de la réception ce qu'il avait trouvé. Celui-ci, après avoir prévenu la police, fit venir le directeur. Ce dernier accompagna le Constable De Witt, le Coroner Bogaert et le Dr Van Keulen jusqu'à la chambre tragique.

L'occupant de cette chambre était étendu mort sur le sol, la figure tournée vers le haut, et recouverte d'un mouchoir dégageant une forte odeur d'ammoniaque. Sous cette protection ses traits exprimaient une vive et totale frayeur qui se communiqua aux spectateurs. Sur la nuque le Dr Van Keulen découvrit une piqûre d'insecte virulente – rouge foncé, cernée de violet – qui faisait penser à une mouche tsé-tsé ou à quelque chose de moins inoffensif. Un examen a montré que la mort devait être attribuée à une défaillance cardiaque déterminée par une terrible et étrange frayeur plutôt qu'à la piqûre elle-même. Cependant une autopsie ultérieure a révélé que le germe de la *trypanosomiase* avait été introduit dans l'organisme.

Sur la table, se trouvaient plusieurs objets : un cahier relié en cuir fatigué contenant le journal qui vient d'être décrit, une plume, un bloc, un encrier ouvert, une trousse médicale portant des initiales en or « T.S. », des flacons d'ammoniaque et d'acide chlorhydrique, un verre d'un quart de litre environ plein d'un produit noir, du peroxyde de manganèse. Le flacon d'ammoniaque exigea un deuxième examen car il semblait contenir autre chose que le liquide. En regardant de plus près, Le Coroner s'aperçut que cet occupant étranger était une mouche.

Il s'agissait apparemment d'une sorte d'hybride avec de vagues affiliations à la mouche tsé-tsé, mais ses ailes – vaguement bleues malgré l'action de l'ammoniaque concentrée – posaient un problème insoluble. Il y avait là quelque chose qui éveilla dans l'esprit du Dr Van Keulen le vague souvenir d'une chose qu'il avait lue dans un journal, souvenir que le journal ne devait pas tarder à confirmer. La partie inférieure du corps de l'insecte semblait avoir été tachée d'encre, si profondément que même l'ammoniaque ne l'avait pas blanchie. L'insecte était peut-être tombé dans l'encrier, mais les ailes étaient intactes. Cependant, comment avait-il pu tomber dans le flacon d'ammoniaque au goulot étroit? On aurait dit que cet animal y était entré en rampant, commettant ainsi un véritable suicide!

Mais la chose la plus étrange, ce fut ce que le Constable De Witt, en procédant à une inspection générale, remarqua sur le plafond blanc uni au-dessus de leurs têtes. En l'entendant crier, les trois autres suivirent son regard, même le Dr Van Keulen qui depuis quelque temps parcourait le cahier relié de cuir fatigué avec une expression où se mêlaient l'horreur, la fascination, et l'incrédulité. Cette chose qui se trouvait sur le plafond, c'était une série de traces d'encre tremblées, en désordre, comme aurait pu en faire en rampant un insecte imbibé d'encre. Tout le monde pensa immédiatement aux taches qui se trouvaient sur la mouche si étrangement découverte dans le flacon d'ammoniaque.

Mais ce n'étaient pas des traces d'encre ordinaires. Même un premier coup d'œil révélait en elles quelque chose de familier au point d'en être obsédant, mais un examen fait de plus près arracha des exclamations de surprise et d'étonnement aux quatre observateurs. Le Coroner Bogaert promena instinctivement un regard circulaire dans la chambre pour voir s'il s'y trouvait un instrument qui aurait permis à un être humain de tracer ces marques désordonnées, à moins que ce ne fût par exemple en entassant des meubles. N'ayant rien découvert de semblable, il se remit à promener en l'air un regard curieux et presque terrifié.

Car il n'y avait pas à en douter, ces taches d'encre formaient des lettres bien précises de l'alphabet, des lettres arrangées de manière cohérente pour former des mots. Le docteur fut le premier à les déchiffrer et les autres, le souffle coupé, l'écoutaient lire à haute voix le message apparemment insensé et si incroyablement griffonné en un endroit qu'aucune main humaine n'aurait pu atteindre :

« *Voyez mon journal – Ça m'a d'abord eu – Je suis mort – Alors j'ai vu que j'étais dans* cette chose –

Les Noirs ont raison – D'étranges pouvoirs dans la nature – Maintenant je vais noyer ce qui est resté. »

Au milieu du silence embarrassé qui suivit, le Dr Van Keulen entreprit la lecture à haute voix du journal relié en cuir fatigué.

C.M. EDDY Jr

LE NÉCROPHILE

Il est minuit. Avant l'aube ils me trouveront et m'emmèneront dans une cave noire où je languirai interminablement, tandis que des désirs insatiables rongeront mes parties vitales, dessécheront mon cœur jusqu'à ce que, pour finir, je ne fasse plus qu'un avec la mort que j'aime.

Mon siège est la fosse fétide d'une tombe ancienne; mon pupitre est l'envers d'une pierre tombale usée, devenue lisse par l'érosion des siècles. Ma seule lumière me vient des étoiles et d'un mince croissant de lune, et pourtant j'y vois aussi clair qu'en plein midi. Autour de moi, de chaque côté, des sentinelles sépulcrales gardent des tombes abandonnées, les pierres tumulaires décrépites, renversées, gisent, à moitié cachées par des amas de végétation pourrissante et malodorante. Au-dessus du reste, se profilant sur le ciel vivant, un monument majestueux dresse sa flèche austère et effilée, comme le chef fantomatique d'une horde de lémures. L'air est alourdi par les odeurs méphitiques des champignons, de la terre fangeuse, mais, pour moi, ce sont les parfums de l'Elysée. C'est immobile – d'une terrifiante immobilité – il y règne un silence dont la profondeur même annonce le solennel et le hideux. Si je pouvais choisir mon habitation ce serait au cœur de quelque cité de ce genre, au milieu des chairs en putréfaction et des ossements tombant en poussière. Car leur proximité fait passer des frissons extatiques à travers mon âme, fait courir le sang stagnant à travers mes veines et oblige mon cœur envahi par la torpeur à battre avec une joie délirante, car la présence de la mort, c'est pour moi la vie.

Ma première enfance n'a été qu'une longue, prosaïque et monotone apathie. D'un ascétisme strict, pâle, blême, d'une taille au-dessus de la normale, sujet à des accès prolongés de morosité morbide, j'étais mis en quarantaine par les jeunes gens en bonne santé, normaux, de mon âge. Ils me traitaient de trouble-fête, de vieille femme, sous prétexte que je n'éprouvais aucun intérêt pour les jeux brutaux et enfantins auxquels ils se livraient, ni aucun élan pour y participer, si je l'avais désiré.

Comme tous les villages de la campagne, Fenham avait sa part de potins colportés par des langues de vipères. Les imaginations indiscrètes mettaient mon tempérament léthargique au niveau d'une anomalie repoussante; les gens me comparaient à mes parents, hochaient la tête d'un air dubitatif et de mauvais augure en constatant l'énorme différence. Certains parmi les plus superstitieux déclaraient ouvertement que j'avais été changé en nourrice tandis que d'autres qui connaissaient un peu mes ancêtres attiraient l'attention sur les rumeurs vagues et mystérieuses concernant le père de mon arrière-grand-oncle qui avait été brûlé sur le bûcher comme nécromant.

Si j'avais vécu dans une ville plus importante, avec plus d'occasions d'entretenir des relations convenables de camaraderie, j'aurais peut-être surmonté cette tendance précoce à vivre en reclus. Quand j'atteignis l'âge de la puberté je devins encore plus sombre, plus morbide, plus apathique. Ma vie manquait de but. Je semblais subir l'emprise de quelque chose qui émoussait mes sens, paralysait mon développement, retardait mes activités, me laissait insatisfait pour des raisons dont je ne me rendais pas compte.

J'avais seize ans quand j'assistais pour la première fois à un enterrement. C'était à Fenham un événement social de première importance, car notre ville était connue pour la longévité de ses habitants. Quand, en outre, ces funérailles étaient celles d'un personnage aussi connu que mon grand-père, on pouvait en toute sécurité affirmer que les habitants de la ville se déplaceraient *en masse* pour venir rendre à sa mémoire l'hommage qui convenait. Cependant je ne vis pas approcher la date de la cérémonie avec un intérêt même latent. Tout ce qui tendait à me tirer de mon inertie habituelle ne représentait pour moi que la perspective d'un trouble apporté à ma tranquillité physique et mentale. Pour répondre à l'insistance de mes parents, principalement pour me faire bénéficier d'une trêve de leurs condamnations faites sur un ton caustique pour ce qu'ils avaient choisi d'appeler mon attitude peu filiale, j'acceptai de les accompagner.

L'enterrement de mon grand-père, à part le volumineux apport d'hommages floraux, n'avait rien qui sorte de l'ordinaire. Mais c'était, rappelez-vous, mon initiation aux rites solennels célébrés en pareille occasion. Quelque chose dans l'obscurité de cette chambre, avec le cercueil oblong drapé de noir, ces masses accumulées de fleurs odoriférantes, les démonstrations de douleur des villageois assemblés, me fit sortir de mon indifférence habituelle et retint mon attention. Tiré d'une rêverie momentanée par un coup que ma mère m'assenait de son coude pointu, je la suivis à travers la chambre pour m'approcher du cercueil où gisait mon grand-père.

Pour la première fois, je me trouvais face à face avec la Mort. Je posai les yeux sur ce visage calme et placide avec sa multitude de rides, et je ne vis rien qui pût causer un tel chagrin. Bien au contraire, mon grand-père me paraissait satisfait sans limites, débonnaire. Je me sentais gagné par une étrange exaltation qui ne semblait pas en rapport avec la situation. Cette sensation avait pris possession de moi si lentement, si sournoisement que je pus à peine préciser le moment où cela avait commencé. Quand je revis mentalement cette heure funeste il me semble que cette sensation a dû trouver son origine dans ma première vision de la scène funèbre en question, et ensuite, silencieusement, consolidé son emprise d'une manière subtile et insidieuse. Une influence sinistre et maléfique qui semblait se dégager du cadavre me maintenait dans un état de fascination magnétique. Mon être tout entier me paraissait chargé d'une force électrisante et extatique, et je me sentais me redresser sans intervention consciente de ma volonté. Les yeux essayaient de voir derrière les paupières closes du mort et de lire quelque message secret qu'elles auraient dissimulé. Mon cœur fit un bond subit de joie impie, martela mes côtes avec une énergie démoniaque comme pour se libérer du confinement dans lequel ma frêle enveloppe le maintenait. Une sensualité sauvage, impudique, satisfaisante pour l'âme, m'envahit. Une fois de plus une poussée vigoureuse du coude maternel me remit en mouvement. Je m'étais approché du cercueil drapé de noir d'une démarche pesante; je m'en éloignai avec une légèreté nouvellement révélée.

J'accompagnai le cortège jusqu'au cimetière; tout mon être physique était pénétré par cette influence mystique et vivifiante. C'était comme si j'avais bu à grands traits quelque élixir exotique, une abominable décoction préparée d'après les formules blasphématoires trouvées dans les archives de Belial.

Les gens de la ville étaient si absorbés par la cérémonie que le changement radical intervenu dans mon comportement passa inaperçu de tous, sauf de mon père et de ma mère. Mais au cours de la quinzaine qui suivit, les redresseurs de torts du village trouvèrent un nouvel aliment dans mon changement d'attitude, et avec leur langue de vitriol, ils s'en emparèrent. Cependant, à la fin de cette quinzaine, ce stimulus commença à perdre de son efficacité. Un ou deux jours plus tard, j'étais tout à fait retombé dans ma langueur passée, sans avoir cependant retrouvé la complète et envahissante insipidité du passé. Antérieurement il y avait une absence totale de désir de sortir de cette mollesse; à présent, j'étais troublé par une agitation vague et indéfinissable. Extérieurement, j'étais redevenu moi-même, et les spécialistes du scandale se tournèrent vers un sujet plus attirant. S'ils avaient seulement imaginé la véritable raison de ma jubilation, ils m'auraient évité comme une chose répugnante et lépreuse. J'aurais imaginé quelle puissance exécrable se trouvait à l'origine de ma brève période d'exaltation que je me serais pour toujours cloîtré à l'écart du monde et serais resté jusqu'à la fin de mes jours dans la solitude du pénitent.

La tragédie prend souvent la forme de trilogies. Malgré la longévité proverbiale des gens de notre ville, les cinq années qui suivirent amenèrent le décès de mes parents. Ce fut d'abord le tour de ma mère, dans un accident tout à fait imprévu. Ma douleur était si sincère que je fus honnêtement surpris de voir son caractère poignant tourné en dérision et contredit par un sentiment presque oublié, une extase suprême et diabolique. Une fois de plus, mon cœur bondit dans ma poitrine d'une manière folle, se mit à battre au rythme d'un marteau à bascule, à envoyer un sang bouillant dans mes artères, avec une ardeur fulgurante. Je secouai de mes épaules le manteau harassant de la stagnation, mais seulement pour le remplacer par le fardeau infiniment plus horrible du désir repoussant et impie. Je ne quittais pas la chambre mortuaire où gisait le corps de ma mère, mon âme était assoiffée du nectar diabolique qui semblait saturer l'atmosphère de la chambre plongée dans l'obscurité. Chaque bouffée inhalée me fortifiait, me soulevait jusqu'aux cimes de la satisfaction séraphique. Je savais pourtant que ce n'était qu'une sorte de délire de drogué qui se dissiperait bientôt et me laisserait d'autant plus affaibli par son pouvoir maléfique, cependant je ne pouvais pas plus maîtriser mon désir ardent que démêler les nœuds gordiens de l'écheveau de mon destin déjà enchevêtré.

Je savais également que, par suite d'une étrange malédiction satanique, ma vie dépendait de la mort pour sa force agissante; qu'il y avait dans la façon dont j'étais fait une singularité : je ne réagissais qu'au voisinage terrifiant de quelque corps inanimé. Quelques jours plus tard, mû par un désir frénétique de ce poison abominable dont dépendait la plénitude de mon existence, j'interrogeai l'unique entrepreneur de pompes funèbres de Fenham sur la possibilité d'être engagé par lui comme une sorte d'apprenti.

Le choc qu'il avait subi à la mort de ma mère avait visiblement affecté mon père. Je crois que si j'avais à tout autre moment émis l'idée que je pourrais embrasser une telle carrière, il aurait refusé avec la dernière énergie. Mais dans les dispositions où il se trouvait, après une courte réflexion, il fit un signe de tête approbateur. Je n'imaginais guère qu'il ferait l'objet de ma première leçon pratique!

Lui aussi mourut subitement à la suite d'une affection cardiaque insoupçonnée. Mon patron octogénaire fit de son mieux pour essayer de me dissuader d'entreprendre la tâche difficile à imaginer consistant à embaumer son corps, et il ne remarqua pas l'éclair de ravissement qui apparut dans mes yeux quand j'eus finalement réussi à l'amener à partager mon épouvantable point de vue. Je n'ai pas l'espoir de pouvoir exprimer les pensées coupables, indicibles, qui se pressèrent en vagues tumultueuses et passionnées lorsque, le cœur battant, je travaillai sur cette argile inanimée. Un amour inégalable était la note dominante de ces concepts, un amour plus grand – beaucoup plus grand – que je n'en ai jamais éprouvé pour lui de son vivant.

Mon père n'était pas un homme riche, mais il possédait assez de biens terrestres pour lui assurer une indépendance confortable. En ma qualité de seul héritier, je me trouvai dans une position assez paradoxale. Pendant ma prime jeunesse rien ne m'avait préparé à affronter le monde moderne, cependant la vie primitive menée à Fenham avec l'isolement qui en était le corollaire avait encore émoussé mes réactions. A dire vrai, la longévité des habitants réduisait à néant le seul mobile que j'avais eu en souscrivant ce contrat d'apprentissage.

Après avoir réglé la succession, il me fut facile d'obtenir la résiliation de mon contrat et je partis pour Bayboro, une ville située à quelque soixante-quinze kilomètres. Une fois là, mon apprentissage me mit en situation favorable. Je n'eus aucun mal à prendre des contacts utiles et à me faire désigner comme assistant de la Gresham Corporation, groupe qui exploitait les plus vastes salons funéraires de la ville. J'obtins même de coucher dans l'établissement, car le voisinage des morts était déjà devenu pour moi une obsession.

Je m'appliquai à ma tâche avec un zèle peu commun. Aucun cas n'était trop affreux pour ma sensibilité impie et je devins rapidement maître dans la profession que je m'étais choisie. Chaque nouveau cadavre apporté dans l'établissement signifiait l'accomplissement d'une promesse de bonheur impie, une récompense infâme; le retour de ce tumulte extatique dans les artères qui transformait une tâche anodine en mission de dévotion et d'amour, et cependant chaque assouvissement réclamait son tribut. J'en vins à appréhender le retour de journées qui ne m'apporteraient pas de mort à dévorer des yeux, et à prier tous les dieux obscènes des abysses les plus profondes d'amener une mort rapide et certaine chez de nombreux habitants de la ville.

Vinrent alors les nuits au cours desquelles une silhouette commença à se glisser subrepticement à travers les rues des faubourgs, plongés dans les ténèbres. Des nuits d'un noir d'encre pendant lesquelles la lune de minuit était cachée par des nuages bas et lourds. C'était une silhouette furtive qui se confondait avec les arbres, jetait à la dérobée des coups d'œil par-dessus son épaule; une silhouette attelée à quelque mission maléfique. Après une expédition de ce genre, les journaux du matin étalaient tout au long, au bénéfice de leur clientèle avide de sensation, les détails de quelque crime de cauchemar; colonne sur colonne d'exultation malsaine et colorée à propos d'atrocités abominables; paragraphe sur paragraphe de solutions impossibles, de soupçons contradictoires. J'éprouvais d'un bout à l'autre un sentiment suprême de sécurité, car qui irait, ne serait-ce qu'un instant, suspecter l'employé d'un entrepreneur de pompes funèbres, chez qui la mort est considérée comme une affaire de tous les jours, de chercher un assouvissement à ses innommables penchants dans le meurtre de sang-froid de ses semblables. Je préparais chaque crime avec une minutie de maniaque, je variais la façon de donner la mort de telle sorte que personne n'aurait jamais été imaginer que ces crimes étaient tous l'œuvre de la même paire de mains ensanglantées. A la suite de chaque équipée nocturne c'était une heure extatique de plaisir, malsain et sans mélange; un plaisir toujours rehaussé par la perspective d'en voir peut-être la source délicieuse, soumise ensuite à mes bons soins dans le cadre de mes occupations régulières. Ce plaisir redoublé et suprême m'a été quelquefois accordé. O! souvenir rare et délicieux!

Pendant les longues nuits où je restais à l'abri de

mon sanctuaire, j'ai été incité par le silence du mausolée à imaginer des moyens nouveaux et impossibles à dire de manifester mon affection aux morts que j'aimais, aux morts qui me donnaient la vie!

Un matin, Mr Gresham arriva beaucoup plus tôt que d'habitude... pour me trouver allongé sur une dalle froide, plongé dans un profond sommeil de vampire, entourant de mes bras le corps nu, roidi, d'un cadavre fétide! Il me sortit de mes rêves salaces : ses yeux exprimaient un mélange d'horreur et de pitié. Avec douceur, mais fermeté il me dit que je devais quitter la maison, que mes nerfs étaient surmenés, que j'avais besoin de me reposer longtemps des tâches rebutantes qu'exigeait ma profession, qu'en ma qualité de jeune homme impressionnable j'étais trop profondément affecté par l'affreuse atmosphère qui m'entourait. Comme il était loin de se douter des désirs démoniaques qui m'avaient aiguillonné dans le sens de mes dégoûtantes infirmités! Je fus assez sage pour comprendre qu'en discutant je n'aurais pu que fortifier l'idée qu'il se faisait de ma tendance à la folie. Il était bien préférable de partir plutôt que de le pousser à découvrir le mobile qui commandait mes actes.

Ensuite, je n'osai pas rester longtemps dans le même endroit de crainte qu'un acte manifeste vienne révéler mon secret aux yeux d'un monde sans indulgence. J'allai de ville en ville, de village en village. Je travaillai dans des morgues, aux alentours de cimetières; une fois dans un four crématoire; dans tous les endroits qui pouvaient me donner la possibilité d'approcher les morts que j'adorais.

Vint la guerre mondiale. Je fus l'un des premiers à traverser l'Océan, l'un des derniers à revenir. Quatre années d'Enfer de charogne rouge sang... le limon écœurant des tranchées envahies par la pluie et la pourriture... l'éclatement assourdissant des obus hystériques... le sifflement monotone des balles sardoniques... les fontaines de feu déchaînées charriant des flammes comme le fleuve Phlégethon... les émanations suffocantes des gaz toxiques... les restes grotesques des corps écrasés et lacérés... quatre années de satisfactions transcendantes.

Chez tout errant il y a une impulsion latente à retourner au décor de l'enfance. Quelques mois plus tard je traversais les abords familiers de Fenham. Des fermes vides et pillées bordaient les routes secondaires, tandis que les années avaient amené une régression équivalente dans la ville proprement dite. Quelques maisons à peine étaient occupées, mais parmi elles celle que j'avais autrefois appelée ma maison. L'allée pleine de broussailles, obstruée par les mauvaises herbes, les carreaux cassés, l'état d'abandon dans lequel étaient restés les hectares s'étendant par-derrière, tout apportait une confirmation muette des racontars qu'une enquête prudente m'avait permis de recueillir : la maison abritait à présent un ivrogne dissolu qui tirait de maigres ressources de menus travaux que lui confiaient quelques voisins par sympathie pour la femme maltraitée et l'enfant sous-alimenté qui partageaient son sort. Le charme accompagnant l'environnement de ma jeunesse avait complètement disparu; alors, abusé par une pensée téméraire, je dirigeai immédiatement mes pas vers Bayboro.

Les années avaient là aussi amené des changements, mais en sens inverse. La petite ville dont j'avais gardé le souvenir avait presque doublé de dimensions en dépit de la dépopulation résultant de l'état de guerre. Je cherchai instinctivement l'endroit où je travaillais antérieurement; je le trouvai mais avec un nom que je ne connaissais pas, accolé aux mots « Successeur de... » au-dessus de la porte. L'épidémie d'influenza avait en effet emporté Mr Gresham, pendant que les gars étaient de l'autre côté de l'Atlantique. Dans un accès de fatalisme je demandai du travail. Avec un certain tremblement je me référai à mes débuts sous la direction de Mr Gresham, mais mes craintes étaient sans fondement. Mon ancien employeur avait emporté dans la tombe le secret de ma conduite immorale. Une vacance se présenta opportunément et je me réinstallai sur-le-champ.

Vinrent alors des souvenirs vagabonds, mais obsédants de nuits rouges consacrées à des pèlerinages impies, en même temps qu'un irrépressible désir de renouer avec ces joies illicites. J'abandonnai toute prudence et me lançai dans une série de débauches damnables. Une fois de plus la presse du dimanche accueillit avec empressement une matière à sa mesure dans les détails diaboliques de mes crimes, les compara aux semaines rouges d'horreur qui avaient atterré la ville des années auparavant. Une fois de plus la police lança son filet et dans ses plis engrenés, il n'y avait que... le vide!

Ma soif du nectar empoisonné des morts prit les proportions d'un feu dévorant et je me mis à écourter les intervalles séparant mes exploits odieux. Je me rendais compte que je m'aventurais sur un terrain dangereux, mais un désir démoniaque m'avait pris dans ses tentacules torturants et me poussait en avant.

Pendant tout ce temps mon esprit se fermait de plus en plus à toute influence autre que la satisfaction de mes désirs insensés. De petits détails d'une importance vitale pour quiconque se lance dans des escapades aussi pernicieuses m'échappèrent. D'une façon ou d'une autre, dans quelque endroit que ce fût, il m'arrivait de laisser une vague trace, un indice insaisissable mais ne suffisant pas à justifier une arrestation, susceptible cependant d'orienter les soupçons dans ma direction. Je me sentais espionné, mais j'étais incapable d'endiguer ce besoin grandissant que j'avais; il me fallait de plus en plus de morts pour stimuler mon âme apathique.

Vint alors la nuit où le sifflet strident de la police me fit sortir de ma contemplation démoniaque sur le corps de ma dernière victime, un rasoir ensanglanté encore serré dans la main. D'un mouvement plein de dextérité, je refermai le rasoir et le glissai dans la poche de ma veste. Les matraques des policiers jouaient du tam-tam sur la porte. Je défonçai la fenêtre avec une chaise, en remerciant le Destin d'avoir choisi pour m'y installer l'un des districts où les loyers étaient les moins chers. Je me laissai tomber dans une allée crasseuse au moment où des silhouettes vêtues de bleu faisaient irruption à travers la porte défoncée. Par-dessus des clôtures branlantes, à travers des cours minables, en passant devant des maisons délabrées et misérables, en descendant des rues étroites et pauvrement éclairées, je m'enfuyais. Je pensai immédiatement aux marais plantés d'arbres qui se trouvaient de l'autre côté de la ville et s'étendaient sur quatre-vingts kilomètres jusqu'aux faubourgs de Fenham. Si je pouvais atteindre ce but j'y serais provisoirement en sécurité. Avant l'aube je plongeai tête baissée dans ce terrain désert et de mauvais augure, en trébuchant sur les racines pourries d'arbres à moitié morts dont les branches dénudées s'étendaient comme des bras grotesques qui auraient essayé de me retarder en faisant semblant de m'enlacer.

Les démons dépendant des lieux infâmes à qui j'avais adressé mes prières idolâtres doivent avoir guidé mes pas à travers ces marais menaçants. Une semaine plus tard, blême, dépenaillé, amaigri, je me cachais dans les bois à un kilomètre et demi de Fenham. Jusqu'ici j'avais évité mes poursuivants, mais je n'osais me montrer, car, je le savais, l'alerte avait dû être donnée par radio. J'espérais vaguement qu'ils avaient perdu ma trace. Après la première nuit de frénésie je n'avais plus entendu de voix étrangères, plus de bruit de branches cassées par des corps massifs dans les fourrés. Peut-être avaient-ils conclu que mon corps était caché dans une mare stagnante ou avait disparu à jamais dans ce marécage qui engloutit tout sans rien laisser échapper.

Mes organes vitaux étaient tenaillés par la faim, mon gosier était sec et parcheminé sous l'effet de la soif. Cependant, l'insupportable faim de mon âme pour le stimulus que je ne trouvais que dans le voisinage de la mort était bien pire. Cette réminiscence délicieuse faisait frissonner mes narines. Je ne pouvais plus me faire d'illusion et croire que ce désir était un simple caprice de mon imagination surchauffée. Je savais à présent qu'il faisait partie intégrante de ma vie; que si j'en étais privé je m'éteindrais comme une lampe sans combustible. Je rassemblai tout ce qui pouvait me rester d'énergie pour me mettre en mesure de satisfaire cet appétit maudit. Malgré le péril que mon initiative me faisait courir, je me levai pour partir en reconnaissance, en contournant les ombres protectrices comme une apparition hideuse. Une fois encore j'éprouvais cette sensation étrange d'être dirigé par quelque satellite invisible de Satan. Cependant même mon âme, tout imprégnée de péché qu'elle fût, se révolta néanmoins un moment quand je me trouvai devant ma maison natale, l'ermitage où s'était écoulée ma jeunesse.

Alors ces souvenirs troublants s'effacèrent. Ils firent place à un désir voluptueux et envahissant. Derrière les murs délabrés de cette vieille maison reposait ma proie. Un moment plus tard, j'avais remonté l'une des fenêtres délabrées et escaladé son appui. Je prêtai l'oreille un moment, tous mes sens en alerte, tous les muscles bandés pour agir. Le silence me rassura. D'une démarche de félin je traversai les pièces qui m'étaient familières jusqu'à ce que des ronflements sonores m'indiquent l'endroit où j'allais trouver un apaisement à mes souffrances. Je m'accordai de pousser un soupir d'extase par anticipation et j'ouvris en la poussant la porte de la chambre à coucher. D'une démarche de panthère j'allai à la forme étendue, les membres écartelés dans la stupeur de l'ivrogne. La femme et l'enfant – où étaient-ils? – bon, ils pouvaient attendre. Mes doigts crochus s'agrippèrent à sa gorge.

Quelques heures plus tard, j'étais de nouveau le fugitif, mais une force toute neuve s'était infusée en moi. Trois formes silencieuses dormaient et ne se réveilleraient jamais. Ce n'est qu'au moment où la lumière crue eut pénétré dans ma cachette que je me représentai les inévitables conséquences de mon soulagement inconsidérément acquis. Dès maintenant les corps doivent avoir été découverts. Le policier rural le plus obtus établira à coup sûr un rapprochement entre ma fuite de la ville voisine et cette tragédie. En outre, pour la première fois j'ai été assez peu précautionneux pour laisser des preuves tangibles de mon identité, mes empreintes digitales sur le cou du dernier des morts. Toute la journée j'ai frissonné d'appréhension nerveuse. Le simple craquement d'une branche morte sous mes pieds faisait naître des images qui me terrifiaient. Cette nuit, protégé par l'obscurité, j'ai contourné Fenham et me suis dirigé vers les bois qui s'étendent de l'autre côté. Avant l'aube est arrivé le premier indice précis de reprise de la poursuite, les chiens aboyant au loin.

Tout au long de la nuit je me suis hâté de fuir, mais vers le matin je pouvais déjà sentir décliner mes forces artificiellement acquises. L'heure de midi amena l'appel le plus insistant de cette malédiction contagieuse, je savais que j'allais m'écrouler sur place si je n'éprouvais pas une fois encore cette ivresse étrange qui ne me vient qu'au contact de la mort que j'aime. J'avais parcouru un vaste demi-cercle. Si je continuais devant moi, à minuit je me trouverais dans le cimetière où, des années auparavant, j'avais inhumé mes parents. Je le sentais avec certitude, mon seul espoir était d'atteindre ce but avant d'être rejoint. En adressant une prière silencieuse aux démons qui avaient dirigé ma destinée, j'orientai mes pas pesants vers mon dernier refuge.

Dieu! Se peut-il que douze heures seulement se soient écoulées depuis que je suis parti pour mon sanctuaire des spectres? Chacune de ces heures m'a paru une éternité. Mais à présent j'ai reçu une splendide récompense. Les odeurs méphitiques de ce lieu abandonné sont un encens pour mon âme souffrante!

Les premières lueurs grises de l'aube apparaissent à l'horizon. Mes oreilles exercées captent déjà l'aboiement lointain des chiens! Ce n'est plus qu'une question de minutes. Ils vont me trouver et m'enfermer pour toujours à l'écart du monde. Je passerai le reste de mon existence ravagé de désirs jusqu'au moment où j'irai, enfin, rejoindre les morts que j'aime!

Ils ne me prendront pas! Une voie de salut s'ouvre devant moi! C'est le choix d'un lâche, peut-être, mais il vaut mieux – beaucoup mieux – que des mois interminables de souffrances sans nom. Je vais laisser derrière moi ce récit afin que quelqu'un comprenne les raisons qui ont guidé ce choix.

Le rasoir! Je l'avais oublié. Il est niché dans ma poche depuis que je me suis enfui de Bayboro. Sa lame tachée de sang luit étrangement à la lumière déclinante de ce mince croissant de lune. Une coupure en travers de mon poignet gauche et c'est la délivrance assurée...

Des gouttes de sang frais et chaud font des dessins grotesques sur les dalles crasseuses et décrépites... des hordes de fantômes se répandent sur les tombes dégradées... des doigts de fantômes me font signe... des fragments éthérés de mélodies jamais écrites s'élèvent dans un crescendo céleste... des étoiles lointaines dansent, comme si elles étaient ivres, dans un accompagnement démoniaque... mille marteaux minuscules frappent de hideuses dissonances sur des enclumes à l'intérieur de mon cerveau livré au chaos... les fantômes gris des esprits assassinés paradent devant moi dans un silence ironique... des langues brûlant d'une invisible flamme frappent la marque de l'Enfer sur mon âme malade... Je... ne... peux... plus... écrire...

C.M. EDDY Jr

SOURD, MUET ET AVEUGLE

Le 28 juin 1924, à midi légèrement passé, le Dr Morehouse arrêta sa voiture devant la maison Tanner et quatre hommes en descendirent. L'immeuble de pierre, parfaitement entretenu et repeint, se trouvait près de la route et s'il n'y avait pas eu ce marécage derrière, il n'aurait fait penser à rien de fâcheux. La porte d'un blanc impeccable se voyait, à quelque distance de la route, dont elle était séparée par une pelouse bien peignée; au moment où le docteur et ses compagnons approchaient, on pouvait constater que le lourd portail était grand ouvert. Seule, la contre-porte était fermée. La proximité de la maison avait imposé aux quatre hommes une sorte de silence nerveux, car on ne pouvait se défendre d'une certaine terreur en imaginant ce qui pouvait guetter à l'intérieur. Cette terreur s'apaisa nettement lorsque les arrivants eurent entendu distinctement le bruit de la machine à écrire de Richard Blake.

Moins d'une heure auparavant, un homme adulte s'était enfui de la maison, sans chapeau, sans manteau, en hurlant. Il était tombé sur le seuil de son plus proche voisin, à environ huit cents mètres, en balbutiant des mots incohérents : « maison », « sombre », « marais », « chambre ». Le Dr Morehouse n'avait pas eu besoin d'être poussé à intervenir quand il eut appris qu'un homme affolé, la bave aux lèvres, s'était rué hors de la vieille demeure Tanner sur le bord du marais. Il savait que quelque chose arriverait lorsque les deux hommes avaient pris possession de cette maison de pierre maudite : l'homme qui s'était enfui, et son maître, Richard Blake, le poète de Boston, le génie qui était parti pour la guerre avec tous ses sens, tous ses nerfs alertes et qui en était revenu dans l'état où il se trouvait actuellement; toujours de bonne humeur bien qu'à moitié paralysé, allant toujours en chantant parmi les spectacles et les sons nés de l'imagination vivante, bien que coupé à jamais du monde physique parce que sourd, muet et aveugle.

Blake se complaisait aux traditions étranges et aux allusions faisant frissonner concernant la maison et ses précédents occupants. Ce genre de tradition effrayante était un actif imaginaire que son état physique ne le privait pas de goûter. Il avait souri devant les pronostics des indigènes superstitieux. A présent, avec son unique compagnon parti dans un paroxysme dément de terreur panique, tandis que lui-même restait sans défense devant la chose, quelle qu'elle fût, qui avait causé cette peur, Blake pouvait avoir moins d'occasion de se complaire et de sourire! Telles étaient, du moins, les réflexions du Dr Morehouse en face du problème de celui qui s'était enfui. Il avait rendu visite à l'habitant de la chaumière, interloqué, pour l'aider à débrouiller l'affaire. Les Morehouse étaient une vieille famille de Fenham, et le grand-père du docteur était l'un de ceux qui avaient brûlé le corps de l'ermite Simeon Tanner en 1819. Même après tant de temps, le médecin pourtant endurci ne pouvait éviter un chatouillement de l'épine dorsale devant tout ce qui avait un rapport quelconque avec cette incinération, devant les conclusions naïves des campagnards ignorants sur une difformité légère et sans signification du défunt. Il savait que ce chatouillement était stupide car de légères protubérances osseuses sur le devant du crâne ne veulent rien dire et s'observent souvent chez les hommes chauves.

Parmi les quatre hommes qui se trouvaient dans la voiture du docteur et qui, finalement, tournèrent vers cette maison effrayante des visages résolus, il y eut un singulier échange de vagues légendes et de lambeaux de commérages à moitié furtifs qu'ils tenaient de grand-mères curieuses, légendes et insinuations rarement répétées et presque jamais confrontées systématiquement. Ils remontèrent jusqu'en 1692, lorsqu'un Tanner périt à Salem sur Gallows Hill à la suite d'un procès de sorcellerie, mais ils ne commencèrent à voir les choses de plus près qu'à partir de l'époque où la maison fut construite – en 1747 – bien que l'aile ait été ajoutée plus récemment. Même à cette époque les racontars n'étaient pas nombreux, car si étranges qu'aient été tous les Tanner, c'est seulement le dernier, le vieux Simeon, qui fut désespérément redouté. Il fit des adjonctions à ce qu'il avait hérité – des adjonctions horribles, chuchotait-on –, fit murer les fenêtres de la chambre située au sud-est, dont le mur est donnait sur le marais. C'était son bureau et sa bibliothèque, il y avait une porte à double épaisseur et renforcée. Elle avait été brisée à coups de hache pendant cette nuit terrible de l'hiver 1819 lorsque la fumée empestée avait été refoulée de la cheminée et lorsqu'on avait trouvé là le corps de Tanner, avec cette expression sur le visage. C'est en raison de cette expression – et non pas à cause des deux protubérances osseuses sous les cheveux blancs touffus – qu'on avait brûlé le corps, les livres, et les manuscrits qu'il avait dans cette pièce. Cependant, la courte distance qui les séparait de la maison Tanner fut couverte avant que de nombreux faits historiques aient pu être évoqués.

Le docteur, chef du détachement, ouvrit la contre-porte et entra dans l'entrée voûtée et l'on remarqua en même temps que le bruit de la machine à écrire se taisait subitement. Deux des hommes crurent au même instant sentir un vague courant d'air froid surprenant avec cette grande chaleur, mais, par la suite, ils refusèrent d'en jurer. Le hall était parfaitement en ordre comme du reste les différentes pièces qu'ils explorèrent en cherchant le bureau où ils pensaient trouver Blake. L'écrivain avait meublé sa maison en style colonial d'un goût exquis; et bien que n'ayant qu'un seul domestique mâle, il avait réussi à la maintenir dans un parfait état de propreté.

Le Dr Morehouse guida ses hommes de pièce en pièce, à travers les portes grandes ouvertes, en passant sous les passages voûtés, et trouva finalement la bibliothèque ou bureau qu'il cherchait, une belle pièce du rez-de-chaussée exposée au midi, contiguë au bureau autrefois redouté de Simeon Tanner, aux murs garnis de livres que le domestique lui communiquait grâce à un ingénieux alphabet de touches, et les volumineux volumes imprimés en Braille que l'auteur lui-même lisait grâce à la sensibilité du bout de ses doigts. Richard Blake était naturellement là, assis, assis comme d'habitude devant sa machine, une pile de feuilles, fraîchement tapées, éparpillées sur la table et le sol, mais l'une d'elles se trouvant encore sur la machine. Il avait cessé de travailler, semblait-il, avec quelque soudaineté; peut-être à cause d'un frisson qui lui avait fait remonter le col de sa robe de chambre; et sa tête était tournée vers la porte de la pièce adjacente d'une manière singulière de la part d'un homme complètement coupé du monde extérieur parce qu'il ne voit ni n'entend.

Après s'être approché en se plaçant de manière à apercevoir le visage de l'écrivain, le Dr Morehouse devint très pâle et fit signe aux autres de rester en arrière. Il lui fallut du temps pour se calmer et écarter toute possibilité d'illusion atroce. Il n'avait plus besoin de spéculer sur les raisons qui avaient fait brûler le vieux Simeon Tanner, par cette nuit d'hiver, à cause de l'*expression* qui s'y était peinte, car il y avait ici une chose que seul un esprit bien discipliné pouvait affronter. Le défunt Richard Blake, dont la machine n'avait tu son nonchalant cliquetis qu'au moment où ces hommes entraient dans la maison, avait, malgré sa cécité, vu quelque chose, et en avait été affecté. Il n'y avait rien d'humain dans son regard, ni dans la vision morbide qui avait impressionné ces grands yeux bleus, injectés de sang, fermés depuis six ans à toute image venue du monde extérieur. Avec l'expression d'horreur qu'aurait eue un voyant, ces yeux étaient fixés sur la porte du vieux bureau de Simeon Tanner, où le soleil baignait des murs autrefois recouverts d'un linceul de ténèbres, maintenu par des briques obstruant les fenêtres. Et le Dr Morehouse eut le vertige en voyant que, malgré l'éblouissante lumière du jour, les pupilles d'encre de ces yeux étaient dilatées, autant que des yeux de chat dans l'obscurité.

Le docteur ferma les yeux aveugles qui le fixaient, avant de permettre aux autres, de voir le visage du cadavre. Entre-temps, il examinait la forme privée de vie avec une diligence fébrile, mettant en œuvre la technique la plus scrupuleuse, malgré la vibration de ses nerfs et ses mains qui tremblaient presque. De temps en temps il communiquait une partie de ses résultats, de peur qu'ils ne le conduisent à des spéculations plus inquiétantes qu'il ne convient. Ce n'est pas à la suite d'une parole qu'il aurait prononcée, mais du fait d'une observation perspicace faite spontanément par un autre : cet homme murmura quelque chose sur les cheveux noirs ébouriffés du cadavre et l'éparpillement des papiers. Il ajouta que tout s'était passé comme si un violent coup de vent était venu par la porte ouverte à laquelle le mort faisait face; alors que, bien que les fenêtres autrefois murées aient été grandes ouvertes pour laisser entrer l'air tiède du mois de juin, il y avait eu à peine un léger souffle de vent de toute la journée.

L'un des hommes s'était mis à ramasser les feuilles du manuscrit nouvellement écrit telles qu'elles se trouvaient posées sur la table et le sol, mais le Dr Morehouse l'arrêta d'un geste inquiet. Il avait vu la feuille restée sur la machine, il s'était hâté de l'en retirer et de la mettre dans sa poche après avoir pâli de nouveau pour en avoir lu une ou deux phrases. Cet incident l'engagea à ramasser lui-même les feuilles et à les fourrer telles quelles dans une poche intérieure sans s'arrêter à les arranger. Et non seulement ce qu'il avait lu le terrifiait à moitié autant que ce qu'il venait à présent de remarquer, la différence subtile dans le toucher et la force de frappe qui distinguait les feuilles qu'il avait ramassées de celle qu'il avait trouvée sur la machine. Cette impression nébuleuse qu'il ne pouvait pas séparer de cette autre circonstance horrible qu'il s'appliquait si bien à cacher aux hommes qui avaient entendu le cliquetis de la machine moins de dix minutes auparavant – la circonstance qu'il essayait même d'écarter de son propre esprit jusqu'au moment où il pourrait être seul, à se reposer dans les profondeurs accueillantes de son fauteuil Morris. On peut juger de la frayeur qu'il ressentit en considérant ce qu'il brava pour se retenir de le dire. En plus de trente années d'exercice de sa profession il n'avait jamais considéré un médecin légiste comme quelqu'un à qui on pouvait cacher un fait; cependant, pendant toutes les formalités qui suivirent, personne n'a jamais su que lorsqu'il examinait le cadavre de cet homme au regard figé, contorsionné, aveugle, il avait vu sur-le-champ que *la mort était survenue au moins une demi-heure avant la découverte du corps.*

Le Dr Morehouse ferma ensuite la porte extérieure et conduisit le petit détachement dans les moindres recoins de l'ancien bâtiment, à la recherche de tout indice susceptible d'éclaircir directement la tragédie. Jamais résultat ne fut plus complètement négatif. Il savait que la trappe du vieux Simeon Tanner avait été démontée dès que les livres et le corps du reclus eurent été brûlés et que la deuxième cave et le tunnel sinueux creusé sous le marécage avaient été comblés dès qu'ils avaient été découverts, quelque trente-cinq ans plus tard. A présent, il ne voyait rien d'anormal qui soit venu récemment remplacer ces choses qui ne l'étaient pas et toute la maison se faisait seulement remarquer par une netteté sans anomalie, fruit d'une restauration, d'une modernisation faite avec beaucoup de goût, et d'un parfait entretien.

Il téléphona au shérif à Fenham pour qu'il convoque le médecin-légiste de Bayboro; il attendit l'arrivée du premier qui, dès qu'il fut là, insista pour faire prêter serment à deux des hommes présents afin qu'ils lui servent d'adjoints, en attendant l'arrivée du médecin. Le Dr Morehouse, sachant que c'est une fumisterie et une futilité que d'avoir affaire aux officiels, ne put retenir un sourire de biais en partant avec le villageois chez qui le fugitif avait trouvé asile.

Ils trouvèrent le malade excessivement faible, mais conscient et assez calme. Le Dr Morehouse avait promis au shérif d'essayer d'obtenir de lui tous les renseignements possibles, et de les lui transmettre ensuite. Il entama donc avec calme et tact une sorte d'interrogatoire. L'autre s'y prêta dans un état d'esprit raisonnable et avec bonne volonté. Le seul obstacle provenait de défaillances de mémoire. Le calme de cet homme devait venir en grande partie d'une providentielle incapacité à se souvenir, car tout ce qu'il put dire, c'était que, se trouvant avec son maître dans le bureau de celui-ci, il avait cru voir la pièce voisine soudainement plongée dans le noir, cette pièce où, depuis plus de cent ans, la lumière du soleil avait remplacé la demi-obscurité provenant de fenêtres murées. Ce souvenir même, dont il doutait d'ailleurs à moitié, avait gravement secoué ses nerfs déjà à bout et ce fut avec la plus grande douceur et les plus grandes précautions que le Dr Morehouse lui annonça la mort de son maître, victime de la façon la plus naturelle d'une faiblesse cardiaque imputable à ses terribles blessures de guerre. L'homme fut très éprouvé, car il était d'un grand dévouement pour son maître infirme; mais il promit de faire preuve de courage et d'amener le corps à Boston, dans la famille de ce dernier, dès que le médecin-légiste aurait terminé son enquête de pure forme.

Le médecin, après avoir satisfait d'une manière aussi vague que possible la curiosité du maître de la maison et de son épouse, et leur avoir demandé avec insistance de garder le malade avec eux en le tenant éloigné de la maison Tanner jusqu'au moment où il partirait avec le corps, rentra chez lui en tremblant de plus en plus d'énervement. Il allait être enfin libre de lire le manuscrit dactylographié du mort et recueillir au moins un indice sur ce que pouvait être la chose infernale qui avait défié ces sens brisés de la vue et de l'ouïe et pénétré de si désastreuse façon jusqu'à l'intelligence fragile qui rêvait au sein des ténèbres et du silence. Il savait que ce serait une affreuse et terrible lecture et il ne se hâtait pas de commencer. Non, il rangea très posément sa voiture dans le garage, se mit à l'aise en endossant une robe de chambre, posa des sédatifs et des fortifiants sur un meuble à côté du fauteuil où il se proposait de s'installer. Même ensuite, il perdit encore visiblement du temps à classer lentement les feuilles dans l'ordre des numéros en évitant de jeter sur leur contenu le moindre regard qui lui aurait permis de comprendre quoi que ce fût.

Nous savons tous l'effet que cette lecture produisit sur le Dr Morehouse. Personne d'autre que lui ne l'aurait jamais lu si sa femme ne l'avait pas ramassé une heure plus tard, alors que le docteur gisait inerte dans son fauteuil, respirant lourdement et incapable de répondre aux coups frappés à sa porte assez fort pour réveiller un Pharaon momifié. Bien que tel qu'il est ce document soit terrible, en particulier dans l'évident *changement de style* intervenant près de la fin, nous ne pouvons nous défendre de croire que, pour le médecin, versé dans les légendes, il ait présenté *quelque horreur supplémentaire et surpassant tout le reste*, que personne d'autre n'aura jamais l'infortune de ressentir comme lui. Certainement, l'opinion générale à Fenham est que, familiarisé largement avec les radotages des vieilles gens, et ayant entendu dans sa prime jeunesse les contes que lui narrait son grand-père, il ait puisé là une documentation particulière à la lumière de laquelle l'affreux récit de Richard Blake acquiert une signification nouvelle, claire et bouleversante, presque insupportable pour un esprit normal. Cela expliquerait la lenteur avec laquelle il s'est remis, en cette soirée de juin, ses réticences à permettre à sa femme et à son fils de lire le manuscrit, la mauvaise grâce singulière avec laquelle il s'est rallié à leur décision de ne pas brûler un document terrifiant mais remarquable et, par-dessus tout, la précipitation qu'il mit à vouloir faire l'acquisition de la vieille propriété Tanner, détruire la maison à la dynamite, abattre les arbres du marécage jusqu'à une bonne distance de la route. Sur l'ensemble du sujet il conserve à présent une réserve inflexible, et il est certain que la connaissance de choses, dont il vaut mieux que le monde se passe, disparaîtra avec lui.

Le manuscrit ci-annexé a été copié grâce à l'amabilité de Floyd Morehouse, Esq., fils du médecin. Quelques rares omissions, indiquées par des astérisques ont été faites, dans l'intérêt de la tranquillité d'esprit du public. D'autres sont dues aux incertitudes du texte lorsque la frappe de l'auteur qui semblait taper à la vitesse de l'éclair, sombre tout à coup dans l'incohérence ou l'ambiguïté. En trois endroits, où les lacunes sont assez bien élucidées par le contexte, un travail de rétablissement a été tenté. Du *changement de style* intervenant vers la fin, il valait mieux ne rien dire. Il est sûrement plausible d'attribuer le phénomène, au point de vue du contenu comme de l'aspect matériel de la dactylographie, aux tourments et aux défaillances d'esprit d'une victime dont les épreuves passées n'étaient rien à côté de celles qu'elle doit maintenant affronter. Des cerveaux plus audacieux sont libres d'apporter leurs propres déductions.

Voici donc le document, écrit dans une maison maudite par un cerveau fermé aux spectacles et aux bruits du monde, abandonné, seul et sans préparation à la merci et aux moqueries de puissances que nul homme doué de la vue et de l'ouïe n'a jamais affrontées. En contradiction avec tout ce que nous connaissons de l'univers à travers la physique, la chimie, la biologie, cela sera classé par un esprit logique parmi les produits étranges de la démence, une démence communiquée comme par sympathie à l'homme qui à l'époque s'est rué hors de la maison. Et en vérité, c'est ainsi que cela peut très bien être considéré aussi longtemps que le Dr Morehouse observera le même silence.

> « Des doutes vagues du dernier quart d'heure deviennent maintenant des terreurs bien définies. Pour commencer, je suis tout à fait convaincu qu'il est arrivé quelque chose à Dobbs. Pour la première fois depuis que nous sommes ensemble, il n'a pas répondu à mes appels. Comme mes coups de sonnette répétés étaient restés sans effet, je me suis dit que la sonnette devait être détraquée, mais j'ai frappé sur ma table avec une vigueur capable de réveiller tous les passagers de la barque de Charon. J'ai cru d'abord qu'il s'était échappé de la maison pour respirer un peu d'air pur, car il avait fait une chaleur accablante pendant toute la matinée, mais cela ne ressemble pas à Dobbs de s'éloigner pendant si longtemps sans s'assurer d'abord que je n'aurais besoin de rien. Cependant c'est ce qui

s'est passé d'inusité pendant les quelques dernières minutes qui m'a confirmé dans ce soupçon : son absence était indépendante de sa volonté. C'est le même événement qui me pousse à jeter sur le papier mes impressions et mes conjectures dans l'espoir que cela suffise à me délivrer d'une appréhension sinistre de tragédie imminente. Bien que je tente de le faire, je ne peux libérer mon esprit de légendes en relation avec cette vieille demeure, simples superstitions auxquelles ne peuvent se complaire que des cerveaux atrophiés et pour lesquelles je ne gaspillerais pas une pensée si seulement Dobbs était là.

« A travers les années pendant lesquelles j'ai été coupé du monde que j'ai connu, Dobbs a été mon sixième sens. A présent, pour la première fois depuis que je me trouve dans cet état, je réalise toute l'étendue de mon impotence. C'est Dobbs qui compensait mes yeux qui ne voient pas, mes oreilles inutiles, mon gosier aphone et mes jambes paralysées. Il y a un verre d'eau sur la table de ma machine à écrire. Sans Dobbs pour le remplir quand il sera vide, mon sort sera celui de Tantale. Peu de gens sont venus dans cette maison depuis que nous l'habitons, il y a peu de choses en commun entre des campagnards bavards et un paralytique qui ne les voit ni ne les entend, qui ne peut pas leur parler... il peut se passer des jours avant que quelqu'un paraisse. Seul... avec rien d'autre que mes pensées pour me tenir compagnie. Pensées qui n'ont en rien été apaisées par les sensations de ces dernières minutes. Et puis, je n'aime pas ces sensations car elles transforment de plus en plus de simples racontars de village en imagerie fantastique qui affecte mes émotions d'une manière tout à fait particulière et presque sans précédent.

« Depuis que j'ai commencé à écrire il me semble que des heures se sont écoulées, mais je sais qu'il ne peut s'agir que de quelques minutes, car j'ai simplement placé cette nouvelle feuille sur ma machine. L'acte machinal consistant à mettre le papier en place, si bref qu'il ait été, m'a permis de reprendre contrôle sur moi-même. Je peux peut-être écarter ce sentiment d'approche du danger assez longtemps pour pouvoir raconter ce qui s'est déjà passé.

« Au début c'était comme un simple frémissement, un peu semblable au tremblement qui secoue un immeuble d'habitations à bon marché quand un lourd camion frôle le trottoir. Mais cette maison n'est pas construite en matériaux légers. Je suis peut-être hypersensible à de telles choses et il est possible que je laisse mon imagination me jouer des tours; mais il me semblait que cet ébranlement était plus accentué juste en face de moi, et mon fauteuil fait face à l'aile sud-ouest; à l'écart de la route, directement dans la ligne du marécage à l'arrière de la propriété! Bien que cela ait été dû peut-être à une illusion, ce qui suivit ne peut pas être nié. Cela me rappelait les moments où j'ai senti la terre trembler sous mes pieds à la suite de l'éclatement de très gros obus; des cas où j'ai vu des navires lancés en l'air comme de la balle d'avoine devant la furie d'un typhon. La maison tremblait comme les cendres de Dwergar, dont la voix est l'écho des forêts, dans les cribles du monde nébuleux de Niflheim. Chaque lame du parquet frissonnait sous mes pieds comme une créature souffrante. Ma machine à écrire tremblait au point que je pouvais imaginer les touches en train de vibrer sous l'effet de la terreur.

« Un court instant, et c'est terminé. Tout est redevenu aussi calme qu'avant. Trop calme, même! Il semble impossible qu'une telle chose puisse se produire et laisse tout exactement dans le même etat. Non, pas exactement, je suis profondement convaincu qu'il est arrive quelque chose à Dobbs! C'est cette certitude, s'ajoutant à ce calme anormal, qui aggrave la crainte prémonitoire dont je me sens peu à peu envahi. La peur? Oui, bien que j'essaie de me raisonner pour me convaincre qu'il n'y a rien dont on puisse avoir peur. Les critiques ont apprécié et condamné à la fois ma poésie à cause de ce qu'ils appellent ma vive imagination. Dans un moment comme celui-ci, je me déclare de tout cœur d'accord avec ceux qui la disent « trop vive ». Rien ne peut tourner tellement mal, ou bien...

« De la fumée! Juste une légère trace de fumée sulfureuse, mais mes narines très exercées ne peuvent s'y tromper. Si légère, à vrai dire, qu'il m'est impossible de déterminer si elle vient d'une partie de la maison ou si elle passe par la fenêtre de la chambre voisine, qui donne sur le marécage. L'impression devient rapidement plus nette. Je suis sûr, à présent, que cela ne vient pas du dehors. Des visions vagabondes du passé, des décors sinistres d'autres temps, défilent devant moi, dans une récapitulation stéréoscopique. Une usine en feu... des cris hystériques de femmes terrifiées, emprisonnées par des murs de flammes; une école incendiée... des cris pitoyables d'enfants pris au piège, des escaliers qui s'effondrent, un théâtre qui brûle... Babel frénétique de gens pris de panique se battant pour se libérer par-dessus des planchers qui s'écroulent; et, planant sur le tout, d'impénétrables nuages de fumée noire, nocive, malfaisante, qui polluent le ciel paisible. L'air de la chambre est saturé de vagues épaisses, lourdes, suffocantes... à chaque instant je m'attends à sentir les flammes brûlantes lécher avec avidité mes jambes inutiles... Les yeux me piquent... mes oreilles bourdonnent... Je tousse, je m'étouffe en essayant de libérer mes poumons des fumées âcres comme l'éther rappelant l'odeur de l'Ocype... de la fumée comme il ne s'en trouve qu'associée aux épouvantables catastrophes... fumée caustique, puante, méphitique, à travers laquelle filtre une abominable odeur de chairs brûlées.

« Une fois de plus, je me trouve seul en face de ce calme de mauvais augure. La brise bienvenue qui caresse mes joues fait rapidement renaître mon courage évanoui. Cela est clair, la maison ne peut pas être en feu, car le moindre vestige de cette fumée torturante a disparu. Je ne peux en déceler la moindre trace, bien qu'ayant reniflé comme un chien de chasse. Je commence à me demander si je ne deviens pas fou; si ces années de solitude ne m'ont pas détraqué l'esprit, mais le phénomène a été trop net pour me permettre de le ranger au nombre des simples hallucinations. Fou ou pas fou, je ne peux concevoir ces choses que comme réelles et dès l'instant où je les catalogue ainsi, je ne peux aboutir qu'à la seule conclusion logique. En elle-même la conclusion suffit à bouleverser votre stabilité mentale. L'admettre, c'est reconnaître la vérité des rumeurs superstitieuses que Dobbs a recueillies des villageois et a transcrites pour permettre à mes doigts sensibles de les lire, racontars sans substance que mon esprit matérialiste condamne instinctivement comme insanités!

« Je voudrais que cessent ces bourdonnements d'oreilles! C'est comme si des musiciens fantômes jouaient un duo de tambour sur mes tympans torturés. Je suppose que c'est simplement une réaction aux sensations de suffocation que je viens de connaître. Encore quelques bouffées profondes de cet air rafraîchissant...

« Quelque chose... il y a quelque chose dans la chambre! Je suis aussi sûr de ne plus être seul que si je pouvais vérifier de mes yeux cette présence que je sens d'une manière tellement infaillible. C'est une impression tout à fait semblable à celle que j'ai eue en jouant des coudes pour me frayer un passage dans une rue envahie par la cohue – la notion précise que des yeux me distinguent du reste de la foule en me lançant un regard assez intense pour impressionner mon attention subconsciente – la même sensation, mais multipliée par mille. Qui cela peut-il être? Qu'est-ce que cela peut-être? Après tout, mes craintes sont peut-être sans fondement, cela veut peut-être dire simplement que Dobbs est de retour. Non... ce n'est pas Dobbs. Comme je m'y attendais, le tam-tam a cessé dans mes oreilles et un faible chuchotement a attiré mon attention... la signification irrésistible de la chose vient juste de s'enregistrer dans mon cerveau désorienté... *Je peux entendre!*

« Ce n'est pas une seule voix chuchotante, mais beaucoup! Des bourdonnements lascifs de mouches à viande... Des vrombissements sataniques d'abeilles libidineuses... sifflements sibilants de reptiles obscènes... chœur de chuchotements qu'aucun gosier humain ne pourrait chanter! Cela augmente de volume... la chambre résonne de chants démoniaques; discordants, d'une voix blanche et sinistre, d'une manière grotesque... un chœur diabolique répétant des litanies impies... péans de souffrance méphistophélique accordés sur la musique des âmes gémissantes... un hideux crescendo de pandémonium païen...

« Les voix qui m'entourent s'approchent de plus en plus de mon fauteuil. Le chant s'est arrêté brusquement et le chuchotement s'est transformé en sons intelligibles. Je me torture les oreilles pour distinguer les mots. Plus près... et encore plus près. Ils sont clairs, à présent, trop clairs! Il eût mieux valu avoir mes oreilles bloquées à jamais plutôt que d'être obligé d'entendre leurs emphatiques discours infernaux...

« Révélations impies de Saturnales avilissantes pour l'âme... imaginations vampiresques de débauches dévastatrices... corruption profane d'orgies cabiriennes... menaces maléfiques de punitions inimaginables...

« Il fait froid. Un froid qui n'est pas de saison! Comme inspirée par les présences démoniaques qui me persécutent, la brise, si amicale il y a quelques minutes, siffle maintenant avec fureur à mes oreilles, un vent glacé arrive avec force du marécage et me refroidit jusqu'aux os.

« Si Dobbs m'a abandonné, je ne l'en blâme pas. Je ne prends pas la défense de la lâcheté ni de la poltronnerie, mais il y a des choses... J'espère seulement que son sort n'a été en rien pire que le fait d'être parti à temps!

« Mon dernier doute s'en est allé. Je suis doublement content, à présent, de m'être cramponné à cette décision d'écrire mes impressions... non pas que je m'attende à ce que qui que ce soit me comprenne... ou me croie... cela a été un soulagement à la tension affolante résultant de cette attente de chaque nouvelle manifestation d'anomalie psychique, sans rien pouvoir faire. A mon point de vue, il n'y a que trois partis à prendre : fuir cet endroit maudit et passer les années torturantes qui s'étendent devant moi à essayer d'oublier, mais fuir, ça, *je ne le peux pas.* Consentir à une abominable alliance avec des forces si malignes que, pour elles, le Tartare ressemblerait à une antichambre du Paradis, mais *je ne consentirai pas.* Mourir... j'aimerais beaucoup mieux que mon corps soit écartelé membre par membre plutôt que de contaminer mon âme dans un troc barbare avec de tels émissaires de Belial...

« Il m'a fallu arrêter un moment pour souffler sur mes doigts. La chambre est froide, du froid fétide de la tombe... un engourdissement apaisant m'envahit... Je dois secouer cette lassitude; elle mine ma détermination de mourir plutôt que de céder aux sollicitations insidieuses... Je jure, à nouveau, de résister jusqu'à la fin... cette fin qui, je le sais, ne peut plus être bien loin...

« Le vent est plus glacé que jamais, si cela est possible... un vent chargé de la puanteur des choses mort-vivantes... O Dieu miséricordieux qui m'a pris la vue!... Un vent si froid qu'il brûle là où il devrait glacer... il s'est transformé en sirocco brûlant...

« Des doigts invisibles m'agrippent... des doigts de fantôme qui n'ont pas la force de m'arracher à ma machine... des doigts glacés qui m'entraînent dans l'infâme tourbillon du vice... doigts de démon qui m'attirent dans la fosse d'aisances de l'éternelle iniquité, pour m'y faire sombrer... des doigts de mort qui me coupent la respiration et font sentir à mes yeux aveugles qu'ils doivent brûler de douleur... points glacés pressant mes tempes... protubérances dures, osseuses, semblables à des cornes... le souffle boréal d'un être mort depuis longtemps baise mes lèvres fiévreuses et brûle ma gorge brûlante d'une flamme gelée...

« Il fait noir... ce ne sont pas les ténèbres de longues années de cécité... l'impénétrable obscurité de la nuit où plonge le péché..., la noirceur de poix du Purgatoire...

« Je vois... *spes mea Christus*!... c'est la fin.

*
**

« *Il est impossible à une intelligence mortelle de résister à une force qui dépasse l'imagination. Il n'est pas possible à un esprit immortel de conquérir ce qui a sondé les profondeurs et fait de l'immortalité un passage. La fin? Non! Ce n'est que le bienheureux commencement.* »

C.M. EDDY Jr.

LE MANGEUR DE SPECTRES

Folie lunatique? Un peu de fièvre? Je voudrais pouvoir y croire! Mais quand je me trouve seul après la tombée de la nuit dans les endroits déserts où m'entraînent mes vagabondages, que j'entends, à travers ces espaces vides à l'infini, les échos démoniaques de ces hurlements et de ces grondements, et ce bruit abominable d'ossements broyés, je frissonne à nouveau au souvenir de cette terrible nuit.

A cette époque j'en savais moins qu'aujourd'hui sur la forêt, bien que la nature sauvage m'ait toujours autant sollicité. Jusqu'à ce soir-là j'avais toujours eu soin de recourir à un guide, mais les circonstances m'avaient contraint à faire un essai de ma propre habileté. C'était au cœur de l'été dans le Maine, et, malgré l'urgente nécessité où je me trouvais de partir de Mayfair pour être à Glendale le lendemain à midi, je ne pus trouver personne qui accepte de me piloter. A moins de prendre la longue route traversant Petewisset, qui ne me permettrait pas d'arriver à temps, il me fallait traverser d'épaisses forêts. Cependant toutes les fois que je demandais un guide je me heurtais à un refus ou à une vague échappatoire.

En étranger que j'étais, il me semblait curieux que tout le monde ait à m'opposer de mauvais prétextes. Il y avait trop d'« affaires importantes » en train pour un village aussi endormi, et je savais que les habitants mentaient. Mais ils avaient tous des « devoirs impérieux », ou ils le prétendaient. Et ils ne faisaient rien de plus que de me garantir que le chemin à travers bois était simple, en allant toujours vers le nord, et ne présentait pas l'ombre d'une difficulté pour un jeune garçon vigoureux. En partant au petit matin, affirmaient-ils, je pourrais arriver à Glendale vers le coucher du soleil et j'éviterais d'avoir à passer une nuit dehors. Même à ce moment-là, je n'avais aucun soupçon. Le programme me semblait bon, et je résolus d'essayer de le réaliser tout seul, en laissant ces villageois paresseux hésiter à leur guise. J'aurais probablement tenté l'aventure, même si j'avais eu des soupçons. Car la jeunesse est entêtée, et depuis mon enfance je m'étais contenté de rire des superstitions et des contes de bonnes femmes.

Si bien qu'avant que le soleil ne soit haut j'étais parti à travers les arbres, à grands pas dansants, mon déjeuner à la main, un automatique dans ma poche, et ma ceinture bourrées de gros billets craquants. D'après la distance et connaissant la vitesse à laquelle je me déplaçais, je me voyais arrivant à Glendale un peu après le coucher du soleil. Mais je savais que si j'étais obligé de passer la nuit par suite de quelque erreur de jugement, j'avais toute une expérience de campeur pour m'en sortir. D'autre part, je n'avais pas réellement besoin d'arriver à destination avant le lendemain midi.

C'est le temps qui bouleversa mes plans. A mesure que le soleil montait la chaleur de ses rayons se faisait de plus en plus sentir, même à travers les plus épais feuillages, et à chaque pas, il me faisait perdre un peu de mon énergie. Vers midi, mes vêtements étaient transpercés de sueur et malgré mes résolutions, je me sentais faiblir. En m'enfonçant davantage dans les bois, je trouvai la piste gravement obstruée par des broussailles et, en bien des endroits, presque effacée. Il devait y avoir des semaines – peut-être des mois – que personne n'avait emprunté ce chemin; et je commençais à me demander si, après tout, j'allais pouvoir réaliser mon programme.

A la fin, comme je m'étais mis à avoir grand-faim, je cherchai l'endroit où il y avait l'ombre la plus épaisse, et j'entrepris de manger le déjeuner que l'hôtel m'avait préparé. Il y avait quelques sandwiches quelconques, un morceau de pâté avancé et une bouteille de vin très léger; un menu en aucune façon somptueux mais que quelqu'un qui touchait comme moi au dernier degré de l'épuisement et mourant de chaleur devait plutôt considérer comme le bienvenu.

Il faisait trop chaud pour que je trouve le moindre soulagement à fumer, et je ne sortis donc pas ma pipe. Dès mon repas terminé, je m'étendis plutôt de tout mon long sous les arbres, dans l'intention de profiter de quelques instants de repos avant d'aborder la dernière étape de mon voyage. Je pense que j'avais été idiot de boire ce vin; car, si léger qu'il fût, il se révéla suffisant pour achever le travail que cette journée étouffante et épuisante avait entamé. Mon programme prévoyait quelques instants de simple détente, et cependant, après avoir eu à peine un bâillement d'avertissement, je sombrai dans un sommeil profond.

Quand je rouvris les yeux, je me trouvais au sein de la pénombre. Le vent me caressait les joues, il me fit rapidement recouvrer toutes mes facultés. En regardant le ciel, je vis avec appréhension que des nuages noirs y couraient, et commençaient à former un mur noir continu, présage d'un orage violent. Je savais dès cet instant que je ne pourrais parvenir à Glendale avant le matin, mais la perspective d'une nuit passée dans les bois – ma première nuit de camping solitaire dans la forêt – me parut très désagréable dans ces conditions éprouvantes. Je décidai presque aussitôt de poursuivre mon chemin au moins pendant un moment, dans l'espoir de trouver quelque abri avant que la tempête ne se déchaîne.

L'obscurité se répandait sur les bois comme une épaisse couverture. Les nuages, de plus en plus bas, devenaient plus menaçants, le vent s'intensifia jusqu'à atteindre la violence d'un véritable ouragan. Au loin, un éclair illumina le ciel, suivi d'un grondement menaçant qui faisait penser à une poursuite animée d'intentions mauvaises. Je sentis alors une goutte de pluie sur ma main tendue; et bien que continuant à marcher machinalement, je me résignai à l'inévitable. Un moment plus tard, j'apercevais la lumière; celle d'une fenêtre qu'on voyait à travers les feuilles des arbres et l'obscurité. Désireux avant tout de trouver un abri, je me hâtai de me diriger de ce côté, plût à Dieu que j'aie fait demi-tour pour prendre la fuite!

Il y avait une sorte de clairière mal définie sur le bord le plus éloigné de laquelle se dressait un bâtiment adossé à la forêt vierge. Je m'attendais à trouver une hutte ou une cabane de rondins, mais je m'arrêtai net, surpris de trouver une petite maison de deux étages, nette et de bon goût. D'après son architecture, elle devait dater de soixante-dix ans, mais son état dénotait l'entretien le plus attentif. A travers les vitres de l'une des fenêtres du rez-de-chaussée, on voyait briller une lumière; je me précipitai dans cette direction, stimulé par une seconde goutte de pluie, en traversant la clairière. Puis je frappai fort à la porte dès que j'eus gravi les marches du perron.

Une voix grave et agréable répondit avec une rapidité surprenante :

– Entrez!

Je poussai la porte qui n'était pas verrouillée, entrai dans un vestibule sombre recevant quelque lumière d'une porte ouverte à droite qui donnait sur la pièce dont la fenêtre était éclairée et les murs tapissés de livres. En fermant derrière moi la première porte je ne pus m'empêcher de remarquer une odeur particulière dans cette maison; légère, fugitive, à peine définissable et qui faisait un peu penser à celle des animaux. Mon hôte, me dis-je, doit être chasseur ou trappeur, et c'est là qu'il exerce son métier.

L'homme qui avait parlé était assis dans un vaste fauteuil confortable à côté d'une table de milieu recouverte de marbre, une longue robe de chambre grise enveloppait son corps mince. La lumière d'une puissante lampe d'Argand faisait ressortir ses traits, et tandis qu'il m'examinait avec curiosité je fis de même de lui avec autant d'attention. Il était d'une beauté frappante, avec un visage mince et soigneusement rasé, des cheveux blonds, brillants, bien brossés, des sourcils longs et réguliers qui se rejoignaient au-dessus du nez oblique, des oreilles bien formées plantées bas et très en arrière de la tête, et de grands yeux gris expressifs presque lumineux tant ils étaient animés. En souriant pour me souhaiter la bienvenue, il fit apparaître de solides dents blanches magnifiquement régulières; quand il me désigna un siège, je fus frappé par la finesse et la minceur de ses mains, avec leurs longs doigts effilés dont les ongles rouges, en forme d'amande, étaient légèrement recourbés et soigneusement manucurés. Je ne pus m'empêcher de me demander pourquoi un homme d'une personnalité aussi attrayante avait ainsi choisi la vie d'un reclus.

– Excusez mon indiscrétion, me risquai-je à dire, mais j'ai abandonné l'espoir d'atteindre Glendale avant le matin, un orage menace et m'engage à me mettre en quête d'un abri.

Comme pour corroborer mes dires, il y eut au même instant un éclair aveuglant, un roulement de tonnerre qui se répercuta, et ce fut le début d'une pluie torrentielle qui fouettait rageusement les vitres.

Mon hôte semblait oublier les éléments et me répondit avec encore un sourire. Sa voix était apaisante et bien timbrée, ses yeux avaient un calme presque hypnotique.

– Vous êtes le bienvenu dans la mesure de l'hospitalité que je puis vous offrir, car je crains que cela n'aille pas très loin. Je boite, si bien qu'il faudra vous débrouiller pour le service. Si vous avez faim, vous trouverez un tas de choses dans la cuisine, un tas de nourritures, mais pas de cérémonies!

Je crus détecter une très légère trace d'accent étranger dans sa façon de parler, mais il s'exprimait sans aucune faute de vocabulaire ou de syntaxe.

En se levant, il déploya sa taille impressionnante, puis se dirigea vers la porte de sa longue démarche claudicante; je remarquai les énormes bras velus qui se balançaient à ses côtés, contrastant étrangement avec la délicatesse de ses mains.

– Venez, suggéra-t-il, prenez la lampe. Je peux aussi bien me tenir dans la cuisine qu'ici.

Je le suivis dans le vestibule et la pièce qui se trouvait de l'autre côté et, sur ses instructions, je dévalisai la pile de bois, qui se trouvait dans un coin, et le placard fixé au mur. Quelques instants plus tard, quand le feu eut bien pris, je lui demandai si je devais préparer le repas pour deux; mais il refusa aimablement.

– Il fait trop chaud pour manger, me dit-il. Et puis, j'ai pris un petit quelque chose avant votre arrivée.

Après avoir lavé la vaisselle de mon repas solitaire, je m'assis un moment en fumant ma pipe avec satisfaction. Mon hôte me posa quelques questions sur les villages environnants, mais sombra dans un mutisme morose quand il eut appris que je n'étais pas du pays. Tandis qu'il était là à rêver en silence, je ne pouvais me défendre de lui trouver une certaine étrangeté; il avait quelque chose de difficilement analysable qui faisait penser à un étranger. En tout cas, j'en étais tout à fait sûr, il me tolérait à cause de l'orage plutôt qu'il ne m'accueillait dans un sincère désir de m'offrir l'hospitalité.

Quant à l'orage, il paraissait presque s'être calmé de lui-même. Au-dehors il commençait déjà à faire plus clair, car, derrière les nuages, il y avait pleine lune, et la pluie se réduisait à une averse banale. Je me disais qu'après tout, j'aurais peut-être pu reprendre mon chemin. Idée que je suggérai à mon hôte.

– Mieux vaut attendre jusqu'à demain matin, me fit-il remarquer. Vous dites que vous êtes à pied, et il y a trois bonnes heures de trajet avant d'arriver à Glendale. J'ai deux chambres là-haut, et si vous acceptez de rester, vous serez le bienvenu dans l'une d'elles.

Il y avait dans cette invitation une sincérité qui dissipa les doutes que j'avais pu conserver au sujet de son hospitalité et je conclus que ses silences devaient être le résultat d'un long isolement loin de ses semblables, dans cette nature sauvage. Après être resté sans rien dire le temps de fumer trois pipes consécutives, je me mis finalement à bâiller.

– Cette journée a été assez épuisante, reconnus-je, et je pense que je ferais mieux de me préparer à aller me coucher. Je veux être debout, vous savez, et même parti dès le lever du soleil.

Mon hôte agita le bras en direction de la porte, à travers laquelle je pouvais voir le vestibule et l'escalier.

– Prenez la lampe, me recommanda-t-il, je n'en ai pas d'autre, mais ça m'est égal de rester dans le noir, vraiment. Quand je suis seul, je ne l'allume même pas, la moitié du temps. Il est difficile de se procurer du pétrole par ici, et je vais si rarement au village. Votre chambre est celle qui se trouve à droite, en haut de l'escalier.

Je pris la lampe; une fois dans le vestibule, je me retournai pour lui souhaiter bonne nuit. Je pus voir ses yeux luire, comme phosphorescents dans la pièce que je venais de quitter et qui se trouvait à présent plongée dans l'obscurité. Cela me rappela un peu la jungle, l'espace d'un instant, et le cercle d'yeux qu'on voit parfois luire, au-delà de la zone éclairée par le feu de camp. Puis je montai l'escalier.

En arrivant au deuxième, j'entendis mon hôte traverser en boitant le palier pour gagner l'autre chambre située au-dessous; il se déplaçait dans l'obscurité avec la sûreté d'un hibou. A dire vrai, il n'avait guère besoin de lampe. L'orage était terminé. En entrant dans la chambre qui m'avait été attribuée, je la trouvai illuminée par les rayons de la pleine lune qui entraient par la fenêtre située au midi, non munie de rideaux, et qui se répandaient sur le lit. Je soufflai la lampe et laissai la maison dans l'obscurité, à part les rayons de la lune. Je sentis alors l'odeur âcre qui restait distincte de celle du pétrole, l'odeur quasi animale que j'avais remarquée en arrivant dans cet endroit. J'allai à la fenêtre, l'ouvris toute grande, respirai profondément l'air pur et frais de la nuit.

Je commençais à me deshabiller quand je m'arrêtai presque aussitôt, en pensant à ma ceinture contenant l'argent qui était toujours à sa place autour de ma taille. Peut-être, me dis-je en me ravisant, vaudrait-il mieux ne pas me presser ou être trop confiant; j'ai lu des histoires d'hommes qui saisissent une occasion pour dévaliser ou même assassiner l'étranger à qui ils ont donné asile. J'arrangeai donc le lit de tellc sorte qu'on puisse croire qu'il y avait un dormeur sous les couvertures. Je tirai l'unique fauteuil dans un endroit obscur où il se trouvait dissimulé, bourrai à nouveau ma pipe et l'allumai, m'assis pour me reposer ou guetter selon les circonstances.

Je ne pense pas être resté assis longtemps lorsque mes oreilles sensibles captèrent le bruit de pas montant l'escalier. Et les vieilles histoires de propriétaires brigands me revinrent avec toute leur fraîcheur quand, un moment plus tard, il se révéla que ces pas étaient nets, forts et provenaient de quelqu'un qui ne prenait aucune précaution pour dissimuler sa présence; tandis que la démarche de mon hôte, telle que je l'avais entendue du haut de l'escalier, était légère et claudicante.. Je secouai les cendres de ma pipe et la glissai dans ma poche. Puis, saisissant mon automatique et le tirant de ma poche, je quittai mon fauteuil, traversai la pièce sur la pointe des pieds et m'accroupis les nerfs tendus, dans un coin où la porte me dissimulait en s'ouvrant.

Elle s'ouvrit en effet. Dans le faisceau de lune entra un homme que je n'avais jamais vu. Grand, épaules larges, distingué. Son visage se dissimulait à moitié derrière une barbe fournie taillée en carré et son cou était enfoui dans un de ces cols-cravates noirs très hauts depuis longtemps démodés en Amérique. C'était incontestablement un étranger. Comme il ne pouvait être entré dans la maison à mon insu, cela me dépassait nettement, et je ne pouvais pas croire non plus un instant qu'il se soit caché dans l'une des deux chambres ou dans l'entrée se trouvant en dessous. Tandis que je le regardais avec attention à la lumière de la lune il me sembla que je pouvais voir directement à travers son corps; mais ce n'était peut-être qu'une illusion provoquée par la surprise.

Remarquant le désordre du lit, mais négligeant toutefois l'arrangement tendant à faire croire qu'il était occupé, l'étranger marmonna en aparté quelques mots dans une langue étrangère et se mit à se dévêtir. Il lança ses habits sur le fauteuil que je venais de libérer, puis il se glissa dans le lit, tira les couvertures sur lui et en une ou deux minutes sa respiration avait pris une régularité dénotant un sommeil profond.

Ma première pensée fut d'aller chercher mon hôte et de lui demander une explication, mais une seconde plus tard j'estimai préférable de m'assurer que l'incident n'était pas d'un bout à l'autre une pure illusion, causée après coup par mon sommeil dans les bois sous l'empire du vin. Je me sentais encore faible et prêt à défaillir, et malgré mon dîner récent j'avais aussi faim que si je n'avais rien mangé depuis le déjeuner.

J'allai au lit, l'atteignis, saisis l'épaule de l'homme endormi. J'eus de la peine à réprimer un cri de folle frayeur et d'étonnement abasourdi. Je retombai en arrière, le pouls battant à toute vitesse et les yeux dilatés. *Car mes doigts avaient traversé l'homme endormi et n'avaient saisi que le drap se trouvant en dessous!*

Une analyse complète de mes sensations discordantes et confuses serait futile. On ne pouvait toucher cet homme, pourtant je pouvais toujours le voir là, entendre sa respiration régulière, regarder son visage à moitié tourné sous les draps. Et alors, comme j'étais certain de ma folie ou de mon état d'hypnose, j'entendis d'autres pas dans l'escalier; légers, feutrés, comme ceux d'un chien, claudicants, montant en trottinant, hop, hop, hop... Et de nouveau cette odeur âcre, à présent deux fois plus forte. Etourdi et somnolent, je me tapis une fois de plus derrière la porte ouverte en guise de protection, secoué jusqu'à la moelle des os, mais résigné à présent à n'importe quel sort connu ou sans nom.

Alors, dans le faisceau de cette étrange lumière lunaire, bondit la forme décharnée d'un grand loup gris. Boiteux, aurais-je dû dire, car l'une de ses pattes arrière restait en l'air, comme si elle avait été blessée par quelque balle perdue. La bête tourna la tête vers moi, et au même instant, le pistolet échappa à mes doigts cripés et tomba en faisant du bruit mais sans que cela se remarque. Cette succession d'horreurs croissantes paralysait rapidement ma volonté et ma conscience, car les yeux *qui flamboyaient vers moi dans cette tête infernale étaient les yeux gris phosphorescents de mon hôte et ils étaient semblables à ce qu'ils étaient quand ils m'avaient fixé à travers l'obscurité de la cuisine.*

Je ne sais toujours pas s'il m'a vu. Les yeux se détournèrent de moi pour aller vers le lit et regardèrent avec une expression gloutonne la forme spectrale qui dormait là. Alors, la tête se renversa en arrière et du gosier de ce démon jaillit le plus bouleversant hululement que j'aie jamais entendu; un hurlement violent, à donner la nausée, un hurlement de loup, qui arrêta les battements de mon cœur. La forme étendue sur le lit s'agita, ouvrit les yeux et s'écarta de ce qu'elle voyait. L'animal s'accroupit en tremblant et alors... tandis que la silhouette éthérée poussait un hurlement d'angoisse et de terreur humaine, un hurlement de mortel qu'aucun fantôme de légende ne pourrait contrefaire, il s'élança droit sur la gorge de sa victime. Ses dents blanches, solides, régulières luisaient au clair de lune au moment où elles se refermèrent sur la veine jugulaire du phantasme hurlant. Le hurlement se termina en un gargouillement de suffocation sanglante, et les yeux humains terrifiés devinrent vitreux.

Ce hurlement m'avait fait passer à l'action, en une seconde j'avais ramassé mon automatique et vidé son contenu sur la monstruosité lupine qui se trouvait devant moi. *Mais j'entendis le bruit mat que faisait chaque balle quand elle venait se loger, sans avoir rien rencontré d'autre, dans le mur d'en face.*

Mes nerfs cédèrent. Une fureur aveugle me lança vers la porte, et cette terreur aveugle me poussa à jeter ce seul regard en arrière qui me permit de voir que le loup avait planté les dents dans le corps de sa proie. Vinrent alors cette impression sensorielle culminante et la pensée bouleversante à laquelle elle donna naissance. C'était le même corps *à travers* lequel j'avais passé la main quelques instants auparavant... et cependant, tandis que je plongeais dans cet escalier de noir cauchemar, *je pouvais entendre broyer des os.*

Comment je trouvai la piste menant à Glendale, ou comment je trouvai le moyen de la traverser, je pense que je ne le saurai jamais. Je ne sais qu'une chose : le lever du soleil me trouva sur la colline à l'orée des bois, avec le village surmonté de son clocher s'étendant à mes pieds, et la ligne bleue des Cataqua scintillant au loin. Sans chapeau, sans manteau, la figure couleur de cendre et aussi mouillé de transpiration que si j'avais passé la nuit dehors sous l'orage, j'hésitai à entrer dans le village tant que je n'eus pas retrouvé au moins un semblant de sang-froid. Finalement je trouvai mon chemin en descendant les collines et à travers les rues étroites avec leurs trottoirs dallés et leurs portes de style colonial jusqu'à ce que je parvienne à Lafayette House, dont le propriétaire me regarda avec méfiance.

– D'où viens-tu si tôt, fiston? Et pourquoi cet air ravagé?

– J'arrive de Mayfair à travers bois.

– Tu... es... venu... à travers... les bois du Diable... *la nuit dernière*... et... *tout seul?*

Le vieil homme me regardait avec un drôle d'air où l'horreur alternait avec l'incrédulité.

– Pourquoi pas? répondis-je. Je ne pouvais pas arriver à temps par Potowisset, et il fallait que je sois ici pas plus tard que midi aujourd'hui.

– Et la nuit dernière, c'était *la pleine lune!*.. Mon Dieu! Il me regardait avec curiosité. Tu as vu quelque chose de Vassili Oukranikov ou du Comte?

– Dites, est-ce que j'ai l'air aussi simple d'esprit? Qu'est-ce que vous êtes en train d'essayer de faire... Vous moquer de moi?

Mais son intonation était aussi grave que celle d'un prêtre quand il répondit :

– Tu dois être nouveau venu dans ces parages, fiston. Sinon, tu aurais tout su sur les Bois du Diable, la pleine lune, Vassili et tout le reste.

Je me sentais tout, sauf désinvolte, je savais cependant que je ne devais pas paraître sérieux après mes premières remarques.

– Allez-y... je sais que vous mourez d'envie de me raconter. Je suis comme un âne : tout oreilles.

Alors il me raconta la légende à sa façon sèche, en la dépouillant de sa vitalité et de son caractère convaincant, parce qu'elle manquait de couleur, de détail, d'atmosphère. Mais pour moi, il n'était pas besoin de vitalité ou de force convaincante que tout poète pourrait avoir donnée. Rappelez-vous ce à quoi j'avais assisté, et rappelez-vous que je n'avais jamais entendu parler de ce Comte sauf *après* que j'ai connu cette expérience et que j'ai fui la terreur de ces os de fantôme broyés.

– Il y avait un certain nombre de Russes échelonnés entre ici et Mayfair. Ils étaient arrivés de Russie après certains troubles causés par les nihilistes. Vassili Oukranikov était l'un d'entre eux, un garçon grand, mince, beau avec des cheveux blond brillant et de très belles manières. On disait toutefois que c'était un serviteur du Diable, un loup-garou et un mangeur d'hommes.

« Il s'était construit une maison dans les bois à environ un tiers du chemin entre ici et Mayfair et il y vivait tout seul. A chaque instant, un voyageur quittait les bois avec un conte assez étrange d'après lequel il aurait été poursuivi par un gros loup aux yeux brillants et humains, comme ceux d'Oukranikov. Une nuit quelqu'un lâcha au petit bonheur un coup de fusil au loup, et la fois suivante, en arrivant à Glendale, le Russe boitait. Cela régla la question. Il n'y avait plus à présent de simples soupçons, mais des faits solides.

« Alors il envoya un messager au Comte à Mayfair – il s'appelait Feodar Tchernevsky et il avait acheté en haut de State Street la vieille maison Fowler au toit en croupe – pour lui demander de venir le voir. Tout le monde mit le Comte en garde, car c'était un bel homme et un splendide voisin, mais il répondit qu'il pouvait très bien veiller sur lui-même. C'était la nuit de la pleine lune. C'était un brave s'il en fut; et tout ce qu'il fit, ce fut de dire à quelques-uns des hommes qu'il avait dans les parages de le suivre jusque chez Vassili s'il ne reparaissait pas à une heure convenable. Ils l'ont fait, et tu me dis, fiston, que tu as traversé ces bois pendant toute la nuit?

– Bien sûr, que je vous l'ai dit, – j'essayais de prendre un air nonchalant – je ne suis pas comte et je suis ici pour raconter l'histoire!... Mais qu'ont trouvé les hommes dans la maison d'Oukranikov?

– Ils ont trouvé le corps du comte, lacéré, fiston, et un loup gris décharné juché dessus, les mâchoires ruisselant de sang. Tu peux deviner qui était le loup. Et les gens disent qu'à chaque pleine lune... mais, fiston, tu n'as rien vu ni rien entendu?

– Rien du tout, papa? Et dites donc, qu'est devenu le loup... ou Vassili Oukranikov?

– Eh bien, fiston, on l'a tué, on l'a farci de plomb et enterré dans la maison et puis on a tout brûlé... Tu sais que tout cela s'est passé il y a soixante ans, alors que j'étais un petit gamin, mais je m'en souviens comme si c'était hier.

Je me détournai avec un haussement d'épaules. Tout cela était si curieux, si absurde et artificiel à la pleine lumière du jour. Mais quelquefois lorsque je suis seul après la tombée du jour dans des endroits déserts, et que j'entends les échos démoniaques de ces hurlements et de ces grondements, et ces affreux broiements d'ossements, je frissonne de nouveau à l'évocation de cette nuit effrayante.

Robert H. BARLOW

« JUSQU'A CE QUE TOUTES LES MERS... »

L'homme se reposait sur le sommet érodé de la falaise, regardant au loin de l'autre côté de la vallée. Ainsi étendu, il pouvait voir à une grande distance, mais sur toute cette étendue aride, rien ne bougeait. Rien ne faisait voler la poussière de la plaine, le sable désintégré des lits de rivières depuis longtemps desséchés, où autrefois coulaient les torrents jaillissants, lors de la jeunesse de la Terre. Il n'y avait guère de verdure dans ce monde ultime, étape finale de la présence prolongée de l'homme sur la planète. Pendant d'innombrables siècles la sécheresse et les tempêtes de sable avaient ravagé les continents. Les arbres et les arbustes avaient laissé la place à des arbrisseaux minuscules, rabougris, qui duraient longtemps à cause de leur robustesse; mais à leur tour, ils périrent sous l'assaut des herbes coriaces et d'une végétation fibreuse et rude dont l'évolution était étrange.

La chaleur constante, tandis que la Terre se rapprochait du soleil, desséchait et tuait de ses rayons impitoyables. Cela n'était pas venu immédiatement; il avait fallu de longs siècles pour que l'on sente le changement. Et tout au long de ces premiers siècles, la forme adaptable de l'homme avait suivi une lente mutation et s'était modelée pour convenir à une atmosphère de plus en plus torride. Puis vint le jour où les hommes ne purent plus supporter que mal leurs villes brûlantes, et une récession progressive commença, lente, mais marquée. Les villes et les établissements les plus proches de l'équateur avaient été les premiers, naturellement, puis vinrent les autres. L'homme, amolli et épuisé, ne pouvait affronter plus longtemps la chaleur qui augmentait inexorablement. Elle le desséchait sur place et l'évolution était trop lente pour permettre à de nouvelles résistances de se développer en lui.

Ce n'est pourtant pas dès le début que les grandes villes de l'équateur ont été abandonnées aux araignées et aux scorpions. Dans les premières années il y eut beaucoup d'hommes qui restèrent, qui mirent au point de curieux boucliers, d'ingénieuses armures contre la chaleur et l'affreuse sécheresse. Ces âmes intrépides munirent certains immeubles d'écrans protecteurs pour endiguer la progression du soleil, créèrent des refuges, mondes miniatures où aucune armure protectrice n'était nécessaire. Ils conçurent des choses merveilleusement ingénieuses, si bien que pendant un temps les hommes se maintinrent dans les tours en train de se rouiller, espérant ainsi pouvoir s'accrocher aux vieux continents jusqu'au moment où cette calcination se terminerait. Car ils étaient nombreux à ne pas vouloir croire ce que disaient les astronomes; ils attendaient le retour du vieux monde tempéré de jadis. Mais un jour, les hommes de Dath, de la nouvelle ville de Niyara, firent des signaux à Yuanario, leur capitale dans les temps immémoriaux, et n'obtinrent aucune réponse des quelques habitants qui y étaient restés. Et quand les explorateurs parvinrent à cette cité millénaire de tours reliées par des ponts ils n'y trouvèrent que le silence. Il n'y avait même pas l'horreur de la décomposition, car les lézards éboueurs avaient été rapides.

C'est seulement alors que les gens réalisèrent que ces villes étaient perdues pour eux, surent qu'il fallait les abandonner pour toujours à la nature. Les autres colons des terres chaudes s'enfuirent des stations qu'ils avaient courageusement installées, et un silence total régna désormais entre les hautes murailles de basalte de mille cités devenues vides. Finalement rien ne restait de foules compactes et de multiples activités. Sur un fond de désert sans pluie ne se détachaient plus que les tours calcinées des maisons vides, des usines, des édifices de toutes sortes, reflétant les rayons éblouissants du soleil et se desséchant dans une chaleur de plus en plus intolérable.

Bien des régions avaient cependant échappé encore à la brûlure dévastatrice, si bien que les réfugiés furent bientôt abandonnés, dans la vie d'un nouveau monde. Au cours de siècles étrangement prospères, les villes séculaires de l'équateur désertées sombrèrent à moitié dans l'oubli et alimentèrent des fables fantastiques. Peu de gens pensaient à ces tours fantômes en train de pourrir, à ces entassements de murs délabrés et de rues obstruées par les cactus, sombres, silencieux, abandonnés...

Il y eut des guerres, criminelles et prolongées, mais les périodes de paix étaient de plus longue durée. Et toujours, cependant, le soleil dilaté accroissait son rayonnement à mesure que la terre se rapprochait davantage de ce parent ardent. C'était comme si la planète avait eu l'intention de retourner à la source d'où elle avait été arrachée des millénaires auparavant, à travers les accidents de la croissance cosmique.

Au bout de quelque temps, la brûlure s'étendit à l'extérieur en partant de la ceinture centrale. Le Yarat du sud brûla comme un désert sans habitants – puis ce fut le nord. A Perath et Baling, des cités antiques qui furent habitées pendant des siècles, rien ne bougeait plus que les formes squameuses du serpent et de la salamandre, et, à la fin, Loton ne retentissait plus que du bruit que faisaient de temps en temps, en s'écroulant, les flèches chancelantes et les dômes tombant en poussière.

Continue, universelle, inexorable, était la grande éviction de l'homme des royaumes qu'il avait toujours connus. A l'intérieur de la ceinture touchée et qui s'élargissait, rien n'était épargné; la déroute ne laissait personne de côté. C'était une tragédie épique, titanesque, dont l'intrigue n'était pas dévoilée aux acteurs, cet abandon total des villes des hommes. Cela prit non pas des années, ni des siècles, mais des millénaires d'impitoyables changements. Et cela continuait toujours, lugubre, inexorable, sauvagement dévastateur.

L'agriculture était dans le marasme, le monde devenait vite trop aride pour que des récoltes soient possibles. On y remédiait par des produits artificiels de remplacement, dont l'usage devint rapidement universel. Et lorsque l'on abandonnait les lieux anciens qui avaient connu les grandes réalisations des mortels, le butin récupéré par les fugitifs était de plus en plus réduit. Les objets représentant la plus grande valeur ou le plus d'importance étaient déposés dans les musées morts – perdus au cours des siècles – et finalement l'héritage d'un passé immémorial fut abandonné. Une dégénérescence à la fois physique et culturelle s'installa à la suite de cette chaleur insidieuse. Car l'homme avait si longtemps vécu dans le confort et la sécurité que cet abandon du décor du passé fut difficile. Et ces événements ne furent pas accueillis avec flegme; à elle seule leur lenteur était terrifiante. L'avilissement et la débauche devinrent rapidement monnaie courante; le gouvernement était désorganisé, les civilisations régressaient sans but vers la barbarie.

Lorsque, quarante-neuf siècles après la propagation du fléau venu de la ceinture équatoriale, tout l'hémisphère occidental fut abandonné par ses habitants, le chaos était complet. Il n'y avait aucune trace d'ordre ni de décence dans les derniers épisodes de cette migration titanique, démente, impressionnante. La folie et la frénésie se répandaient parmi eux, les fanatiques poussaient des hurlements annonçant l'imminence d'un Armageddon.

L'humanité n'était plus à présent qu'un pitoyable vestige des races anciennes, fuyant non seulement les conditions prédominantes, mais aussi la dégénérescence même de l'homme. Ceux qui le pouvaient émigrèrent dans les terres du Nord et de l'Antarctique; les autres traînèrent pendant des années dans une incroyable saturnale, doutant vaguement des désastres qui allaient arriver. Dans la ville de Borligo, il y eut une exécution massive des nouveaux prophètes, après des mois d'espoirs déçus. Ils estimaient que la fuite vers le nord n'était pas nécessaire et ne voulaient plus regarder en face le dénouement qui les menaçait.

La façon dont ils périrent a dû être en vérité terrible, ces créatures frivoles et inintelligentes qui croyaient pouvoir défier l'univers. Mais les villes noircies, calcinées, sont muettes...

Cependant ces événements ne doivent pas être consignés, car il y a des choses plus vastes à considérer que cette chute complexe et sans précipitation d'une civilisation perdue. Pendant une longue période, le moral était au plus bas parmi les quelques hommes courageux qui s'étaient établis sur les rivages arctiques et antarctiques, devenus aussi tempérés que ceux du Yarat méridional dans un passé mort depuis longtemps. Mais là, on avait un répit. Le sol était fertile, et les arts pastoraux oubliés furent remis en honneur. Il y eut, pendant longtemps, un petit abrégé des terres perdues où l'on était satisfait; cependant là, il n'y avait ni foules nombreuses ni vastes immeubles. Seuls quelques rares vestiges d'humanité survécurent aux siècles de changement et peuplèrent les villages éparpillés de ce monde attardé.

On ne sait pas pendant combien de millénaires cela continua. Le soleil était lent à envahir cette dernière retraite, et, tandis que les siècles passaient, une race saine, vigoureuse se constitua. Elle n'avait aucun souvenir des vieux pays perdus, elle n'en connaissait pas les légendes. Ce nouveau peuple pratiquait quelque peu la navigation, et la machine volante était complètement oubliée. Son matériel était des plus rudimentaires; sa culture était simple et primitive. Cependant il s'en contentait et acceptait ce climat tiède comme quelque chose de naturel et d'habituel.

Mais à l'insu de ces paysans simples, de nouvelles rigueurs de la nature se préparaient lentement. Les générations passant, les eaux du vaste océan insondé se perdaient lentement, enrichissant l'air et le sol desséché, mais s'enfonçant plus profondément à chaque siècle. Les vagues qui venaient se briser sur la plage scintillaient toujours autant, les remous tourbillonnaient toujours, mais une menace d'assèchement planait au-dessus de toute l'étendue liquide. Cependant ce rétrécissement n'aurait pu être détecté que grâce à des instruments plus délicats que tous ceux que cette race connaissait. Même si le peuple s'était rendu compte de cette contraction, il n'est pas vraisemblable qu'il en soit résulté une grande inquiétude ou un grand trouble, parce que les pertes étaient si peu de chose, les mers si vastes... Quelques centimètres seulement pendant bien des siècles, mais pendant bien des siècles s'accroissant...

⁂

Si bien que les océans finirent par disparaître; l'eau devint une rareté sur un globe cuit par le soleil et se desséchant de plus en plus. L'homme s'était lentement répandu sur les continents arctiques et antarctiques; les cités équatoriales et beaucoup d'habitations plus récentes étaient tombées dans l'oubli et même sorties de la légende.

Et à présent, la paix était de nouveau pertubée,

car l'eau était rare, et ne se trouvait plus que dans des cavernes profondes. Il y en avait assez peu, même de celle-là; et les hommes mouraient de soif quand ils s'aventuraient dans des endroits éloignés. Cependant ces terribles changements étaient si lents que dans chaque nouvelle génération on était peu enclin à croire ce qu'on entendait dire par ses parents. Personne ne voulait admettre que la chaleur ait été moindre et l'eau plus abondante dans l'ancien temps, ou accepter l'avertissement d'après lequel viendraient des jours de chaleur et de sécheresse pires. Il en était ainsi même à la fin, lorsqu'il ne restait plus que quelques centaines de créatures humaines haletant à la recherche de leur respiration sous un soleil implacable. Une pitoyable poignée entassée là, sur les innombrables millions qui avaient autrefois habité la planète maudite.

Et les centaines s'amenuisèrent, jusqu'à ce qu'on ne puisse plus compter les hommes que par dizaines. Ces dizaines s'accrochèrent aux cavernes à cause de leur humidité, qui se réduisait pourtant sans cesse, puis ils surent que la fin était proche. Si réduit était leur rayon d'action que personne n'avait jamais vu les minuscules, légendaires vestiges de glace qui subsistaient tout près des pôles de la planète, si même il en restait. Auraient-ils existé et été connus de l'homme, personne n'aurait pu les atteindre à travers de formidables déserts sans pistes. Et ainsi les quelques derniers survivants dépérirent...

Cet enchaînement effrayant d'événements qui dépeuplèrent la terre entière ne peut pas être décrit. Ils s'échelonnent sur une distance trop stupéfiante pour qu'on puisse les décrire ou les jauger. Parmi ceux qui peuplaient la Terre aux temps heureux, des milliards d'années plus tôt, seuls quelques prophètes et quelques fous auraient imaginé ce qui allait survenir, auraient eu la vision de ces terres silencieuses et mortes, de ces fonds sous-marins asséchés depuis longtemps. Les autres auraient douté de la menace de changement pour la planète et de déclin pour la race. Car l'homme s'est toujours pris pour le maître immortel des choses naturelles...

⁂

Lorsqu'il eut adouci les derniers moments de la vieille femme, Ull, terriblement étourdi, s'engagea à l'aventure dans les sables éblouissants. Elle était effrayante, si ridée et si sèche, comme des feuilles flétries. Son visage avait la couleur des herbes d'un jaune maladif qui bruissent dans le vent brûlant, et elle était épouvantablement vieille.

Mais elle lui avait tenu compagnie; c'était quelqu'un à qui dire en balbutiant ses vagues terreurs, à qui parler de cette chose incroyable : une camarade qui partage son espoir d'être secouru par des gens venus de ces autres colonies silencieuses, au-delà des montagnes. Ull ne pouvait croire que personne vive ailleurs, car il était jeune et n'avait pas les certitudes des vieux.

Pendant bien des années il n'avait connu que la vieille femme, son nom était Mladdna. Elle était arrivée, ce jour de sa onzième année, lorsque tous les chasseurs avaient été chercher de la nourriture et n'étaient pas revenus. Ull n'avait pas de mère dont il pût se souvenir et il y avait peu de femmes dans le petit groupe. Quand les hommes disparurent, ces trois femmes, la jeune et les deux vieilles, avaient poussé des cris affreux et avaient longtemps gémi. Alors la jeune était devenue folle et s'était tuée avec un bâton pointu. Les vieilles l'enterrèrent dans un trou peu profond qu'elles creusèrent de leurs ongles, si bien qu'Ull était seul quand Mladdna qui était encore plus vieille était arrivée.

Elle marchait en s'aidant d'un bâton noueux, relique sans prix des vieilles forêts, durci et rendu brillant à force de servir. Elle ne dit pas d'où elle venait, mais elle entra en vacillant dans la cabane où la jeune suicidée avait été enterrée. Elle attendit là que les deux autres reviennent, et elles l'acceptèrent avec indifférence.

C'était ainsi que cela s'était passé pendant bien des semaines, jusqu'à ce qu'elles tombent toutes les deux malades, sans que Mladdna puisse les guérir. Etrange que ces deux jeunes aient été touchées tandis qu'elle, infirme et très vieille, survivait! Mladdna s'était occupée d'elles pendant de longs jours, et à la fin elles moururent, si bien qu'Ull resta seul avec l'étrangère. Il hurla toute la nuit, si bien qu'il perdit patience et menaça de mourir, lui aussi. Alors, en prêtant l'oreille il se calma instantanément, car il ne tenait pas à la solitude complète. Ensuite il vécut avec Mladdna et ils ramassèrent des racines pour manger.

Les dents gâtées de Mladdna ne s'accommodaient pas de cette nourriture, mais ils imaginèrent de la hacher jusqu'à ce qu'elle puisse se débrouiller. Cette routine monotone consistant à récolter et à manger, c'était l'enfance d'Ull.

A présent il était fort et solide, il était dans sa dix-neuvième année et la vieille femme était morte. Il n'avait plus rien qui le retienne, il décida donc de chercher ces huttes légendaires de l'autre côté des montagnes, et d'aller vivre avec les gens qui les habitaient. Il n'avait rien à emporter pour le voyage. Ull ferma la porte de la cabane – pourquoi, il n'aurait pas su le dire, car il y avait bien des années qu'on ne voyait plus d'animaux – en laissant la femme morte à l'intérieur. A moitié abasourdi et effrayé de son audace, il marcha de longues heures dans les herbes sèches et finit par arriver au pied de la première colline. Vint l'après-midi, il grimpa jusqu'à ce qu'il soit fatigué, et il se coucha dans les herbes. Etendu là les bras en croix, il réfléchit à beaucoup de choses. Il se posait des questions sur la vie de ces étrangers, passionnément anxieux de rechercher la colonie perdue de l'autre côté des montagnes; mais, à la fin, il s'endormit.

Quand il se réveilla, son visage était baigné de la lumière des étoiles et il se sentit rafraîchi. A présent que le soleil était parti pour un instant, il voyageait plus rapidement, en mangeant peu et décidé à se hâter avant que le manque d'eau devienne difficile à supporter. Il espérait atteindre son but en un jour, et échapper ainsi à la soif; aussi se hâta-t-il sous les étoiles brillantes, en courant par moments dans l'air tiède, et à d'autres moments ralentissant à l'allure du trot.

Il continua ainsi jusqu'au lever du soleil; il était cependant encore entre les petites collines, avec trois grands pics qui se profilaient devant lui. Il se reposa de nouveau à leur ombre. Puis il grimpa pendant toute la matinée; à midi il atteignit le sommet du premier pic. Là il s'étendit un instant et examina l'espace qui se trouvait avant la chaîne suivante.

Ull se reposait sur le sommet érodé d'une falaise, en regardant au loin, de l'autre côté de la vallée. Couché ainsi, il pouvait voir à une grande distance mais dans toute cette étendue desséchée, il n'y avait rien qui bougeait...

La seconde nuit arriva, et trouva Ull parmi les pics escarpés; la vallée et l'endroit où il s'était reposé étaient loin derrière lui. Il avait presque dépassé la deuxième chaîne et il se hâtait encore. Ce jour-là, la soif s'était attaquée à lui, et il regrettait sa folie. Cependant il n'aurait pas pu rester là-bas avec le cadavre, seul dans les prairies. Il essayait de s'en convaincre et se hâtait toujours d'avancer, en peinant. Et à présent quelques pas seulement le séparaient de l'endroit où la falaise se divisait en deux; il pouvait ainsi voir ce qu'il y avait au-delà. Ull trébuchait avec lassitude sur le chemin pierreux, en se blessant encore davantage. Elle était toute proche devant lui, cette contrée où l'on disait que les hommes avaient vécu, ce pays sur lequel on racontait des histoires quand il était petit. Le chemin avait été long, mais le but en valait la peine. Un rocher d'une énorme circonférence lui obstruait la vue; il l'escalada avec anxiété. A présent, il pouvait enfin apercevoir à la lueur du soleil couchant sa destination, espérée depuis si longtemps; sa soif, les douleurs de ses muscles furent oubliées quand il eut la joie d'apercevoir accroché à la base de la falaise la plus éloignée, un petit groupe de maisons.

Sans vouloir se reposer, aiguillonné par ce qu'il voyait, Ull courut en trébuchant et en rampant sur les huit cents mètres qui lui restaient à franchir. Il croyait distinguer des formes parmi les cabanes rudimentaires. Le soleil était presque couché, ce soleil haïssable et dévastateur qui avait assassiné l'humanité. Il ne pouvait pas encore être sûr des détails, mais bientôt il serait tout près des cabanes.

Elles étaient très vieilles, car des blocs d'argile durent longtemps dans le calme et la sécheresse du monde agonisant. Peu de chose, en vérité, avait changé, sauf les choses vivantes : les herbes et les derniers hommes.

Devant lui, une porte ouverte se balançait sur des gonds grossiers. Dans la lumière déclinante Ull entra, mort d'épuisement, cherchant douloureusement les figures attendues.

Alors il s'écroula sur le sol en pleurant, car un squelette très ancien et desséché était accoudé sur la table.

⁂

Il finit par se lever, rendu fou par la soif, en proie à des douleurs insupportables, souffrant de la plus immense déception qu'un mortel puisse éprouver. Alors, il était donc la dernière chose vivante sur le globe. L'héritage de la Terre était à lui, tous les continents, mais tous d'une égale inutilité pour lui. Il se leva en chancelant, ne regarda pas la vague forme blanche qui luisait dans le clair de lune et passa la porte. Il erra dans le village vide, en cherchant de l'eau, en inspectant tristement cet endroit vide depuis longtemps, préservé comme un spectre par un air sans changement. Ici, il y avait une habitation, là, un endroit simple où des objets étaient fabriqués – de la vaisselle de terre ne contenant que de la poussière – et nulle part, aucun liquide pour étancher sa soif lancinante.

Et là, au centre de la petite ville, Ull vit la margelle d'un puits. Il savait ce que c'était car Mladdna lui avait raconté des histoires où il en était question. Avec une joie pitoyable il se lança en avant et se pencha sur le bord. Cela marquait enfin le terme de ses recherches. De l'eau – vaseuse, stagnante et peu abondante, mais de l'eau – là, sous ses yeux.

Ull poussa un cri d'animal torturé, chercha à tâtons la chaîne et le seau. Sa main glissa sur le rebord vaseux, il tomba, sa poitrine reposant en travers de la margelle. Il resta là un moment, puis, sans un bruit, son corps fut précipité dans le gouffre noir.

Il y eut un léger bruit d'éclaboussure dans les ténèbres de cette eau peu profonde au moment où il heurtait quelque pierre tombée là de longue date, descellée depuis des siècles du chaperon. Les rides s'effacèrent de la surface de l'eau.

Et maintenant, pour finir, la terre était morte. Le dernier survivant pitoyable était mort. Tous les milliards d'êtres foisonnants, les siècles lents à s'écouler, les empires et les civilisations du genre humain se résumaient dans cette pauvre forme tordue, et comme tout cela avait été monumentalement dépourvu de signification! A présent, en vérité, étaient venues la fin et l'apogée de tous les efforts de l'humanité, quelle apogée monstrueuse et incroyable aux yeux de ces pauvres fous pleins de satisfaction des jours de prospérité! La planète ne connaîtrait plus jamais le bruit de tonnerre que font les pas de millions d'hommes, ni même la reptation des lézards et le bourdonnement des insectes, car eux aussi étaient partis. A présent était venu le règne des branches desséchées et, à perte de vue, des champs d'herbes épineuses. La terre, comme sa froide, imperturbable lune, était abandonnée pour toujours au silence et à l'obscurité.

Les étoiles continuent à tourner; le plan insouciant continuera pendant des infinités inconnues. Ce dénouement banal à un épisode négligeable n'intéresse pas les nébuleuses lointaines ou les soleils nouveau-nés, qui se développent et qui meurent. L'espèce humaine, trop chétive et trop précaire pour avoir une fonction réelle ou un but, était comme si elle n'avait jamais existé. C'est à une telle conclusion qu'avaient conduit les siècles de son évolution laborieuse et risible.

Lorsque le soleil mortellement dangereux darda ses premiers rayons à travers la vallée, il y en eut un qui trouva son chemin jusqu'à la figure lasse d'une silhouette brisée gisant dans le limon.

⁂

(Lovecraft inscrivit en marge de la dernière page de ce manuscrit cette note destinée à Barlow : « *En réalité, les insectes et les autres formes de vie dureront sans aucun doute plus longtemps que l'homme et ses confrères mammifères.* »)

Hazel HEALD

L'HORREUR DANS LE MUSÉE

C'était une curiosité mitigée qui avait conduit pour la première fois Stephen Jones au Rogers' Museum. Quelqu'un lui avait parlé de ce curieux endroit souterrain dans Southwark Street, sur l'autre rive de la Tamise où l'on exposait des choses en cire tellement plus horribles que les pires effigies de Madame Tussaud. Il y était allé en flânant un jour d'avril pour voir jusqu'à quel point il serait déçu. Et, chose étrange, il ne fut pas déçu. Il y avait là quelque chose de différent et de particulier, après tout. Bien entendu, les habituels lieux communs sanglants étaient représentés : Landru, le Docteur Crippen, Mme Demers, Rizzio, Lady Jane Grey, une série interminable de victimes mutilées de la guerre et de la révolution et des monstres tels que Gilles de Rais et le Marquis de Sade. Mais il y avait d'autres choses qui l'avaient fait respirer plus vite et rester jusqu'à la sonnerie annonçant la fermeture. L'homme qui avait réuni cette collection ne pouvait pas être un saltimbanque ordinaire. Il y avait de l'imagination – et même une sorte de génie maladif – dans quelques-unes de ces figures.

Il avait appris ensuite des choses sur George Rogers. Il avait fait partie de l'équipe Tussaud, mais il avait eu quelques ennuis qui avaient amené sa révocation. On avait des doutes sur son équilibre mental, il y avait des histoires de formes un peu folles, de culte secret, bien que par la suite le succès remporté par son musée en sous-sol ait émoussé certaines critiques tout en rendant plus acérées les pointes insidieuses des autres. La tératologie, l'iconographie du cauchemar étaient ses passe-temps préférés et il avait même eu la prudence de dissimuler certaines de ses effigies choisies parmi les pires dans une petite salle réservée aux adultes. C'est cette sorte de réduit qui avait tellement fasciné Jones. Il y avait là des choses hybrides et pesantes que seule l'imagination peut engendrer, modelées avec une habileté diabolique, et coloriées d'une façon horriblement réaliste.

Certaines étaient les personnages des mythes bien connus : gorgones, chimères, dragons, cyclopes et tous leurs congénères générateurs de frissons. D'autres étaient tirées des cycles plus noirs et chuchotés furtivement de la légende souterraine : la noire Tsathoggua sans forme, Cthulhu aux nombreux tentacules, le proboscidien Chaugnar Faugn et d'autres évoquant des blasphèmes auxquels on ne fait allusion qu'à mi-voix et provenant de livres interdits tels que le *Necronomicon*, le *Livre d'Eibon*, ou *l'Unaussprechlichen Kulten* de Von Junzt. Mais les pires étaient des créations entièrement originales de Rogers et représentaient des formes qu'aucun conte de l'Antiquité n'avait jamais osé suggérer. Plusieurs étaient de hideuses parodies de formes que nous connaissons dans la vie organique, tandis que d'autres semblaient empruntées aux rêveries fébriles d'autres planètes et d'autres galaxies. Les peintures les plus déchaînées de Clark Ashton Smith pourraient en suggérer quelques-unes, mais rien ne pourrait suggérer l'effet de poignante, de repoussante terreur résultant de leur grande dimension, de l'exécution d'une habileté démoniaque, et des éclairages d'une adresse diabolique sous lesquels ils étaient présentés.

Stephen Jones, en connaisseur désœuvré du bizarre en art, avait cherché à rencontrer Rogers lui-même dans le bureau-atelier crasseux se trouvant derrière la pièce voûtée du musée, une crypte à l'aspect inquiétant éclairée pauvrement par des fenêtres en forme de fentes horizontales et poussiéreuses ménagées dans le mur de briques au niveau des anciens pavés d'une cour qui se trouvait maintenant cachée. C'était là que les figures étaient réparées, ou même complètement faites dans certains cas. Des bras, des jambes, des têtes et des torses de cire étaient étalés dans un beau désordre sur différents établis, tandis que sur des étagères des perruques emmêlées, des dents à l'aspect féroce, des yeux vitreux et fixes étaient éparpillés sans ordre. Des costumes de toutes sortes étaient pendus à des portemanteaux et dans un renfoncement se trouvaient de grandes piles de gâteaux de cire couleur chair et des planches couvertes de pots de couleurs et de pinceaux de tous modèles. Au milieu de la pièce se trouvait un grand fourneau avec fondoir utilisé pour préparer la cire destinée au modelage. Son foyer était surmonté d'une énorme cuve de fer montée sur pivots avec un bec permettant de verser la cire fondue sans avoir même à l'effleurer d'un doigt.

Dans cette crypte effrayante il y avait d'autres objets moins faciles à décrire, des fragments isolés d'entités problématiques qui, assemblés, devenaient les fantômes du délire. A une extrémité se trouvait une porte de bois massif fermée par un cadenas d'une taille inusitée et sur laquelle était peint un symbole très particulier. Jones, qui avait eu accès autrefois au terrible *Necronomicon*, eut un frisson involontaire en reconnaissant ce symbole. Cet entrepreneur de spectacles, se dit-il à la réflexion, doit avoir en vérité une culture d'une importance déconcertante dans un domaine noir et équivoque.

Et la conversation de Rogers ne lui apporta aucune déception. L'homme était grand, mince, assez peu soigné, il avait de grands yeux noirs, incandescents dans un visage blême et habituellement mal rasé. Il n'en voulut pas à Jones de son intrusion, mais parut au contraire heureux de l'occasion de se confier à un homme intéressé par les mêmes choses que lui. Sa voix était singulièrement grave et sonore. Elle était d'une véhémence réprimée qui confinait à la fébrilité. Jones ne s'étonnait plus que bien des gens l'aient pris pour un fou.

A chaque visite – à mesure que les semaines s'écoulaient, ces rencontres avaient pris peu à peu un caractère régulier – Jones avait trouvé Rogers plus communicatif et plus confiant. Dès le début il y avait eu des indices de croyances et de pratiques étranges de la part de l'entrepreneur de spectacles, et par la suite – malgré la présentation de quelques curieuses photographies corroborant ses dires – ces indices s'étaient développés sous la forme d'histoires dont l'extravagance était presque comique. C'est au cours d'une soirée de juin, alors que Jones avait apporté une bouteille de bon whisky et incité son hôte à parler librement que les discours réellement déments firent leur première apparition. Antérieurement, il y avait eu des histoires assez violentes – récits de voyages mystérieux au Tibet, dans le centre de l'Afrique, le désert d'Arabie, la vallée de l'Amazone, en Alaska et dans certaines îles peu connues du Pacifique Sud, plus la prétention d'avoir lu des livres monstrueux et à moitié légendaires tels que des fragments du Pnakotique préhistorique et les chants Dhol attribués au maléfique et non humain Leng – mais dans tout cela il n'y avait rien eu d'aussi incontestablement dément que ce qu'il avait recueilli au cours de cette soirée du mois de juin sous l'influence du whisky.

Pour parler clairement, Rogers s'était mis à se vanter vaguement d'avoir découvert dans la nature certaines choses que personne n'avait trouvées avant lui et d'avoir rapporté des preuves tangibles de ses dires. A en croire ces propos d'ivrogne il avait été plus loin qu'aucun autre dans l'interprétation des livres obscurs et primitifs qu'il avait étudiés et avait été conduit par eux dans certains endroits reculés où étaient cachées d'étranges survivances, survivances de millénaires et de cycles d'évolution antérieurs à l'humanité et dans certains cas en relation avec d'autres dimensions et d'autres mondes, avec qui la communication était fréquente dans les temps oubliés ayant précédé l'apparition de l'homme. Jones trouvait merveilleuse une imagination capable d'évoquer de telles notions et se posait des questions sur ce qu'avait pu être au juste l'histoire mentale de Rogers. Est-ce que son travail au milieu des extravagances morbides de Mme Tussaud avait été le point de départ de ces vagabondages de l'imagination, ou bien cette tendance était-elle innée, si bien que le choix de son métier n'aurait été au contraire que l'une de leurs manifestations? En tout cas, le travail auquel se livrait cet homme était seulement très intimement lié à ces notions. Même à présent, il n'y avait pas à se tromper sur la tendance de ses allusions les plus noires sur les monstruosités cachées derrière le rideau de la petite salle « Réservée aux adultes ». Sans se soucier du ridicule, il essayait de sous-entendre que ces anomalies démoniaques n'étaient pas toutes artificielles.

C'est le franc scepticisme de Jones, l'amusement dont il fit montre devant ces affirmations gratuites qui arrêtèrent les progrès de leur intimité. Rogers, c'était clair, se prenait très au sérieux; car dès cet instant, il devint morose et vindicatif. Il ne continuait à tolérer la présence de Jones que dans l'intention tenace de faire tomber ce mur d'incrédulité polie et condescendante. Les histoires terribles, les allusions à des rites et à des sacrifices s'adressant à des dieux sans nom d'autrefois suivaient leur cours. De temps en temps, Rogers conduisait son invité derrière le rideau et faisait ressortir des particularités qu'il était difficile d'attribuer à la main de l'homme, même la plus habile. Jones, étrangement fasciné, continuait ses visites, mais il savait avoir perdu l'estime de son hôte. A certains moments il cherchait à complaire à Rogers en faisant semblant d'approuver quelque allusion ou assertion un peu folle, mais l'entrepreneur de spectacles n'était que rarement trompé par cette tactique.

La tension atteignit son maximum plus tard en septembre. Un après-midi, Jones était passé au musée comme de coutume, il errait dans les couloirs faiblement éclairés dont les horreurs lui étaient à présent familières quand il entendit, venant approximativement de l'atelier de Rogers, un bruit très particulier. D'autres que lui l'avaient entendu également, et avaient sursauté avec nervosité aux échos répercutés par ce grand sous-sol voûté. Les trois gardiens échangèrent un étrange regard; l'un d'eux, un garçon brun, taciturne, ayant l'air d'un étranger, que Rogers employait toujours comme réparateur et aide-dessinateur, eut un sourire qui parut intriguer ses collègues et qui irrita très nettement un certain côté des sensibilités de Jones. C'était l'aboiement ou le hurlement d'un chien qui ne pouvait être dû qu'à la plus vive terreur associée à une grande souffrance. Ce cri d'angoisse exacerbée était déchirant à entendre; dans ce décor anormal et grotesque il devenait doublement affreux. Jones se rappelait que les chiens n'étaient pas admis dans le musée.

Il allait se diriger vers la porte conduisant à l'atelier lorsque l'employé brun l'arrêta d'un mot et d'un geste.

– M. Rogers, dit l'homme d'une voix douce teintée d'une sorte de léger accent, qui prenait tout de suite un ton d'excuse légèrement sardonique, est sorti en donnant l'ordre de ne laisser entrer personne dans l'atelier en son absence. Quant à cet aboiement, il venait sans aucun doute de la cour située derrière le musée. Le voisinage était plein de chiens bâtards qui faisaient souvent, en se battant, un bruit gênant. Il n'y avait de chiens nulle part à l'intérieur du musée. Mais si M. Jones désirait voir M. Rogers, il pourrait le joindre juste avant l'heure de fermeture.

Jones grimpa donc aussitôt les vieilles marches de pierre conduisant dans la rue et examina avec curiosité des parages crasseux. Les maisons voisines décrépites, menaçant ruine, étaient en vérité très anciennes. D'abord habitations, elles avaient pour la plupart été transformées en magasins et en entrepôts. Certaines comportaient des pignons rappelant le style Tudor. Une légère puanteur de miasmes flottait sur toute cette région. A côté de la maison crasseuse dont le sous-sol abritait le musée il y avait une voûte basse percée à côté d'une allée sombre et pavée de cailloux ronds. Jones y entra avec le vague désir de trouver la cour située derrière l'atelier et de régler l'affaire du chien d'une manière qui le tranquillise. La cour était plongée dans la pénombre de cette fin d'après-midi. Elle était bordée à l'arrière par des murs encore plus hideux que les façades croulantes de ces affreuses vieilles maisons de la rue, et, comme elles, menaçant ruine. Pas un chien en vue, et Jones se demandait comment les suites de ce tumulte effréné avaient pu disparaître aussi complètement et aussi vite.

Malgré la déclaration de l'employé d'après laquelle aucun chien n'était entré dans le musée, Jones jeta un coup d'œil nerveux sur les trois petites fenêtres de l'atelier du sous-sol, des rectangles étroits, horizontaux, tout près du trottoir envahi par les herbes, avec des vitres très sales qui rappelaient les yeux d'un poisson mort vous regardant d'un air indifférent et comme pour vous éloigner. A droite de ces fenêtres quelques marches usées menaient à une porte pleine et solidement verrouillée. Une vague impulsion lui commanda de s'accroupir sur le sol humide de galets brisés et de jeter un coup d'œil à l'intérieur, pour le cas où les épais stores verts, manœuvrés par de longues cordelettes descendant jusqu'à une hauteur où l'on pouvait les atteindre, n'auraient pas été tirés. La surface extérieure de ces vitres était couverte d'une épaisse couche de saleté. Il l'essuya avec son mouchoir et s'aperçut que rien ne venait obstruer son champ de vision.

La cave était si obscure qu'on ne pouvait distinguer grand-chose, mais les différents accessoires grotesques sur lesquels travaillait Rogers se profilaient çà et là, devant les yeux de Jones qui essayait les fenêtres les unes après les autres. Il semblait évident que personne ne se trouvait à l'intérieur. Cependant, en regardant à travers la fenêtre la plus à droite – celle qui était la plus rapprochée de l'entrée de l'allée – il vit tout au fond de l'appartement une lueur qui le fit s'arrêter, interloqué. Il n'y avait aucune raison pour qu'une lumière se trouve là. C'était un côté intérieur de la pièce, et il ne se rappelait aucune lumière électrique ou au gaz à proximité. En y regardant une deuxième fois il put préciser la forme de la surface éclairée : un grand rectangle vertical. Une idée lui vint alors. C'était dans cette direction qu'il avait toujours remarqué la lourde porte munie de ce cadenas d'une dimension anormale, cette porte qui ne s'ouvrait jamais et au-dessus de laquelle était grossièrement badigeonné ce hideux symbole occulte tiré de documents fragmentaires sur une magie très ancienne et interdite. Elle devait être actuellement ouverte et il y avait une lumière à l'intérieur. Toutes ses spéculations antérieures sur la question de savoir où menait cette porte, et sur ce qui se trouvait derrière, revenaient à la surface en lui causant une inquiétude triplée.

Jones erra sans but autour de cet endroit sinistre jusqu'à ce qu'il soit près de six heures; il retourna alors au musée et demanda à voir Rogers. Il aurait eu de la peine à dire pourquoi il désirait si particulièrement voir cet homme à ce moment précis, mais il devait y avoir dans son subconscient des doutes au sujet de ce terrible hurlement de chien, impossible à situer, entendu dans l'après-midi, et sur la lumière dans l'embrasure de la porte fermée en général par un lourd cadenas. Les employés s'en allaient au moment où il arrivait et il eut l'impression qu'Orabona – l'employé brun à l'air étranger – le regardait avec une expression ressemblant à de l'amusement sournois, et réprimé. Il ne goûta pas beaucoup ce regard, bien qu'il ait vu le garçon en question en lancer un semblable à son patron dans bien des occasions.

La salle d'exposition voûtée, complètement déserte, paraissait macabre, mais il la traversa à grands pas et frappa à la porte du bureau-atelier. On fut long à répondre, ıl entendait pourtant à l'intérieur un bruit de pas. Finalement, il réitéra et il y eut un bruit de serrure. La porte ancienne à six panneaux s'ouvrit avec difficulté et en grinçant pour révéler la silhouette avachie, à l'œil fiévreux, de George Rogers. Dès le début, il fut clair que le montreur de curiosités n'était pas dans son état normal. Il y eut dans sa façon de l'accueillir un curieux mélange d'hésitation et d'exultation méchante et sa conversation s'orienta aussitôt sur les extravagances les plus affreuses et les plus incroyables.

Dieux survivants d'un lointain passé, sacrifices sans nom, horreurs non artificielles de l'alcôve réservée, toutes les vantardises habituelles, mais formulées avec une confiance qui s'affirmait tout particulièrement. Il était évident, se disait Jones, que la folie du pauvre garçon gagnait du terrain. De temps à autre, Rogers lançait un coup d'œil furtif à la lourde porte fermée intérieurement par le cadenas, au fond de la pièce, ou à un morceau de grosse toile goudronnée qui se trouvait, non loin, sur le sol, et sous laquelle un petit objet semblait couché. Jones devenait de plus en plus nerveux, et il se sentit devenir peu à peu aussi hésitant à parler des choses anormales de l'après-midi qu'il avait tout d'abord eu hâte de le faire.

La basse aux résonances sépulcrales de Rogers faillit se casser sous l'effet de l'excitation causée par ses allées et venues fiévreuses dans la pièce.

– Vous rappelez-vous, s'écria-t-il, ce que je vous ai dit à propos de cette ville d'Indochine en ruine, où vécurent les Tcho-Tchos? En voyant les photographies vous aviez bien dû admettre que j'y avais été, même si vous avez pu penser que ce nageur allongé avait été modelé par moi dans de la cire en pleine obscurité. Si vous l'aviez vu comme je l'ai vu, se contorsionnant dans les étangs souterrains...

« Eh bien, c'est encore plus fort. Je ne vous en avais jamais parlé, parce que je voulais avoir tout terminé avant de faire la moindre déclaration. Quand vous aurez vu les instantanés, vous comprendrez que la photographie n'avait pas pu être truquée et j'imagine que j'ai un autre moyen de prouver que *ce* n'est pas l'une de mes créatures de cire. Vous ne l'avez jamais vu, car mes expériences ne me permettraient pas de *le* laisser exposé.

Le montreur de prodiges jeta un étrange regard à la porte cadenassée.

– Tout cela vient de ce long rituel dans le huitième fragment du Pnakotique. Quand je l'ai eu exécuté, j'ai vu qu'il ne pouvait avoir qu'une signification. Il y avait des choses dans le nord avant le pays de Lomar – avant l'apparition de l'espèce humaine – et c'en était une. Il nous a fallu faire tout le chemin jusqu'en Alaska et en remontant le Nootak à partir de Fort-Morton, mais la chose était là, comme je savais qu'elle y serait. De grandes ruines cyclopéennes, sur des hectares. Il en restait moins que nous ne l'avions espéré, mais après trois millions d'années, à quoi peut-on s'attendre? Et les légendes des Esquimaux n'étaient-elles pas toutes dans la bonne direction? Nous ne pouvions pas emmener un des mendiant avec nous et nous avons dû faire en traîneau tout le voyage de retour jusqu'à

Nome à cause des Américains. Orabona ne valait rien sous ce climat qui le rendait morose et haineux.

« Je vous dirai plus tard comment nous *l*'avons trouvé. Quand nous eûmes cassé la glace entourant les pylônes de la ruine centrale, l'escalier était exactement tel que nous savions qu'il serait. Il y avait encore quelques sculptures et il n'y eut aucune difficulté à empêcher les Yankees de nous suivre à l'intérieur. Orabona tremblait comme une feuille, vous ne le croiriez jamais d'après la façon dont ce sacré insolent se conduit par ici. Il en savait assez sur les traditions antiques pour être bel et bien terrifié. La lumière éternelle n'était plus là, mais nos torches nous en faisaient voir assez. Nous avons vu les ossements des autres qui étaient venus avant nous, il y a des siècles, quand le climat était doux. Certains de ces os appartenaient à des espèces que vous n'imagineriez jamais. Au troisième niveau nous avons trouvé le trône d'ivoire dont les fragments de textes parlaient tellement, et je peux aussi bien vous dire qu'il n'était pas vide.

« La chose qui était sur ce trône ne bougeait pas, et nous sûmes alors qu'il *lui* fallait être nourrie d'un sacrifice. Mais nous ne voulions pas *la* réveiller à présent. Mieux valait *l*'emporter d'abord à Londres. Orabona et moi nous sommes remontés à la surface pour chercher la grande boîte, mais après *l*'avoir mise dedans, nous n'avons pas pu *lui* faire monter les trois étages. Ces marches n'étaient pas faites pour des êtres humains et leur taille nous déroutait. De toute façon, c'était diaboliquement lourd. Il nous fallait faire descendre les Américains pour qu'ils *le* sortent de là. Ils n'étaient pas très empressés à l'idée de pénétrer dans ces lieux, mais, bien entendu, ce qu'il y avait de pire était bien en sécurité à l'intérieur de la caisse. Nous leur avons dit que c'était un lot d'ivoires sculptés, des trucs archéologiques; après avoir vu le trône sculpté ils nous ont probablement crus. C'est un miracle qu'ils n'aient pas soupçonné l'existence d'un trésor caché et demandé à partager. Ils ont dû ensuite raconter d'étranges histoires dans la région de Nome. Je doute cependant qu'ils soient jamais retournés dans ces ruines, même pour le trône d'ivoire. »

Rogers marqua un temps, fouilla un peu partout dans son bureau et sortit une enveloppe d'épreuves photographiques de bonne taille. Il en retira une qu'il mit face impressionnée tournée en dessous, devant lui, puis il passa le reste à Jones. L'endroit était certainement étrange : collines recouvertes de glace, traîneaux à chiens, hommes habillés de fourrures et vastes ruines écroulées sur un fond de neige, des ruines dont on peut difficilement expliquer les contours bizarres et les énormes blocs de pierre. Une photo prise au flash montrait une incroyable salle intérieure avec des sculptures extraordinaires et un curieux trône dont les proportions ne pouvaient pas avoir été conçues pour un occupant humain. Les sculptures de cette maçonnerie gigantesque, murs élevés et, dans le haut, voûtes de forme particulière, étaient principalement symboliques et comprenaient à la fois des dessins complètement inconnus et certains hiéroglyphes cités mystérieusement dans les légendes interdites. Au-dessus du trône se profilait le même terrible symbole qui était peint à présent sur le mur de l'atelier au-dessus de la porte massive cadenassée. Jones lança un regard nerveux à cette porte close. Assurément, Rogers était allé dans d'étranges endroits et avait vu d'étranges choses. Cependant cette peinture intérieure démente pouvait facilement être un truquage, emprunté à un décor de théâtre, très habile. On ne doit pas se montrer trop crédule. Mais Rogers poursuivait :

– Eh bien, nous avons expédié la caisse de Nome et nous sommes arrivés à Londres sans encombre. C'était la première fois que je rapportais une chose qui avait une chance de revenir à la vie. Je ne *l*'ai pas exposé parce qu'il y avait des choses plus importantes à faire pour *lui*. *Il* avait besoin de la nourriture du sacrifice, parce qu'*il* était un dieu. Naturellement je ne pouvais *lui* procurer le genre de sacrifices auxquels *il* était habitué de *son* temps, car de telles choses n'existent plus. Mais il y avait d'autres choses qui pourraient convenir. Le sang est la vie, vous savez. Même les lémures et les esprits élémentaires qui sont plus vieux que la Terre arrivent quand le sang des hommes ou des animaux leur est offert dans les conditions voulues.

L'expression qui se peignait sur le visage du narrateur était de plus en plus alarmante et repoussante, si bien que Jones s'agitait involontairement sur sa chaise. Rogers parut remarquer la nervosité de son invité et il continua avec un sourire nettement maléfique.

– Je *l*'ai depuis l'année dernière et je n'ai jamais cessé d'essayer des rites et des sacrifices; Orabona ne m'a jamais été d'un grand secours, car il a toujours été opposé à l'idée de *le* réveiller. Il *le* hait, probablement parce qu'il a peur de ce qu'*il* arrivera à signifier. Il ne quitte pas son pistolet pour se protéger, idiot, comme s'il existait une protection humaine contre *lui*. Si jamais je le vois tirer son pistolet, je l'étrangle. Il veut que je *le* tue et que j'en fasse une effigie. Mais je m'en tiens à mes plans et j'irai jusqu'au bout en dépit de tout ce que peuvent dire des lâches comme Orabona et les sacrés sceptiques ricaneurs tels que vous, Jones! J'ai célébré les rites et procédé à certains sacrifices *et la semaine dernière la transition s'est produite*. Le sacrifice a été... accepté et apprécié!

Rogers se lécha littéralement les lèvres, tandis que Jones se raidissait, mal à l'aise. Le montreur de prodiges marqua un temps et se leva, traversa la pièce pour s'approcher du morceau de toile goudronnée que Jones avait si souvent regardé. Il se pencha, et, tout en parlant, saisit un coin de la toile.

– Vous avez assez ri de mon œuvre, à présent il

est temps de vous mettre en face de certains faits. Orabona me dit que vous avez entendu un chien hurler dans ces parages au cours de l'après-midi. *Savez-vous ce que cela signifiait?*

Jones sursauta. En dépit de toute sa curiosité il aurait été heureux de s'en aller sans avoir plus de lumière sur le point qui l'avait tellement intrigué. Mais Rogers était inexorable; il commença à soulever le coin de la toile. En dessous gisait une masse écrasée, presque informe que Jones fut lent à classer. Etait-ce là une chose qui avait été vivante et qui s'était trouvée aplatie, vidée de son sang, ponctionnée en mille endroits et transformée en un amas monstrueux d'os brisés et de chairs meurtries? Au bout d'un moment, Jones se rendit compte de ce que cela devait être. C'était ce qu'il restait d'un chien, un chien qui avait peut-être été de grande taille et d'une couleur blanchâtre. Il n'était plus possible d'identifier sa race, car les déformations s'étaient produites de maintes façons indicibles et hideuses. La plus grande partie des poils avait été brûlée comme sous l'effet de quelque acide très mordant et la peau exposée à l'air, exsangue, était criblée d'innombrables blessures ou incisions circulaires. La forme de torture pouvant donner de pareils résultats dépassait l'imagination.

Electrisé par une indignation qui prenait le pas sur son dégoût grandissant, Jones bondit en poussant un cri :

– Ignoble sadique... espèce de dément... vous faites une chose comme cela et vous avez l'audace de parler à un homme normal!

Rogers laissa tomber la toile avec un ricanement venimeux et se tourna vers son invité qui s'approchait. Il parla avec un calme inhabituel.

– Comment, espèce d'idiot, vous croyez donc que c'est *moi* qui ai fait cela? Et allons donc! Ce n'est pas humain et cela n'a pas la prétention de l'être. Sacrifier, c'est simplement offrir. Je *lui* ai donné le chien. Ce qui est arrivé, c'est *son* œuvre, et non la mienne. *Il* avait besoin de la nourriture de l'offrande. *Il* l'a prise à *sa* manière. Mais laissez-moi vous montrer à quoi *il* ressemble.

Comme Jones restait là, hésitant, l'orateur retourna à son bureau et prit la photographie qu'il avait posée, image en dessous, sans la montrer. A présent il la lui tendait avec un regard étrange. Jones la prit et jeta un coup d'œil presque machinal. Au bout d'un instant le visiteur regarda d'un œil plus pénétrant et parut plus absorbé car la force entièrement satanique de l'objet représenté avait un effet presque hypnotique. Certainement Rogers s'était surpassé en modelant l'affreux personnage de cauchemar que l'appareil photographique avait fixé. La chose était l'œuvre d'un génie étrange et infernal et Jones se demandait quelle serait la réaction du public quand elle serait exposée. Une chose aussi hideuse n'avait aucun droit d'exister, la simple contemplation de cette chose, une fois terminée, avait probablement achevé de détraquer l'esprit de celui qui l'avait faite et l'avait conduit à l'adorer par des sacrifices brutaux. Une raison solide pouvait seule résister à l'insidieuse suggestion tendant à faire croire que cette chose blasphématoire était – ou avait été – une forme morbide et exotique de vie réelle.

La chose de la photographie était tapie ou se balançait sur ce qui semblait être une adroite reproduction du trône aux sculptures monstrueuses représenté sur l'autre étrange photographie. La décrire en employant les mots du vocabulaire courant aurait été impossible, car rien qui lui corresponde, même approximativement, n'avait jamais pu naître dans l'imagination d'un esprit sain. C'était une chose qui avait peut-être l'intention de présenter un vague rapport avec les vertébrés de cette planète, bien qu'on n'ait pu en être sûr. Sa masse était cyclopéenne car, même accroupi, il avait presque deux fois la taille d'Orabona que l'on voyait à côté de lui. En regardant de plus près on pouvait observer qu'il avait plus ou moins les caractéristiques des vertébrés supérieurs.

Il avait un torse presque globulaire avec six membres longs et sinueux terminés par des pinces de crabe. De la partie supérieure, un autre globe subsidiaire faisait saillie en avant comme une bulle; un triangle composé de trois yeux fixes de poisson, une trompe longue de trente centimètres visiblement flexible, un système latéral distendu analogue à des ouïes donnaient à penser qu'il s'agissait d'une tête. La plus grande partie du corps était couverte de quelque chose qui passait tout d'abord pour de la fourrure mais qu'un examen plus attentif révélait comme étant une dense profusion de minces tentacules noirs ou filaments suceurs, terminés chacun par une bouche faisant penser à la tête d'un aspic. Sur la tête et au-dessous de la trompe, les tentacules avaient tendance à être plus longs et plus épais, et marqués de raies en spirale rappelant la chevelure de serpents de Méduse. Dire qu'une telle chose pouvait avoir une *expression* semble paradoxal; cependant Jones avait l'impression que ce triangle d'yeux saillants de poissons, cette trompe portée obliquement, tout cela exprimait un mélange de haine, de rapacité, et d'étrange cruauté incompréhensible au genre humain parce qu'il se combinait à d'autres émotions qui n'étaient pas de ce monde ni de ce système solaire. Rogers, se disait-il, devait avoir déversé dans cette chose d'une anormale bestialité toute sa folie malfaisante et tout son étrange génie de sculpteur. La chose était incroyable, et cependant la photographie prouvait son existence.

Rogers interrompit ses rêveries.

– Eh bien... qu'en pensez-vous? Maintenant vous demandez-vous encore qui a écrasé le chien et l'a saigné à blanc par un million de bouches? *Il* avait besoin de nourriture, et *il* en aura encore besoin. C'est un dieu et je suis le premier prêtre de *sa* hiérarchie du dernier jour. Iä! Shub-Niggurath! Le Bouc aux Mille Jeûnes!

Jones laissa tomber la photographie avec dégoût et pitié.

– Ecoutez, Rogers, ça ne marche pas. Il y a des limites, vous savez. C'est un très beau travail, tout ce que vous voudrez, mais ce n'est pas bon pour vous. Il vaut mieux que vous ne le voyiez plus, laissez Orabona le briser en morceaux et tâchez de ne plus y penser. Et laissez-moi aussi déchirer cette affreuse photographie.

Avec un ricanement, Rogers reprit vivement la photo et la remit dans le tiroir de son bureau.

– Idiot... vous croyez encore qu'*il* est truqué! Vous croyez encore que je *l*'ai fait, et vous croyez encore que mes personnages ne sont rien d'autre que de la cire inanimée! Eh bien, tant pis pour vous, vous allez savoir! Pas tout de suite parce qu'*il* se repose après le sacrifice, mais un peu plus tard. Oh, oui!... vous ne pourrez plus alors douter de *son* pouvoir.

Rogers regardait la porte intérieure cadenassée. Jones reprit son chapeau et sa canne qu'il avait posés sur un établi voisin.

– Très bien, Rogers, remettons cela à plus tard. Il faut que je m'en aille à présent, mais je repasserai demain après-midi. Réfléchissez à ce que je vous ai dit et voyez si mon avis ne vous paraît pas raisonnable. Demandez également à Orabona ce qu'il en pense.

Rogers montra littéralement les dents comme une bête sauvage.

– Vous devez partir maintenant, hein? Vous avez peur, malgré tout! Vous avez peur, malgré tous vos discours de bravache! Vous dites que ces effigies ne sont que de la cire, et cependant vous vous enfuyez quand je commence à vous apporter la preuve qu'elles n'en sont pas. Vous êtes comme ces gens qui relèvent mon défi : Ils n'oseraient pas passer la nuit dans le musée. Ils viennent avec un certain courage, mais au bout d'une heure ils se mettent à hurler et à donner des coups partout pour qu'on les sorte de là! Vous voulez que je demande à Orabona, hein? Vous deux... toujours contre moi! Vous voulez renverser *son* trône terrestre qui s'annonce!

Jones gardait son calme.

– Non, Rogers, personne n'est contre vous. Et je n'ai pas peur de vos figures, mais j'admire votre adresse. Nous sommes tous les deux assez nerveux ce soir, et j'imagine qu'un peu de repos nous fera du bien.

De nouveau Rogers s'opposa au départ de son visiteur.

– Pas peur, hein? Alors pourquoi avez-vous si grande hâte de vous en aller? Ecoutez... oseriez-vous ou n'oseriez-vous pas rester seul ici dans le noir? Pourquoi tant vous hâter si vous ne croyez pas en *lui?*

Rogers paraissait avoir été pris d'une nouvelle idée, et Jones le surveillait de près.

– Eh bien! je ne suis pas particulièrement pressé, mais que gagnerions-nous à ce que je reste seul ici? Qu'est-ce que cela prouverait? Ma seule objection, c'est que ce n'est pas très confortable pour y dormir. Quel bien cela pourrait-il nous faire à l'un et à l'autre?

Cette fois c'était Jones qui avait une idée, il poursuivit sur un ton conciliant:

– Ecoutez-moi, Rogers. Je viens de vous demander ce que cela prouverait que je reste ici, quand nous le savons tous les deux. Cela prouverait que vos effigies ne sont pas autre chose que des effigies et que vous ne devriez pas laisser votre imagination prendre le chemin qu'elle suit depuis quelque temps. Supposons que *je reste*, en effet. Si je tiens le coup jusqu'au matin, accepterez-vous d'envisager les choses sous un angle nouveau, de prendre trois mois de vacances par exemple et de permettre à Orabona de détruire votre nouvelle création? Allons, voyons... est-ce que cela n'est pas correct?

Il était difficile de déchiffrer l'expression du montreur de prodiges. Il était évident qu'il pensait vite, et que des diverses émotions qui étaient en conflit dans son esprit, c'était le triomphe malfaisant qui prenait le dessus. Il répondit d'une voix étranglée :

– Assez correct! *Si vraiment vous tenez le coup,* je suivrai votre conseil. Mais vous devez tenir. Nous allons dîner et revenir. Je vous enfermerai dans la salle d'exposition et je rentrerai chez moi. Demain matin j'arriverai avant Orabona – il vient une demi-heure avant les autres – et je verrai comment vous êtes. Mais n'essayez que si vous êtes *très* sûr de votre scepticisme. D'autres se sont récusés, vous avez cette possibilité. Et je suppose que des coups frappés à la porte extérieure ne pourraient venir que d'un agent de police. Vous n'aimerez peut-être pas autant cela au bout d'un moment... vous serez dans la même maison, mais pas dans la même pièce que *lui.*

Tandis qu'ils sortaient par la porte de derrière donnant sur la cour crasseuse, Rogers prit avec lui le morceau de toile goudronnée, chargée de son horrible fardeau. Vers le milieu de la cour il y avait un trou d'homme. Rogers en souleva tranquillement le couvercle. Ce geste lui paraissait familier à en donner le frisson. Toile goudronnée et fardeau, tout cela sombra dans l'oubli d'un cloaque aux multiples ramifications. Jones eut un frisson et s'écarta presque de la silhouette émaciée qui se trouvait à ses côtés, quand ils arrivèrent dans la rue.

D'un consentement mutuel, ils ne dînèrent pas ensemble, mais convinrent de se retrouver à onze heures devant le musée.

Jones appela un taxi. Après avoir franchi Waterloo Bridge et en approchant du Strand brillamment éclairé, il commença à respirer plus librement. Il dîna dans un café tranquille, puis se rendit chez lui à Portland Place pour prendre un bain et se munir de quelques objets. Il se demandait distraitement ce que pouvait bien faire Rogers. Il avait entendu dire que celui-ci possédait sur Walworth Road une grande maison sinistre, pleine de livres obscurs et interdits, de tout un attirail occulte et d'images de cire qu'il n'avait pas cru bon d'exposer. Orabona, avait-il également compris, occupait dans la même maison un logement séparé.

A onze heures Jones trouva Rogers attendant à la porte du sous-sol sur Southwark Street. Peu de paroles furent échangées, mais on sentait dans chacune d'elles une tension menaçante. Ils convinrent que seule la salle d'exposition voûtée abriterait le veilleur, et Rogers n'insista pas pour que ce dernier s'installe dans le réduit spécial, réservé aux adultes, des horreurs suprêmes. Le montreur de prodiges, après avoir éteint toutes les lumières grâce aux interrupteurs placés dans l'atelier, ferma la porte de cette crypte au moyen de l'une des clefs d'un trousseau très chargé. Sans qu'ils se soient serré la main, il franchit la porte de la rue, la referma à clef derrière lui et remonta les marches usées pour regagner le trottoir. En entendant s'éloigner son pas, Jones comprit que sa longue et fastidieuse veille avait commencé.

II

Plus tard, dans la complète obscurité de cette grande cave voûtée, Jones maudissait la naïveté puérile qui l'avait amené là. Pendant la première demi-heure, il n'avait cessé d'allumer de temps en temps sa lampe de poche, mais à présent, rester assis dans le noir sur l'un des bancs réservés aux visiteurs était devenu plus épuisant pour les nerfs. Chaque fois qu'il allumait, le faisceau lumineux tombait sur quelque objet morbide, grotesque, une guillotine, un monstre hybride sans nom, une figure barbue chargée de maléfices, un cadavre dont le cou tranché laissait échapper des fleuves de sang. Jones savait qu'aucune réalité sinistre ne s'attachait à ces choses, mais après cette première demi-heure, il préférait ne pas les voir.

Pourquoi avait-il été se soumettre aux caprices de ce fou, il avait peine à l'imaginer. Il aurait été beaucoup plus simple de le laisser tranquille ou d'appeler un psychiatre. A la réflexion, c'était probablement par solidarité entre artistes. Il y avait tant de génie en Rogers qu'il méritait de bénéficier de toutes les possibilités d'être aidé à se libérer dans le calme de sa manie envahissante. Un homme qui pouvait imaginer et réaliser les choses évoquant la vie d'une manière aussi incroyable n'était sûrement pas éloigné de la véritable grandeur. Il avait l'imagination d'un Sime ou d'un Gustave Doré jointe à l'habileté minutieuse et scientifique d'un Blatschka. A dire vrai, il avait fait pour le monde du cauchemar ce que les Blatschka, avec leurs modèles de plantes merveilleusement exacts, sur verre magnifiquement travaillé et coloré, avaient fait pour le monde de la botanique.

A minuit, les douze coups d'une horloge éloignée lui parvenant à travers l'obscurité le réconfortèrent, comme le message d'un monde extérieur qui continuait à vivre. La salle voûtée du musée était comme une tombe, effrayante par sa complète solitude. Même une souris aurait constitué une présence réconfortante. Cependant Rogers s'était une fois vanté de ce que, « pour certaines raisons », ni les souris ni même les insectes ne venaient jamais à proximité de cet endroit. C'était très curieux, mais cela semblait vrai. L'immobilité et le silence étaient presque complets. Si seulement quelque chose faisait du bruit! Il traîna les pieds, faisant naître des échos qui émergèrent d'un silence fantomatique absolu. Il toussa, mais il y eut quelque chose de moqueur dans les réverbérations saccadées qui en résultèrent. Il ne pouvait tout de même pas se mettre à parler tout seul. Cela aurait signifié une désorganisation du système nerveux. Le temps semblait s'écouler avec une lenteur anormale et déconcertante. Il aurait pu jurer que des heures s'étaient écoulées depuis la dernière fois qu'il avait dirigé sur sa montre le faisceau de sa lampe de poche, et minuit venait seulement de sonner.

Il aurait préféré que ses sens ne fussent pas de cette sensibilité presque surnaturelle. On aurait dit que, dans cette obscurité et ce silence, quelque chose était venu les aiguiser, si bien qu'ils répondaient aux plus subtiles sollicitations, à peine assez fortes pour mériter le nom d'impressions véritables. On aurait dit que, par instants, ses oreilles captaient un susurrement vague, fugitif qu'on ne pouvait pas *tout à fait* identifier comme le murmure nocturne des rues misérables de l'entourage, et il pensait à des choses vagues et sans rapport comme la musique des sphères et la vie inconnue, inaccessible, des autres dimensions faisant pression sur la nôtre. Rogers se livrait souvent à des spéculations sur ce genre de questions.

Les taches flottantes de lumière passant devant ses yeux noyés dans l'obscurité semblaient avoir tendance à adopter de curieuses symétries de forme et de mouvement. Il s'était souvent posé des questions sur ces étranges rayons émanant de gouffres insondés qui scintillent devant nos yeux en l'absence de toute lumière terrestre, mais il n'en avait jamais connu qui se comportent comme celles-ci. Il leur manquait l'absence paisible de but des taches lumineuses ordinaires, laissant supposer la présence d'une volonté et d'un but étrangers à toute conception terrestre.

Il y eut alors quelque chose qui faisait penser à de curieux mouvements. Rien n'était ouvert et malgré l'absence de courants d'air, Jones avait l'impression que l'atmosphère de la pièce n'était pas rigoureusement immobile. Il y avait d'imperceptibles changements de pression, pas assez nets pour faire penser aux coups de patte immondes d'esprits élémentaires invisibles. Il faisait anormalement frais, également. Il n'aimait rien de tout cela. L'air avait un goût salé, comme s'il s'était trouvé mélangé à la saumure des eaux des sombres profondeurs souterraines et il y avait comme le soupçon d'une odeur ineffable de moisi. Dans la journée, il n'avait jamais remarqué que les figures de cire aient une odeur. Même en cet instant, cette bouffée reçue ne ressemblait pas à l'odeur que devraient avoir des figures de cire. Cela ressemblait davantage à l'odeur des spécimens se trouvant dans un muséum d'histoire naturelle. C'était curieux, si l'on pensait aux affirmations de Rogers d'après lesquelles ces figures n'étaient pas toutes artificielles. A vrai dire, c'était probablement cette affirmation de la part de ce dernier qui avait conduit sa propre imagination à donner naissance à ce soupçon d'ordre olfactif. On doit se garder des excès d'imagination, n'étaient-ce pas des choses de ce genre qui avaient rendu fou le pauvre Rogers?

Mais le vide absolu de cet endroit n'en était pas moins terrifiant. Même les lointaines sonneries de cloches semblaient provenir de l'autre rive des golfes cosmiques. Cela rappelait à Jones la photographie démente que Rogers lui avait montrée, la salle aux extravagantes sculptures avec le trône, que l'autre avait prétendu faire partie d'une ruine vieille de trois millions d'années dans les solitudes inaccessibles et maudites de l'Arctique. Rogers avait peut-être été en Alaska, mais cette image n'était certainement rien d'autre qu'un décor de théâtre. Il ne pouvait normalement en être autrement avec toutes ces sculptures et ces terribles symboles. Et cette forme monstrueuse qui était supposée avoir été trouvée sur un trône, quel délire d'imagination malade! Jones se demandait à quelle distance il se trouvait au juste de ce chef-d'œuvre démentiel en cire... on le gardait probablement derrière cette lourde porte massive cadenassée conduisant quelque part hors de l'atelier. Mais cela ne servirait à rien de rêver sur une image de cire. La pièce où il se trouvait n'était-elle pas remplie de choses analogues dont quelques-unes étaient à peine moins horribles que le redoutable « CELA »? Et de l'autre côté d'un rideau de toile mince, sur la gauche, se trouvait l'alcôve « Réservée aux Adultes » avec ses fantômes sans nom du délire.

Le voisinage de ces innombrables formes de cire commença à porter de plus en plus sur les nerfs de Jones à mesure que passaient les quarts d'heure. Il connaissait si bien le musée qu'il ne pouvait se débarrasser, même dans l'obscurité totale, des images auxquelles il était habitué. A vrai dire, l'obscurité avait pour résultat de surimpressionner aux images lui revenant en mémoire certains harmoniques imaginaires très bouleversants. On aurait cru que la guillotine craquait, que la figure barbue de Landru – le meurtrier de cinquante épouses – se tordait dans des expressions de monstrueuse menace. De la gorge tranchée de Mme Demers un hideux gargouillement paraissait sortir, tandis que la victime sans tête ni jambes d'un meurtrier dépeceur essayait d'approcher de plus en plus sur ses moignons sanglants. Jones commença à fermer les yeux pour voir si cela ferait disparaître les images, mais il s'aperçut que c'était inutile. En outre, quand il fermait les yeux, le dessin étrange et voulu des taches lumineuses s'accentuait et devenait plus bouleversant.

Et puis soudain, il se mit à tenter de garder les images hideuses qu'il avait d'abord essayé de chasser. Il essayait de les garder parce qu'elles laissaient la place à de plus hideuses qu'elles. Malgré lui sa mémoire commençait à reconstituer les choses blasphématoires entièrement extra-humaines qui rôdaient dans les coins obscurs, et ces formations hybrides et boursouflées qui glissaient et avançaient en se contorsionnant dans sa direction comme si elles avaient voulu l'encercler. Le noir

Tsathoggua se transforma d'une gargouille semblable à un crapaud qu'il était en une longue ligne sinueuse munie de centaines de pattes rudimentaires et une goule décharnée, caoutchouteuse, déploya ses ailes comme pour devancer et plaquer au sol celui qui la surveillait. Jones se cramponna pour s'empêcher de hurler. Il savait qu'il était en train de revenir aux traditionnelles horreurs de son enfance et il résolut d'employer sa raison d'homme fait pour tenir les fantômes à distance. Cela l'aida quelque peu – il s'en aperçut – de faire fonctionner de nouveau sa lampe de poche. Si effrayantes que fussent les images qu'elle dévoilait, elles étaient encore moins horribles que celles que faisait naître son imagination dans l'obscurité complète.

Mais il y avait des inconvénients. Même à la lueur de sa torche, il ne pouvait s'empêcher de suspecter un tremblement léger et furtif d'une partie de la toile séparant la terrible alcôve « Réservée aux Adultes » du reste de la salle. Il savait ce qui se trouvait de l'autre côté, et il eut un frisson. L'imagination évoquait les formes révoltantes du fabuleux Yog-Sothoth, une accumulation de globes irisés, mais formidable par la malignité qu'il suggérait. Qu'était cette masse maudite qui flottait lentement vers lui en bondissant sur la séparation lui barrant le chemin? Une petite bosse dans la toile, là-bas sur la droite, faisait penser à la corne acérée de Gnophkeh, la chose poilue mythique des glaces du Groenland, qui marche parfois sur deux pattes, quelquefois sur quatre et quelquefois encore sur six pattes. Pour faire sortir ce fatras de sa tête, Jones marcha hardiment vers l'alcôve infernale avec sa torche brûlant sans arrêt. Bien entendu, aucune de ses terreurs n'était fondée. Cependant, les longs tentacules faciaux du grand Cthulhu n'étaient-ils pas réellement en train de s'agiter, lentement et insidieusement? Il savait qu'ils étaient flexibles, mais il ne s'était pas rendu compte que le déplacement d'air résultant de son avance suffisait à les mettre en mouvement.

Il retourna au siège qu'il occupait précédemment à l'extérieur de l'alcôve et laissa les taches de lumière symétriques faire ce qu'elles pouvaient faire de pire. L'horloge lointaine sonna un coup. Pouvait-il n'être qu'une heure? Il dirigea sur sa montre le faisceau de sa lampe de poche et vit que c'était en effet l'heure exacte. Ce serait vraiment dur d'attendre le matin. Rogers serait là vers huit heures, avant même Orabona. Il y aurait de la lumière dehors dans le sous-sol principal bien avant cette heure-là, mais personne ne pouvait arriver jusqu'à lui en venant de là. Toutes les fenêtres de ce sous-sol avaient été murées à l'exception des trois petites qui faisaient face à la cour. Une assez désagréable attente, tout compte fait.

Ses oreilles étaient le siège de la plus grande partie des hallucinations, à présent, car il aurait pu jurer qu'il entendait des pas furtifs et malgré tout pesants dans l'atelier, derrière la porte fermée à clef. Il n'avait que faire de penser à cette horreur non exposée que Rogers appelait *Cela*. La chose était contagieuse. Elle avait rendu fou celui qui l'avait faite, et maintenant son image suffisait à déclencher des terreurs imaginaires. Cela se trouvait évidemment derrière cette porte cadenassée de bois épais. Ces pas étaient certainement pure imagination.

Il crut alors entendre la clef tourner dans la serrure de la porte de l'atelier. Il alluma sa torche et ne vit rien d'autre que la porte ancienne à six panneaux dans une position normale. Il essaya de nouveau l'obscurité et ferma les yeux, mais il y eut alors une illusion éprouvante de craquement, cette fois ce n'était pas la guillotine, mais le bruit d'une porte, celle de l'atelier, qu'on aurait ouverte, lentement, furtivement. Il ne voulait pas hurler. Une fois qu'il aurait crié, il serait perdu. Il y avait à présent, parfaitement perceptible, un bruit de pas feutrés ou de pieds traînés, et cela avançait lentement dans sa direction. Il devait garder son contrôle. Ne l'avait-il pas fait lorsque ces apparitions avaient essayé de le cerner? Le bruit de pieds traînés se rapprochait, et sa résolution faiblissait. Il ne hurla pas mais il se contenta d'une simple mise en demeure :

– Qui va là? Qui êtes-vous? Que voulez-vous?

Il n'y eut pas de réponse, mais le bruit se poursuivit. Jones ne savait pas ce qui lui faisait le plus peur : allumer sa torche ou rester dans le noir pendant que la chose s'avançait vers lui. Cette chose était différente, il le sentait profondément, des autres terreurs de la soirée. Ses doigts et sa gorge étaient animés de mouvements spasmodiques. Garder le silence était impossible et l'incertitude résultant de la complète obscurité était ce qu'il y avait de plus intolérable. De nouveau il cria, au comble de la nervosité.

– Halte! Qui va là?

En même temps il allumait sa torche. Mais, paralysé par ce qu'il avait vu, il laissa tomber sa lampe et il hurla, non pas une mais plusieurs fois.

Avançant vers lui dans le noir, il y avait une forme noire géante, abominable, qui n'était pas complètement un singe, ni complètement un insecte. Sa fourrure était lâche sur sa charpente et l'embryon de tête qu'il avait, rugueux, à l'œil mort, se balançait, comme ivre, d'un côté et de l'autre. Ses pattes de devant étaient tendues, avec des serres largement écartées et l'ensemble du corps était roidi dans une attitude de méchanceté meurtrière malgré l'absence d'expression de sa face. Après les hurlements et le retour de l'obscurité, cela bondit et en un instant Jones était cloué au sol. Il n'y eut pas de lutte car l'indiscret s'était évanoui.

L'évanouissement de Jones n'avait pu durer qu'un court instant, car la chose sans nom le tirait comme aurait fait un singe quand il se mit à reprendre connaissance. Ce qui commença à le réveiller complètement, ce furent les bruits que faisait la chose, ou plutôt, la voix avec laquelle il les faisait. Cette voix était humaine et lui était familière. Seul un être vivant pouvait se trouver derrière les accents rauques et fiévreux des incantations qu'il adressait à une horreur inconnue.

– Iä! Iä! hurlait cette chose. Je viens, ô Rhan-Tegoth, je viens avec la nourriture. Tu as longtemps attendu, tu as été mal nourri, mais maintenant tu vas avoir ce qui a été promis. Cela et davantage, car, au lieu d'Orabona, ce sera quelqu'un d'un rang élevé qui a douté de toi. Tu l'écraseras et le saigneras, lui et tous ses doutes, et tu en deviendras fort. Et à jamais parmi les hommes il restera comme un monument à ta gloire. Rhan-Tegoth, infini et invincible, je suis ton esclave et ton grand prêtre. Tu as faim, et j'y pourvoirai. J'ai déchiffré le signe et je t'ai conduit en avant. Je te nourrirai de sang, et tu me nourriras de puissance. Iä! Shub-Niggurath! Le Bouc aux Mille Jeûnes!

En un instant, toutes les terreurs de la nuit tombèrent comme un manteau qu'on dépouille. Il était redevenu maître de son esprit, car il connaissait le péril tout à fait terrestre et matériel auquel il avait affaire. Il n'y avait pas de monstre fabuleux, mais un fou dangereux. C'était Rogers, revêtu de quelque déguisement de cauchemar de son invention, et sur le point d'offrir un terrifiant sacrifice au dieu maléfique qu'il avait fabriqué en cire. Ce qui était clair, c'était qu'il avait dû entrer dans l'atelier par la cour de derrière, endosser son déguisement, et qu'ensuite il s'était avancé pour saisir sa victime bel et bien prise au piège et anéantie par la terreur. Sa force était prodigieuse et s'il fallait le réduire à l'impuissance, on devait agir vite. Comptant sur la confiance que le fou mettait dans son état d'inconscience, il décida de le prendre par surprise, pendant que son étreinte était relativement relâchée. Il sentait un seuil sous ses pieds et il comprit qu'il entrait dans l'atelier où régnait une complète obscurité.

Avec la vigueur que confère une terreur mortelle Jones se redressa en abandonnant la position à moitié couchée qu'il avait été contraint de prendre. Pendant un instant il fut libéré des mains du maniaque stupéfait et un moment plus tard un coup heureux risqué dans l'obscurité lui permit de saisir de ses deux mains la gorge de Rogers, curieusement dissimulée par son déguisement. Mais au même instant, ce dernier s'accrochait de nouveau à lui et sans autres préliminaires, ils se trouvèrent dans un corps à corps désespéré où chacun s'efforçait de sauver sa peau. L'entraînement athlétique de Jones était, sans aucun doute, sa seule chance de salut; car son assaillant libéré par sa folie de toute inhibition du genre *fair-play*, décence ou même instinct de conservation, était un engin de destruction sauvage aussi formidable qu'un loup ou une panthère.

L'affreuse mêlée qui se poursuivait dans l'obscurité était ponctuée de temps en temps par des cris gutturaux. Le sang jaillissait, les vêtements étaient lacérés et Jones finit par sentir sous ses doigts le cou du maniaque, débarrassé de son masque de fantôme. Il ne dit pas un mot, mais utilisa la moindre parcelle de son énergie à la défense de sa vie. Rogers ruait, donnait des coups de tête, mordait, griffait et crachait, et trouvait cependant la force de hurler de temps en temps de vraies phrases. La plus grande partie de son discours était un jargon rituel, plein de références à *Cela* ou *Rhan-Tegoth*, et pour les nerfs surmenés de Jones, c'était comme si ces cris étaient les échos de ronflements et d'aboiements démoniaques venant d'une énorme distance. Vers la fin, ils roulèrent ensemble sur le sol, renversant les établis, heurtant les murs et les fondations de briques du fourneau-fondoir central. Jusqu'à la toute dernière minute Jones ne pouvait être sûr de s'en tirer, mais la chance finit par jouer en sa faveur. Un coup de genou dans la poitrine de Rogers amena une détente générale et un moment plus tard, il était vainqueur.

Bien qu'à peine capable de se tenir debout, Jones se leva et alla en trébuchant chercher sur les murs l'interrupteur électrique, car sa torche avait disparu, en même temps que la plus grande partie de ses vêtements. Pendant ces recherches il traînait derrière lui son adversaire inanimé car il craignait une attaque soudaine quand le fou reviendrait à lui. Il trouva la boîte et tâtonna jusqu'à ce qu'il ait repéré le bon interrupteur. Alors, l'atelier plongé dans un désordre indescriptible fut soudain illuminé et il entreprit de ligoter Rogers avec des cordes et des ceintures qu'il ne lui fut pas difficile de trouver. Le déguisement de ce dernier – ou ce qu'il en restait – semblait fait d'une étrange qualité de cuir. Pour une raison ou une autre son contact donnait à Jones la chair de poule et il paraissait dégager une odeur étrangère, une odeur de rance. Dans les habits normaux que Rogers portait en dessous, il y avait son trousseau de clefs, dont le vainqueur exténué s'empara comme étant son passeport final pour la liberté. Les volets des petites fenêtres en forme de fentes étaient tous tirés, il les laissa ainsi.

Jones lava les traces de sang, vestiges de la bataille, sur un évier qui se trouvait là opportunément, puis il passa, parmi les vêtements qu'il trouva sur les portemanteaux, ceux qui semblaient avoir l'aspect le plus ordinaire et lui allaient le moins mal. Il essaya la porte de la cour, s'aperçut qu'elle était fermée par un bec-de-cane qui ne nécessitait pas l'emploi d'une clef pour s'ouvrir de l'intérieur. Il garda cependant le trousseau pour pouvoir entrer quand il reviendrait avec du renfort car, pour parler net, la chose à faire, c'était d'appeler un aliéniste. Il n'y avait pas le téléphone au musée, mais il ne lui faudrait pas beaucoup de temps pour trouver un restaurant ou un pharmacien ouvert toute la nuit qui l'aurait. Il avait presque ouvert la porte quand un torrent d'affreuses injures venant de l'autre extrémité de la pièce lui apprit que Rogers – dont les blessures visibles se limitaient à une longue et profonde estafilade en travers de la joue gauche – avait repris connaissance.

– Idiot! Rejeton de Noth-Yidik et effluve de K'thun! Fils du chien qui hurle dans le maelström d'Azathoth! Tu aurais été sacré et immortel et maintenant tu *le* trahis, *lui* et *son* prêtre! Prends garde... parce qu'*il* a faim! Cela aurait été Orabona, ce damné chien tricheur prêt à se tourner contre moi et *lui*... mais je te donne le meilleur à la place. A présent, vous devez vous tenir sur vos gardes, tous les deux, car *il* n'est pas commode quand *il* n'a pas *son* prêtre.

« Iä! Iä! La vengeance est proche! Sais-tu que tu aurais été immortel? Regarde le foyer! Le feu est prêt à être allumé, il y a de la cire dans la marmite. J'aurais fait de toi ce que j'ai fait de ces formes autrefois vivantes. Hei! Toi qui prétendais que toutes mes effigies étaient en cire, tu serais devenu toi-même une effigie de cire! Le foyer était tout prêt! Quand *il* aurait été rassasié, quand tu serais devenu comme le chien que je t'ai montré, j'aurais rendu immortels les fragments de ton corps, aplatis et ponctionnés! La cire s'en serait chargée. N'avais-tu pas dit que j'étais un grand artiste? De la cire dans tous les pores... sur chaque centimètre carré de ton corps... Iä! Iä! Et pour toujours ensuite le monde aurait regardé ta carcasse écrasée et se serait demandé comment j'avais pu imaginer et réaliser une pareille chose. Hei! et le tour d'Orabona serait venu, et d'autres encore à sa suite... et ainsi, ma famille de cire aurait grandi!

« Chien... est-ce que tu persistes à croire que je *faisais* toutes mes effigies? Pourquoi ne pas dire *conservais*? Tu sais maintenant dans quels lieux étranges j'ai été, et les choses étranges que j'en ai rapportées. Lâche... tu n'aurais jamais pu regarder en face le tueur dont j'ai revêtu la dépouille pour te faire peur... la simple vue de lui quand il était vivant, ou même le fait d'y penser avec tous les détails t'aurait tué instantanément de frayeur! Iä! Iä! *il* attend, affamé, le sang qui est la vie! »

Rogers, prenant appui contre le mur, se balançait çà et là, dans ses liens.

– Voyez-vous, Jones... si je vous laisse partir, est-ce que vous en ferez autant pour moi? Il faut que *son* grand prêtre s'occupe de *lui*. Orabona suffira à le maintenir en vie... et quand ce sera fini, je rendrai immortels dans la cire les fragments de son corps pour permettre au monde entier de les voir. Cela aurait pu être vous, mais vous avez décliné cet honneur. Je ne vous importunerai plus avec ça. Laissez-moi partir et je partagerai avec vous la puissance qu'*il* m'apportera. Iä! Iä! Grand est Rhan-Tegoth! Laissez-moi partir! Laissez-moi partir! *Il* est en train de mourir de faim là-bas, derrière cette porte, et, s'*il* meurt, les Anciens ne pourront jamais revenir. Hei! Hei! Laissez-moi partir!

Jones se contentait de secouer la tête; bien que les imaginations de ce forain l'aient révolté. Rogers, qui contemplait à présent comme un fou la lourde porte cadenassée, se cognait sans cesse la tête contre le mur de briques, ruait de ses pieds liés solidement aux chevilles. Jones craignait qu'il ne se blesse et il s'avança pour l'attacher plus solidement à quelque chose de fixe. En se contorsionnant, Rogers s'écarta de lui et lança une série de hululements frénétiques dont le caractère absolument, monstrueusement, inhumain était terrifiant, et dont le simple volume était à lui seul presque incroyable. Il paraissait impossible qu'un gosier humain pût émettre des sons aussi intenses et aussi perçants. Jones avait l'impression que si cela continuait il n'aurait pas besoin de téléphone pour demander du renfort. Il ne s'écoulerait pas beaucoup de temps avant qu'un agent de police vienne voir ce qui se passait, même en tenant compte du fait qu'il n'y avait pas, dans ce quartier désert d'entrepôts, de voisins pour entendre.

– *Wza-y'ei! Wza-y'ei!* hurlait le fou. *Y'kaa haa bho... ii, Rhan-Tegoth... Cthulhu fthagn... Ei! Ei! Ei! Ei!... Rhan-Tegoth, Rhan-Tegoth, Rhan-Tegoth!*

L'homme étroitement troussé, qui s'était mis à s'avancer en se contorsionnant sur le plancher encombré, atteignit la lourde porte cadenassée et se mit à se cogner la tête bruyamment contre cette porte. Jones appréhendait d'avoir à l'attacher plus solidement, et regrettait d'être si fatigué par la lutte précédente. Les suites affectaient affreusement ses nerfs et il commençait à sentir le retour des indicibles malaises qu'il avait subis dans l'obscurité. Tout ce qui concernait Rogers et son musée était si diaboliquement morbide et évoquait tellement de sombres perspectives au-delà de l'existence! Il était affreux de penser au chef-d'œuvre en cire de ce génie anormal qui devait, à cet instant même, être là, à guetter, tout près, derrière la lourde porte cadenassée.

Et à présent, quelque chose se passait qui fit courir un nouveau frisson le long de l'épine dorsale de Jones et se hérisser tout son système pileux – y compris le duvet imperceptible qui poussait sur le dos de ses mains – sous l'influence d'une frayeur impossible à cataloguer. Rogers avait brusquement cessé de hurler et de se cogner la tête contre la porte massive et faisait des efforts pour s'asseoir, la tête penchée d'un côté, comme pour écouter attentivement quelque chose. Un sourire de triomphe diabolique se répandit aussitôt sur son visage et il se remit à parler d'une façon intelligible. C'était cette fois un chuchotement rauque qui contrastait étrangement avec son hurlement de stentor antérieur :

– Ecoutez, idiot! Ecoutez bien! *Il* m'a entendu, et *il* vient. Vous ne pouvez donc pas entendre le bruit d'éclaboussures qu'*il* fait en sortant de *sa* cuve, là-bas, à l'extrémité de la rampe? J'ai creusé profondément, parce qu'il n'y avait rien de trop bien pour *lui*. *Il* est amphibie, comme vous le savez, vous avez vu *ses* ouïes sur la photo. *Il* est arrivé sur la terre, venant de Yuggoth couleur gris de plomb, où les villes se trouvent sous la mer chaude et profonde. *Il* ne peut pas se tenir debout ici – *il* est trop grand – il doit *s*'asseoir ou *s*'accroupir. Donnez-moi mes clefs, nous devons *le* faire entrer et nous agenouiller devant *lui*. Et puis nous sortirons pour trouver un chien ou un chat – ou peut-être un homme ivre – afin de *lui* donner la nourriture dont *il* a besoin.

Ce n'était pas ce que disait le fou, mais la façon qu'il avait de le dire qui ébranlait Jones si gravement. La folle et complète confiance, la sincérité de ce chuchotement de dément étaient horriblement contagieuses. L'imagination, stimulée de la sorte, pouvait découvrir une menace agissante dans la diabolique figure de cire qui les guettait, invisible, derrière cette lourde planche. A fixer cette porte dans un état de fascination impie, Jones finit par remarquer qu'elle présentait plusieurs fentes distinctes, bien qu'aucune trace de violence n'ait été visible de ce côté. Il se demandait quelles dimensions avait la pièce ou le cabinet qui se trouvait derrière, et comment la figure de cire était installée. L'idée de maniaque d'une cuve et d'une rampe d'accès était aussi ingénieuse que tout ce qu'il avait imaginé d'autre.

Alors, en un instant, Jones perdit complètement la possibilité de respirer. La ceinture de cuir qu'il avait prise pour attacher plus solidement Rogers tomba de ses mains sans force, une série de frissons lui parcourut le corps de la tête aux pieds. Il aurait pu savoir que cet endroit le rendrait fou comme il avait rendu Rogers fou, et à présent, il *était* vraiment fou. Il l'était, car il donnait asile à des hallucinations plus étranges qu'aucune de celles qui l'avaient assailli dans la première partie de la nuit. Le fou le sommait d'entendre le clapotement d'un monstre mythique dans une cuve derrière cette porte... et à présent, que Dieu lui vienne en aide, *il l'entendait effectivement!*

Rogers vit le spasme d'horreur arriver au niveau du visage de Jones et le transformer en un masque de terreur figée. Il dit d'une voix caquetante :

– Enfin, espèce d'idiot, vous y croyez! Enfin, vous savez! Vous *l*'entendez et *il* vient! Donnez-moi les clefs, idiot... nous devons *lui* rendre hommage et *le* servir!

Mais Jones n'en était plus à prêter attention à aucune parole humaine, démente ou non. Une phobie paralysante le maintenait dans un état d'immobilité et de demi-conscience, des images folles traversaient comme une fantasmagorie son imagination désemparée. Il y *avait* un bruit d'éclaboussure. Il y *avait* des pas feutrés ou traînés, comme en feraient de grosses pattes humides sur une surface solide. Quelque chose *était en train* de s'approcher. A travers les fentes de cette porte de cauchemar filtrait et arrivait jusqu'à ses narines une affreuse puanteur animale ressemblant à celle des cages des mammifères dans le jardin zoologique de Regent's Park, et en même temps différente.

Il ne savait pas si Rogers parlait ou non. Toute réalité s'était effacée, il était une statue obsédée par des rêves et des hallucinations si peu naturels qu'ils en devinrent presque objectifs et éloignés de lui. Il crut entendre un reniflement ou un ronflement venant de l'espace inconnu qui se trouvait derrière cette porte et quand un aboiement retentissant assaillit tout d'un coup ses oreilles, il ne put avoir la certitude qu'il venait du fou étroitement ligoté dont l'image flottait, indécise, dans sa vision ébranlée. La photographie de cette maudite chose de cire qu'il n'avait pas vue continuait de hanter sa conscience. Pareille chose n'avait pas le droit d'exister. Cela ne l'avait-il pas rendu fou?

Il en était là de ses réflexions quand une nouvelle preuve de sa folie vint l'assaillir. Quelque chose, croyait-il, était en train de fourrager avec le loquet de la lourde porte cadenassée. Cela tapotait, griffait, faisait pression sur les planches. On entendait un bruit sourd sur le bois massif, cela devenait de plus en plus fort. La puanteur était horrible. Et à présent l'assaut de l'intérieur contre cette porte était un martèlement malfaisant, déterminé, comme des coups de bélier. Il y eut un craquement inquiétant, un bruit d'éclats qui se détachent, un jaillissement d'odeurs immondes, une planche qui tombait, *une patte noire se terminant par une pince de crabe...*

– Au secours! Au secours! Que Dieu me vienne en aide!... Ah! Aaaaaaa!

En faisant un gros effort Jones est aujourd'hui capable de se rappeler l'explosion soudaine de sa terreur paralysante en une fuite instinctive et frénétique. Cette fuite a dû présenter une curieuse ressemblance avec celles qu'on vit dans les cauchemars les plus éperdus et les plus insensés. Car il semble avoir franchi d'un bond la crypte en désordre, ouvert d'une poussée la porte extérieure qui se referma seule derrière lui en claquant, et se verrouilla de même, monté les marches de pierre trois par trois, couru frénétiquement et sans but pour sortir de cette cour au pavé humide et à travers les rues sordides de Southwark.

Ses souvenirs s'arrêtent là. Jones ne sait pas comment il est rentré chez lui et il n'y a aucune preuve qu'il ait pris un taxi. Il a probablement couru sur tout le parcours, mû par un instinct aveugle, franchi Waterloo Bridge, suivi le Strand et Charing Cross, remonté Haymarket et Regent Street jusqu'à proximité de chez lui. Il était encore vêtu d'un étrange mélange de costumes empruntés au musée quand il eut repris suffisamment conscience pour pouvoir appeler le médecin.

Une semaine plus tard les spécialistes des nerfs lui permirent de se lever et d'aller prendre l'air.

Mais il n'avait pas dit grand-chose à ces spécialistes. Sur l'ensemble de l'expérience qu'il venait de vivre flottait un voile de folie et de cauchemar et il sentait que la seule chose à faire, c'était de n'en point parler. Quand il fut levé, il parcourut avec attention tous les journaux qui s'étaient accumulés depuis cette nuit atroce, mais il n'y trouva aucune allusion à quelque chose d'anormal concernant le musée. Dans quelle proportion, après tout, cela appartenait-il à la réalité? Où finissait la réalité et commençait le rêve morbide? Est-ce que son esprit était tombé en pièces, entièrement, dans cette sombre salle d'exposition et toute la bataille avec Rogers était-elle un fantasme de la fièvre? Cela l'aiderait à se mettre d'aplomb s'il pouvait tirer au clair quelques-uns des points les plus affolants. Il *devait* avoir vu cette maudite photographie représentant l'image de cire qu'on appelait « Cela » car aucun autre cerveau que celui de Rogers ne pouvait avoir conçu pareille abomination.

Il laissa s'écouler une quinzaine avant de trouver le courage de retourner à Southwark Street. Il y a alla dans le milieu de la matinée, à l'heure où règne la plus grande activité saine et équilibrée autour des boutiques, des entrepôts antiques et croulants. L'employé de l'entrée fit un signe de tête aimable pour montrer qu'il le reconnaissait au moment où il rassemblait son courage pour pénétrer dans l'établissement, et dans la salle voûtée du sous-sol un employé porta la main à sa casquette avec bonne humeur. Tout avait peut-être été un rêve. Oserait-il frapper à la porte de l'atelier et chercher Rogers?

C'est alors qu'Orabona s'avança pour l'accueillir. Son visage brun et lisse était quelque peu sardonique, mais n'avait rien d'inamical d'après l'impression qu'il en eut. Il parlait avec un léger accent.

– Bonjour, M. Jones. Voilà quelque temps qu'on ne vous a pas vu par ici. Vous vouliez voir M. Rogers? Je suis désolé, mais il n'est pas à Londres. Il a été appelé en Amérique pour affaires et il a dû partir. Oui, cela a été très soudain. C'est moi qui m'occupe de tout, ici et à la maison. Je m'efforce de maintenir le standing de l'établissement au niveau où M. Rogers l'a porté, et cela jusqu'à son retour.

L'étranger sourit, peut-être par simple affabilité. Jones ne savait pas très bien quoi répondre mais il réussit à balbutier quelques questions sur la façon dont les choses s'étaient passées le lendemain de sa dernière visite. Orabona en parut extrêmement amusé, et il prit beaucoup de temps pour formuler ses réponses.

– Oh! oui, M. Jones, le 28 du mois dernier. Je m'en souviens pour de multiples raisons. Le matin, avant l'arrivée de M. Rogers, comprenez-vous, j'ai trouvé l'atelier dans un affreux désordre. Il y a eu énormément de... ménage... à faire. Il a fallu faire... des heures supplémentaires, voyez-vous. Un important spécimen nouveau a subi sa deuxième cuisson. J'ai tout pris en main lorsque je suis arrivé.

« Ce spécimen était difficile à préparer. Mais, bien entendu, M. Rogers m'avait appris beaucoup de choses. C'est, comme vous savez, un très grand artiste. Quand il est arrivé il m'a aidé à compléter le spécimen – il m'a aidé très efficacement, je vous assure – mais il ne tarda pas à partir sans prendre congé du personnel. Comme je vous l'ai dit, il a été appelé soudainement. Il y avait en train d'importantes réactions chimiques. Elles ont provoqué de grands bruits – en fait il y a eu dans la cour des charretiers qui se sont imaginé avoir entendu plusieurs coups de pistolet – idée vraiment amusante!

« Quant au nouveau spécimen – c'est une affaire très regrettable. C'est un grand chef-d'œuvre, conçu et réalisé, vous comprenez, par M. Rogers. Il s'en occupera en rentrant. »

De nouveau, Orabona sourit.

– La police, vous savez. Nous l'avons exposé il y a une semaine, et il y a eu deux ou trois évanouissements. Un pauvre garçon a eu en le voyant une crise d'épilepsie. Vous comprenez, c'est un tout petit peu... plus fort... que le reste. Plus grand, ne serait-ce que cela. Bien entendu il était dans la salle réservée aux adultes. Le lendemain, deux hommes de Scotland Yard l'ont regardé et ont dit que c'était trop morbide pour être exposé. Ils ont dit que nous devions le retirer. C'est une grande honte – un tel chef-d'œuvre – mais je ne me suis pas trouvé fondé à en appeler aux Tribunaux en l'absence de M. Rogers. Il n'aimerait pas qu'on fasse une telle publicité avec la police actuellement... mais quand il rentrera... quand il rentrera...

Pour une raison quelconque Jones sentait monter une vague de malaise et de répulsion. Mais Orabona poursuivait.

– Vous êtes un connaisseur, M. Jones. Je suis sûr de ne violer aucune loi en vous proposant de le voir à titre privé. Il est possible, bien entendu, cela dépendra de ce que souhaite M. Rogers, que nous détruisions ce spécimen un jour ou l'autre, mais ce serait un crime.

Jones éprouvait une grande tendance à refuser de voir et à prendre la fuite, mais Orabona l'avait pris par le bras et le conduisait, avec un enthousiasme d'artiste. L'alcôve des adultes, pleine d'horreurs sans nom, était vide de visiteurs. Au fond, dans un coin, le rideau d'une grande niche était tiré. C'est de ce côté que s'avançait l'assistant, en souriant.

– Il faut que vous sachiez, M. Jones, que le titre de ce spécimen est « le sacrifice de Rhan-Tegoth ».

Jones sursauta violemment, mais Orabona ne parut pas le remarquer.

– Ce dieu sans forme et colossal appartient à certaines légendes obscures qu'a étudiées M. Rogers. Entièrement absurdes, bien sûr, comme vous l'avez si souvent affirmé, à M. Rogers. On suppose qu'il est venu de l'espace extérieur, et qu'il a vécu dans l'Arctique il y a trois millions d'années. Il traitait d'une manière particulièrement horrible les créatures qu'on lui offrait en sacrifice, comme vous le verrez. M. Rogers l'a fait diaboliquement vrai et la figure de la victime est traitée avec le même réalisme.

Jones tremblait à présent avec violence, il se cramponna à la barre de cuivre se trouvant devant la niche munie de son rideau. Il tendit presque la main pour arrêter Orabona quand il vit le rideau commencer à s'ouvrir, mais une impulsion contraire le retint. L'étranger eut un sourire triomphant :

– Regardez!

Bien que cramponné à la barre, Jones chancela.

– Dieu! grand Dieu!

De trois bons mètres de haut, en dépit de son attitude accroupie, traînante, exprimant une malignité cosmique, apparut une monstruosité d'une incroyable horreur, s'élançant d'un trône cyclopéen en ivoire couvert de sculptures grotesques. Dans la paire centrale de ses six pattes elle portait une chose broyée, aplatie, déformée, exsangue, criblée d'un million de piqûres, et brûlée par endroits par quelque acide mordant. Seule la tête mutilée de la victime, pendant à l'envers sur le côté, était là pour témoigner qu'il s'agissait d'une chose qui avait été humaine.

Le monstre lui-même n'avait pas besoin de titre pour quiconque avait vu certaine photographie infernale. Cette épreuve abominable n'avait été que trop fidèle; cependant elle ne pouvait être chargée de toute l'horreur que dégageait la réalité gigantesque. Le torse globulaire, quelque chose en forme de bulle qui faisait penser à une tête, les trois yeux de poisson, la trompe longue de trente centimètres, les ouïes en excroissance, la monstrueuse prolifération de suçoirs ressemblant à des aspics, les six membres sinueux avec leurs pattes noires et leurs pinces de crabe, Dieu! la familiarité de cette patte noire se terminant par une pince de crabe!...

Le sourire d'Orabona était parfaitement odieux. Jones eut la respiration coupée et regarda cette hideuse exhibition avec une fascination croissante qui le plongeait dans la perplexité et le bouleversait. Quelle horreur à moitié révélée le retenait et l'obligeait à continuer de regarder et à chercher à voir les détails? C'est ce qui avait rendu Rogers fou... Rogers, artiste suprême... disait que ces choses n'étaient pas artificielles...

Il situa alors la chose qui le retenait. C'était la tête écrasée, en cire, pendante, de la victime et un certain détail. Cette tête n'était pas complètement dépourvue de visage, et ce visage lui était familier. Il ressemblait au visage de fou du pauvre Rogers. Jones l'examina de plus près, sans très bien savoir ce qui l'y poussait. N'était-il pas naturel de la part d'un égoïste fou de modeler ses propres traits dans son chef-d'œuvre? Y avait-il là plus que ce que la vision subconsciente avait saisi ou supprimé par pure terreur?

La cire de la figure mutilée avait été maniée avec une dextérité sans bornes. Ces piqûres, avec quelle perfection ne reproduisaient-elles par les myriades de blessures infligées à ce pauvre chien? Mais il y avait quelque chose de plus. Sur la joue gauche on pouvait remarquer une irrégularité qui ne semblait pas faire partie du plan général, comme si le sculpteur avait essayé de recouvrir un défaut de son premier modelage. Plus Jones le regardait plus il en était mystérieusement horrifié, et alors, soudain, il se rappela un détail qui porta son horreur à son comble. Cette nuit affreuse, la bataille, le fou ligoté, *et la longue, profonde estafilade sur la joue gauche du vrai Rogers vivant...*

Jones, relâchant son étreinte désespérée sur la barre, sombra dans un évanouissement total.

Orabona souriait toujours.

Hazel HEALD

SURGI DU FOND DES SIÈCLES

(*Manuscrit trouvé dans les papiers de feu Richard H. Johnson, Docteur en Philosophie, conservateur du Cabot Museum Of Archeology, Boston, Mass.*)

Il n'est pas vraisemblable que personne à Boston – ou n'importe quel lecteur éveillé d'ailleurs – oublie jamais l'étrange affaire du Cabot Museum. La publicité donnée par les journaux à cette momie infernale, les rumeurs anciennes et terribles plus ou moins en relation avec elle, la vague d'intérêt morbide et les activités du culte au cours de l'année 1932, le destin effrayant des deux intrus le 1er décembre de cette année-là, tout concourait à constituer l'un de ces mystères classiques qui sont perpétués comme légendes à travers des générations et qui deviennent les noyaux de cycles complets de spéculations horrifiantes.

Tout le monde semble se rendre compte, également, que quelque chose de vital et d'indiciblement hideux a été supprimé des comptes rendus destinés au public de ces horreurs arrivées à leur point culminant. Ces premières insinuations inquiétantes sur la *condition* de l'un des deux corps furent écartées et ignorées trop brutalement, et les singulières *modifications* de la momie n'ont pas eu la suite que leur valeur au point de vue de l'information aurait normalement exigée. Les gens ont également trouvé curieux que la momie n'ait jamais été remise dans sa boîte. Dans cette époque où l'on est expert en taxidermie, l'excuse d'après laquelle son état de désintégration rendait son exposition impraticable paraissait particulièrement faible.

En ma qualité de conservateur du musée, je suis en mesure de révéler tous les faits passés sous silence, mais je ne le ferai pas de mon vivant. Il y a de par le monde et l'univers des choses qu'il vaut mieux que la majorité ignore, et je ne me suis pas départi de la position que nous avons tous prise à l'époque de l'horreur : personnel du musée, médecins, journalistes et policiers. En même temps il paraissait convenable qu'une affaire d'une telle importance scientifique et historique ne soit pas complètement passée sous silence, d'où cet exposé que j'ai préparé à l'usage des étudiants sérieux. Je vais le placer parmi divers papiers à examiner après ma mort et je m'en remets à mes exécuteurs testamentaires du soin de décider ce qu'ils en feront. Certaines menaces et des événements insolites survenus au cours de ces dernières semaines m'ont porté à croire que ma vie – et celle d'autres fonctionnaires du musée – court un certain péril en raison de l'inimitié de plusieurs cultes secrets largement répandus, parmi des fidèles, asiatiques, polynésiens, et des mystiques de tous genres; il est par conséquent possible que le travail des exécuteurs testamentaires ne soit pas remis à une date très lointaine.

(Note de l'exécuteur testamentaire : *Le Dr Johnson est mort subitement et assez mystérieusement d'une crise cardiaque le 22 avril 1933. Wantworth Moore, taxidermiste du musée avait disparu vers le milieu du mois précédent. Le 18 février de la même année, le Dr William Minot, qui supervisait une dissection en relation avec l'affaire, avait été poignardé dans le dos et était mort le lendemain.*)

Le véritable début de l'horreur, je suppose, se situe en 1879 – longtemps avant je ne prenne mes fonctions de conservateur – lorsque le musée fit l'acquisition de cette effrayante, inexplicable momie, cédée par l'*Orient Shipping Company*. Sa découverte était en elle-même mystérieuse et pleine de menaces: elle provenait d'une crypte d'une origine inconnue et d'une antiquité fabuleuse sur un morceau de terre surgi soudain du fond du Pacifique.

Le 11 mai 1878, le capitaine Charles Weatherbee du cargo *Eridanus*, parti de Wellington, Nouvelle-Zélande, pour se rendre à Valparaiso, Chili, avait aperçu une nouvelle île qui ne figurait sur aucune carte et qui était évidemment d'origine volcanique. Elle avait émergé d'un seul coup sous la forme d'un tronc de cône. Les hommes d'une équipe de débarquement, sous les ordres du capitaine Weatherbee, notèrent les indices d'une submersion prolongée sur les pentes raboteuses qu'ils escaladèrent, tandis qu'au sommet se remarquaient des traces de destruction récente, comme sous l'effet d'un tremblement de terre. Parmi les débris éparpillés se trouvaient de grosses pierres auxquelles on avait donné, cela était manifeste, artificiellement une forme; un examen rapide révéla la présence de vestiges de cette maçonnerie préhistorique cyclopéenne découverte sur certaines îles du Pacifique et constituant un casse-tête archéologique jamais résolu.

Finalement les marins entrèrent dans une crypte de pierre massive, considérée comme ayant fait partie d'un édifice beaucoup plus grand qui à l'origine avait dû être souterrain. C'est dans un des coins que la terrible momie était blottie. Après avoir un instant frôlé la panique – causée en partie par d'étranges sculptures dont les murs étaient recouverts – les hommes se décidèrent à emporter la momie à bord, mais ils n'y touchèrent qu'avec crainte et à contrecœur. Tout près du corps, comme s'il avait été jadis dans ses vêtements, se trouvait un cylindre d'un métal inconnu contenant un rouleau d'une membrane très fine, d'un blanc bleuâtre, de nature également inconnue, portant des inscriptions dans des caractères particuliers, tracés au moyen d'un pigment grisâtre impossible à identifier. Au centre du vaste sol de pierre se trouvait quelque chose qui faisait penser à une trappe, mais le détachement n'avait pas de matériel assez puissant pour le déplacer.

Le Cabot Museum venait, à l'époque, de s'installer; ses dirigeants, après avoir lu le maigre rapport de cette découverte, prirent immédiatement leurs dispositions pour faire l'acquisition de la momie et du cylindre. Le conservateur Pickman fit personnellement le voyage de Valparaiso et fréta un schooner pour rechercher la crypte où la découverte avait été faite, mais échoua complètement. A la position exactement repérée de l'île, on ne pouvait rien discerner d'autre qu'une étendue de mer que rien ne venait interrompre et les chercheurs se rendirent compte que les mêmes forces sismiques qui avaient fait soudain surgir cette île l'avaient fait sombrer à nouveau dans les profondeurs liquides où elle avait dormi pendant des siècles et des siècles. Le mystère de cette trappe impossible à bouger ne sera jamais résolu.

La momie et le cylindre restaient cependant. La première fut exposée à partir du début du mois de novembre 1879, dans le hall des momies du musée.

Le Cabot Museum of Archeology, qui se spécialise dans ces vestiges de civilisations antiques et inconnues qui n'appartiennent pas au domaine de l'art, est une petite institution à peine connue, mais très estimée dans les milieux scientifiques. Il se trouve au cœur du district exclusif de Beacon-Hill à Boston, sur Mt-Vernon Street, près de Joy. Il occupe une ancienne demeure privée à laquelle une aile a été ajoutée à l'arrière. Il était une source de fierté pour ses voisins austères jusqu'à ce que ces terribles événements récents lui aient apporté une notoriété indésirable.

La salle des momies située sur le côté ouest de la demeure d'origine (dont les plans furent dressés par Bulfinch et qui fut construite en 1819), au deuxième étage, est à juste titre considérée par les historiens et les anthropologistes comme abritant la plus grande collection d'Amérique de ce genre. On peut trouver là les exemples typiques de l'embaumement égyptien depuis les premiers spécimens Sakkarah jusqu'aux plus récents essais coptes du VIIIe siècle; des momies émanant d'autres civilisations, y compris les spécimens préhistoriques indiens découverts récemment dans les îles Aléoutiennes; silhouettes de Pompéiens agonisants moulées en plâtre dans les creux tragiques laissés dans les cendres ayant envahi les ruines; corps momifiés naturellement provenant des mines et d'autres excavations dans toutes les parties du globe – certaines surprises et ensevelies dans les positions grotesques causées par leur terrible et dernière lutte contre la mort – bref, tout ce qu'on s'attend à trouver dans une collection de ce genre. En 1879, celle-ci était moins étendue qu'aujourd'hui, mais elle était déjà remarquable. Mais cette chose bouleversante venant de la crypte primitive cyclopéenne sur une île éphémère surgie des flots avait toujours été son attraction la plus marquante et du mystère le plus impénétrable.

La momie était celle d'un homme de taille moyenne d'une race inconnue, et avait été fixée dans une attitude particulière, accroupie. La figure, à moitié cachée derrière des mains en forme de griffes avait une mâchoire inférieure proéminente, tandis que les traits ratatinés exprimaient une terreur si affreuse que peu de spectateurs pouvaient supporter ce spectacle sans broncher. Les yeux étaient fermés, avec des paupières appliquées étroitement sur des globes oculaires apparemment bombés et protubérants. Des touffes de cheveux et de barbe subsistaient et la couleur de l'ensemble était une sorte de gris terne. Au point de vue contexture, la chose était moitié comme du cuir, moitié comme de la pierre; elle posait ainsi une énigme insoluble aux experts qui essayaient de s'assurer de la façon dont elle avait été embaumée. Par endroits des fragments de sa substance avaient été rongés par le temps et la décomposition. Des tissus d'une matière particulière, avec des traces de dessins inconnus, tenaient encore à l'objet.

On pouvait à peine dire au juste ce qui le rendait aussi horrible et repoussant. Tout d'abord il y avait l'impression subtile et indéfinissable d'une antiquité sans limites et quelque chose d'absolument étranger qui impressionnait comme lorsqu'on plonge le regard depuis le bord d'un gouffre monstrueux dans des ténèbres insondées, mais avant tout c'était l'expression de folle terreur qui se lisait sur cette face prognathe, ridée, à moitié dissimulée. Un tel symbole de terreur infinie, étrangère à l'humain, cosmique, ne pouvait pas ne pas communiquer son émotion au spectateur, au milieu d'un nuage inquiétant de mystère et de vaine conjecture.

Parmi les quelques connaisseurs qui fréquentaient le Cabot Museum, cette relique d'un monde antique et oublié acquit une notoriété de mauvais aloi, bien que l'isolement et la politique de discrétion de l'institution lui aient évité de devenir une célébrité populaire telle que le Géant de Cardiff. Au siècle dernier, la pratique du battage n'avait pas encore atteint le domaine de la science au point où elle a réussi à le faire depuis. Naturellement, des savants de divers genres ont fait de leur mieux pour classer cet objet effrayant, mais sans jamais y parvenir. Les théories d'une civilisation disparue du Pacifique, dont les statues de l'île de Pâques et les constructions mégalithiques de Ponape et de Nan-Matal pourraient être des vestiges, circulaient largement parmi les étudiants et des journaux scientifiques publiaient des spéculations variées et souvent contradictoires sur l'existence possible d'un continent dont les sommets survivraient sous la forme des milliers d'îles de la Mélanésie et de la Polynésie. La diversité des dates attribuées à cette hypothétique civilisation éteinte – ou continent – fut immédiatement embarrassante et amusante. Cependant quelques allusions qui en donneraient une confirmation surprenante ont été retrouvées dans certains mythes de Tahiti et d'autres îles.

Pendant ce temps l'étrange cylindre et son rouleau déconcertant couvert de hiéroglyphes inconnus, soigneusement conservés à la bibliothèque du musée, recevaient l'attention qu'ils méritaient. Il n'y avait aucun doute : ils avaient un rapport certain avec la momie. Tout le monde se rendait donc compte qu'en éclaircissant le mystère qu'ils présentaient on éluciderait en même temps, selon toute probabilité, le mystère de l'horreur ridée. Le cylindre, de dix centimètres environ de long sur deux centimètres de diamètre était fait d'un métal étrangement irisé qui défiait complètement l'analyse chimique et semblait insensible à tous les réactifs. Il était étroitement fermé par un couvercle de même substance et portait des motifs gravés de caractère évidemment décoratif et peut-être aussi symbolique, dessins conventionnels qui semblaient obéir à un système de géométrie particulièrement étranger au nôtre, paradoxal, et plutôt difficile à décrire.

Le rouleau qu'il contenait n'était pas moins mystérieux, il était fait d'une membrane mince, d'un blanc bleuté, impossible à analyser, enroulée autour d'un mince bâton fait du même métal que le cylindre. Déroulé, il avait environ soixante centimètres de longueur. Les grands hiéroglyphes, nettement tracés à la plume ou au pinceau avec un pigment gris défiant l'analyse, s'étendaient en une ligne étroite vers le centre du rouleau. Ils ne ressemblaient à rien de connu des linguistes et des paléographes et ils ne purent être déchiffrés bien qu'on en ait envoyé des photographies à tous les experts en cette matière.

Il est vrai que certains savants, exceptionnellement versés dans la littérature occultiste et magique, trouvèrent de vagues ressemblances entre certains de ces hiéroglyphes et des symboles primitifs décrits ou cités dans deux ou trois textes très anciens, obscurs et ésotériques tels que le *Livre d'Eibon*, qu'on dit provenir de l'Hyperborée, continent oublié; les fragments Pnakotiques, supposés être préhumains; et le monstrueux *Necronomicon*, ouvrage interdit d'un Arabe fou, Abdul Alhazred. Cependant toutes ces ressemblances étaient sujettes à discussion. En raison de la mésestime dans laquelle sont tenues les études occultes, aucun effort n'a été fait pour faire circuler des copies de ces hiéroglyphes parmi les spécialistes des questions mystiques. Si cela avait été fait dès cette date, la suite de cette affaire aurait pu être très différente; à dire vrai, un coup d'œil jeté à ces hiéroglyphes par n'importe quel lecteur de l'horrible ouvrage de Von Junzt, *Cultes sans nom*, aurait permis d'établir un lien significatif, à ne pas s'y tromper. Cependant, à cette époque, les lecteurs de cette monstrueuse infamie étaient extrêmement peu nombreux. Les exemplaires en avaient été incroyablement rares pendant la période s'étendant entre la destruction de l'édition originale de Düsseldorf (1839) et de la traduction de Bridewell (1845) et la publication, par les Golden Goblin Press en 1909, d'une réimpression expurgée. Pratiquement, aucun occultiste, aucun spécialiste des légendes ésotériques d'une antiquité reculée n'a eu son attention attirée sur cet étrange rouleau jusqu'à l'explosion récente due au journalisme à sensation qui a fait atteindre très rapidement à l'horreur son point culminant.

II

Les choses ont ainsi traîné pendant le demi-siècle qui a suivi l'installation de l'effrayante momie dans le musée. Le terrible objet jouissait d'une célébrité locale parmi les Bostoniens cultivés, mais rien de plus; tandis que l'existence même du cylindre et du rouleau – après dix ans de recherches vaines – avait été pratiquement oubliée. On était si réservé et si conservateur au Cabot Museum qu'aucun reporter, aucun rédacteur d'articles à sensation n'avait jamais pensé à envahir ses locaux où rien ne se passait pour se lancer à la recherche de sujets capables d'émoustiller la curiosité du grand public.

Le grand battage a commencé au cours du printemps de 1931 lorsqu'un achat en quelque sorte spectaculaire a mis le musée en vedette dans les colonnes des grands quotidiens. Il s'agissait d'objets étranges, de corps inexplicablement bien conservés découverts dans des cryptes au-dessous des ruines presque entièrement disparues et d'une triste célébrité du château de Fausses-Flammes dans l'Aveyron, en France. Fidèle à sa politique d'esbroufe, le *Boston Pillar* envoya pour couvrir l'incident un rédacteur de son édition du dimanche. Celui-ci étoffa son article par un exposé général et exagéré sur l'institution elle-même. Et ce jeune homme – Stuart Reynolds – fit allusion à la momie sans nom comme susceptible de faire sensation et de surpasser de loin les acquisitions récentes justifiant sa mission. Une teinture de tradition théosophique, un goût particulier pour les spéculations d'écrivains tels que le colonel Churchward et Lewis Spence concernant les continents perdus et les civilisations primitives oubliées, mettaient Reynolds particulièrement en éveil à l'égard d'une relique séculaire telle que la momie inconnue.

Au musée, le reporter se rendit intolérable par

des questions constantes et pas toujours intelligentes, des demandes incessantes pour qu'on déplace des objets se trouvant dans des vitrines afin de mettre les photographes en mesure d'opérer suivant des angles inusités. Dans la bibliothèque du sous-sol, il passait des heures à examiner l'étrange cylindre de métal et sa membrane roulée, en les photographiant sous tous les angles et en prenant des images des hiéroglyphes jusque dans le moindre détail. Il demandait de même à consulter tous les livres ayant un rapport quelconque avec les cultures primitives et les continents engloutis. Il restait trois heures à prendre des notes et ne s'en allait que pour se précipiter à Cambridge dans le but de jeter un coup d'œil – si on l'y autorisait – sur l'abhorré et interdit *Necronomicon* à la Widener Library.

L'article parut le 5 avril dans le *Pillar* du dimanche; il était agrémenté de photographies de la momie, du cylindre, du rouleau aux hiéroglyphes et rédigé dans ce style particulier, minaudier et infantile que le *Pillar* affecte de prendre pour le bénéfice de sa vaste clientèle, composée de débiles mentaux. Farci d'inexactitudes, d'exagérations, d'affirmations sensationnelles, cet article était justement le genre de choses qui chatouillent les gens sans cervelle et qui stimulent l'intérêt de la masse. Le résultat, c'est que le musée, naguère si tranquille, commença à être envahi de foules de curieux jacassant et regardant d'un œil vide, comme ses galeries imposantes n'en avaient jamais connu.

Malgré la puérilité de l'article, il y avait tout de même aussi des visiteurs cultivés et intelligents. Les photos parlaient d'elles-mêmes. Il arrive également à beaucoup de gens ayant atteint la maturité intellectuelle de jeter accidentellement un coup d'œil au *Pillar*. Je me rappelle un très étrange personnage qui fit son apparition dans le courant novembre, brun, portant un turban, avec une barbe fournie, une voix étudiée, sans naturel, un visage curieusement dépourvu d'expression, des mains grassouillettes protégées par d'absurdes mitaines blanches. Il donna comme adresse une rue sordide du West-End et se faisait appeler « Souhami Chandrapurta ». Ce garçon était incroyablement érudit en sciences occultes. Il parut profondément et sérieusement ému par la ressemblance des hiéroglyphes du rouleau avec certains signes symboles d'un monde très ancien oublié sur lequel il avait des connaissances intuitives.

Vers le mois de juin, la célébrité de la momie et du rouleau avait gagné des régions très éloignées de Boston. Le musée recevait des demandes de renseignements, d'autorisation de photographier de la part d'occultistes et de savants s'intéressant aux arcanes répartis dans le monde entier. Ce n'était pas non plus très agréable pour notre personnel, puisque nous sommes une institution scientifique sans sympathie particulière pour les rêveurs du fantastique. Cependant, nous répondions poliment à toutes les questions. Comme résultat de ces initiations, il y eut dans *The Occult Review* un article hautement érudit du fameux mystique de La Nouvelle-Orléans, Etienne-Laurent de Marigny, dans lequel il affirmait la complète identité de quelques-uns des curieux dessins géométriques du cylindre irisé et de plusieurs hiéroglyphes de la membrane enroulée avec certains idéogrammes d'une horrible signification (transcrits d'après les monolithes primitifs ou d'après les rituels secrets de certaines bandes occultes de savants et de dévots ésotériques) reproduits dans la *Black Book* ou *Cultes sans nom* de Von Junzt, ouvrage infernal et supprimé.

De Marigny rappelait la mort épouvantable de Von Junzt en 1840, un an après la publication de ce terrible ouvrage à Düsseldorf et commentait ses sources d'information à vous glacer le sang, et en partie suspectes. Par-dessus tout, il insistait sur le degré extraordinaire auquel étaient applicables les contes avec lesquels Von Junzt établissait des liens pour la plupart des idéogrammes reproduits par lui. Quant au fait que ces contes, dans lesquels étaient expressément mentionnés un cylindre et un rouleau, faisaient penser d'une manière digne d'être remarquée à une relation avec les objets exposés au musée, personne ne pouvait le nier. Cependant, ils étaient d'une telle extravagance, à vous couper le souffle – en supposant des déplacements dans le temps difficiles à croire et de telles anomalies fantastiques d'un monde ancien oublié – qu'on peut beaucoup plus facilement les admirer que leur ajouter créance.

Les admirer, c'est parfaitement ce que le public a fait car la presse du monde entier les a reproduits. Des articles illustrés sont sortis partout, racontant ou se proposant de raconter les légendes du *Livre Noir*, s'étendant sur l'horreur de la momie, comparant les dessins du cylindre et les hiéroglyphes du rouleau aux images reproduites par Von Junzt, et se laissant aller aux théories, aux spéculations les plus déchaînées, les plus sensationnelles et irrationnelles. Le nombre des entrées au musée fut triplé et l'étendue de l'intérêt suscité était attesté par un courrier pléthorique – pour la plus grande partie insensé et superflu – reçu au musée. La momie et son origine constituèrent apparemment pour les gens imaginatifs l'événement marquant de 1931-1932, rivalisant de près avec la dépression. Pour ma part, le principal effet de cette fureur fut de me faire prendre connaissance du monstrueux volume de Von Junzt dans l'édition Golden Goblin. Lecture qui me laissa étourdi et nauséeux; mais cependant heureux de ne pas avoir eu entre les mains la totale infamie représentée par le texte non expurgé.

III

Les balbutiements archaïques reproduits dans le *Livre Noir* et liés avec des graphismes et des symboles si proches parents de ceux que portaient le cylindre et le rouleau mystérieux étaient en vérité de nature à fasciner et à inspirer une terreur non négligeable. Franchissant d'un bond un incroyable gouffre temporel – au-delà de tous les continents, civilisations et races connus de nous – ils se rassemblaient autour d'une nation et d'un continent disparus des années embrumées, fabuleuses, de l'aube des temps... ceux auxquels la légende a donné le nom de Mu, et dont les vieilles tablettes rédigées dans la langue primitive Nacal parlent comme prospérant il y a deux cent mille ans, lorsque l'Europe ne donnait asile qu'à des entités hybrides, et lorsque l'Hyperborée disparue célébrait le culte sans nom du noir et amorphe Tsathoggua.

Il était question d'un royaume, ou d'une province, appelé K'naa dans un très ancien pays où les premiers humains avaient trouvé des ruines monstrueuses laissées par ceux qui avaient habité là auparavant, vagues incertaines d'entités inconnues qui s'étaient infiltrées en venant des étoiles et qui avaient vécu pendant des siècles sur un monde oublié, naissant. K'naa était un lieu sacré, car de son centre se dressaient vers le ciel les falaises de basalte désertes du Mont Yaddith-Gho, coiffées d'une gigantesque forteresse de pierres cyclopéennes, infiniment plus ancienne que l'humanité et construite par les rejetons étrangers de la sombre planète Yuggoth, qui avait colonisé la terre avant l'apparition de la vie terrestre.

La descendance de Yuggoth avait péri des siècles auparavant, mais avait laissé derrière elle la monstrueuse et terrible chose vivante qui ne peut jamais mourir, ce dieu infernal des démons Ghatanothoa qui était descendu dans les cryptes situées sous cette forteresse de Yaddith-Gho et qui y somnolait éternellement, bien qu'étant invisible. Aucun être humain n'avait jamais gravi les pentes du Yaddith-Gho ni vu cette abominable forteresse sauf de loin, comme un contour éloigné et géométriquement anormal. Cependant la plupart reconnaissaient que Ghatanothoa était toujours là, à se vautrer et se terrer dans des gouffres insoupçonnés sous les murailles mégalithiques. Il y avait toujours ceux qui croyaient qu'on devait faire des sacrifices à Ghatanothoa, de peur qu'il ne rampe hors de ses abysses cachés et n'aille dandiner son horrible corps à travers l'univers des hommes comme il avait fait une fois dans le monde primitif de la lignée de Yuggoth.

Les gens disaient que si on ne lui offrait pas de victimes, Ghatanothoa reviendrait à la lumière du jour et descendrait des falaises de basalte de Yaddith-Gho en apportant la mort à tous ceux qu'il pourrait rencontrer. Car aucun être vivant ne pouvait voir Ghatanothoa, ni une image parfaitement gravée de Ghatanothoa, même petite, sans subir un changement encore plus horrible que la mort. La vue du dieu ou de son image, toutes les légendes de la descendance de Yuggoth sont d'accord sur ce point, signifie paralysie et pétrification d'une nature singulièrement bouleversante : la victime est transformée en pierre et en cuir à l'extérieur, tandis qu'à l'intérieur le cerveau reste perpétuellement vivant, atrocement immobilisé et emprisonné à travers les siècles, et conscient d'une manière affolante du passage d'interminables époques d'inaction sans recours jusqu'à ce que le hasard et le temps arrivent à achever la décomposition de la coquille pétrifiée et le laisse exposé à la mort. La plupart des cerveaux, bien entendu, deviennent fous longtemps avant que ne survienne cette délivrance différée pendant des siècles. Il n'y avait pas d'yeux humains, disait-on, qui aient jamais aperçu Ghatanothoa, bien que le danger soit à présent aussi grand qu'il l'avait été pour la descendance de Yuggoth.

Et il y avait ainsi à K'naa un culte en l'honneur de Ghatanothoa. Chaque année douze jeunes guerriers et douze jeunes filles lui étaient sacrifiés. Ces victimes étaient offertes et brûlées sur des autels dans le temple de marbre voisin de la base de la montagne, car personne n'osait escalader les falaises de basalte de Yaddith-Gho ou s'approcher de la forteresse cyclopéenne préhumaine qui s'élevait sur sa crête. Vaste était le pouvoir des prêtres de Ghatanothoa, puisque c'était d'eux seuls que dépendait la protection de K'naa et de tout le pays de Mu de l'apparition pétrifiante de Ghatanothoa hors de son gîte souterrain inconnu.

Il y avait dans le pays cent prêtres du dieu noir, placé sous l'autorité d'Imash-Mo, le Grand-Prêtre qui avait le pas sur le Roi Thabou à la fête de Nath, et qui restait fièrement debout tandis que le Roi s'agenouillait devant l'autel dhorique. Chaque prêtre avait une maison de marbre, un coffre plein d'or, deux cents esclaves et cent concubines, outre l'immunité à l'égard de la loi civile et pouvoir de vie et de mort sur tous les sujets de K'naa, à l'exception des prêtres du Roi. Cependant, malgré ces défenseurs, la peur sévissait toujours de voir Ghatanothoa se glisser hors des profondeurs et descendre en titubant de la montagne avec de mauvaises intentions, pour apporter au genre humain l'horreur et la pétrification. Dans les dernières années, les prêtres interdisaient même aux hommes de deviner ou d'imaginer quel pouvait être son aspect terrifiant.

C'est pendant l'Année de la Lune Rouge (que Von Junzt situe à l'an 173 148 av. J.-C.) qu'un être humain a osé pour la première fois défier Ghatanothoa et sa menace sans nom. Cet hérétique hardi était T'yog, Grand-Prêtre de Shub-Niggurath et gardien du temple de cuivre du Bouc aux Mille Jeûnes. T'yog avait longtemps réfléchi aux pouvoirs des différents dieux. Il avait eu des rêves étranges et des révélations concernant la vie en ce monde et dans les mondes antérieurs. Finalement il acquit la certitude que les dieux favorables à l'homme pourraient l'aider à combattre les dieux hostiles. Il croyait que Shub-Niggurath, Nug et Yeg, aussi bien que Yig, le dieu-serpent, étaient prêts à se ranger aux côtés de l'homme contre la tyrannie et la présomption de Ghatanothoa.

Inspiré par la déesse mère, T'yog rédigea une formule étrange dans le Naacal hiératique de son ordre qui, croyait-il, protégerait son possesseur contre le pouvoir pétrifiant du dieu noir. Avec cette protection, se disait-il, il était peut-être possible à un homme hardi d'escalader les redoutables falaises de basalte et d'être le premier des êtres humains à pénétrer dans la forteresse cyclopéenne sous laquelle, disait-on, somnolait Ghatanothoa. Face à face avec le dieu, avec la puissance de Shub-Niggurath et de ses fils de son côté, T'yog s'estimait capable de l'amener à composition, ou tout au moins de délivrer le genre humain de la menace latente de ce dieu somnolent. Une fois l'humanité libérée par ses efforts, il n'y aurait aucune limite aux honneurs auxquels il pourrait prétendre. Tous ceux qui revenaient au prêtre de Ghatanothoa lui seraient obligatoirement transférés; il n'était pas inconcevable que la royauté ou même la divinité puissent se trouver à sa portée.

Ainsi T'yog écrivit sa formule de protection sur un rouleau en membrane de *phtagon* (d'après Von Junzt, il s'agit d'une peau interne existant chez une espèce éteinte de lézard, le yakith) et enfermé dans un cylindre gravé de *lagh*, le métal apporté de Yuggoth par les Anciens et qui ne se trouve dans aucune mine de la terre. Ce charme, emporté dans sa robe, le protégerait contre la menace de Ghatanothoa, il rétablirait même dans leur état antérieur les victimes pétrifiées du dieu noir si cette entité monstrueuse sortait jamais et commençait ses dévastations. Il se proposait ainsi de gravir la montagne que tout le monde évitait et qui était inviolée par l'homme, de pénétrer dans la citadelle de pierres cyclopéennes aux angles étranges et d'affronter le démon du mal dans sa tanière. Personne ne pouvait deviner ce qui s'ensuivrait; mais l'espoir d'être le sauveur de l'humanité donnait de la force à sa volonté.

Cependant, il avait compté sans la jalousie des prêtres de Ghatanothoa, soucieux de conserver leurs prérogatives et leur existence choyée. Dès qu'ils entendirent parler de son plan ils lancèrent des clameurs frénétiques contre ce qu'ils appelaient un sacrilège, en disant qu'aucun homme ne pouvait avoir le dessus sur Ghatanothoa et que tout effort pour le supplanter ne ferait que l'inciter à se lancer dans un massacre infernal du genre humain qu'aucun enchantement, aucune intervention des prêtres ne pourrait détourner. Grâce à ces cris de protestation, ils espéraient rendre l'opinion publique hostile à T'yog. Cependant le peuple aspirait tellement à être libéré de Ghatanothoa, avait si grande confiance dans l'habileté et le zèle de T'yog que ces manœuvres n'eurent aucun résultat. Même le Roi, qui était habituellement un fantoche entre les mains des prêtres, refusa d'interdire l'audacieux pèlerinage de T'yog.

C'est alors que les prêtres de Ghatanothoa firent par la ruse ce qu'ils n'avaient pas réussi à faire ouvertement. Une nuit, Imash-Mo, le Grand-Prêtre, s'introduisit dans la chambre que T'yog occupait dans le temple et pendant son sommeil lui déroba le cylindre de métal. Il sortit silencieusement le rouleau actif et mit à sa place un autre rouleau très semblable, mais cependant assez différent pour n'avoir aucun pouvoir contre un dieu ou un démon. Après avoir glissé de nouveau le cylindre dans le vêtement du dormeur, Imash-Mo était satisfait, car il y avait bien peu de chances pour que T'yog examine à nouveau le contenu de ce cylindre. Se croyant lui-même protégé par le véritable rouleau, l'hérétique gravirait la montagne interdite pour s'introduire en présence du démon. Ghatanothoa, qui ne serait plus mis en échec par la magie s'occuperait du reste.

Il n'était plus nécessaire aux prêtres de Ghatanothoa de prêcher contre le défi qui avait été lancé. Que T'yog poursuive son chemin et rencontre son destin. Et les prêtres vénéreraient toujours en secret le rouleau dérobé, le charme véritable et puissant. Il serait transmis d'un Grand-Prêtre à son sucesseur et utilisé à l'avenir dans toute circonstance fâcheuse, lorsqu'il serait nécessaire de contrarier la volonté du dieu-démon. Imash-Mo dormit donc paisiblement pendant le reste de la nuit, avec le vrai rouleau dans un nouveau cylindre qui avait été préparé pour le recevoir.

A l'aube du Jour des Flammes-du-Ciel (appellation non précisée par Von Junzt), T'yog au milieu des prières et des litanies du peuple, avec la bénédiction du Roi Thabou sur sa tête, partit à l'assaut de la terrible montagne, un bâton de bois de tlath à la main droite. Dans sa robe se trouvait le cylindre contenant ce qu'il prenait pour le véritable charme, car, bien entendu, il n'avait pas découvert l'imposture. Il n'avait pas vu non plus la moindre ironie dans les prières qu'Imash-Mo et les autres prêtres de Ghatanothoa avaient entonnées pour son salut et son succès.

Pendant toute la matinée le peuple resta là, à regarder diminuer la silhouette de T'yog luttant contre les difficultés de cette pente maudite de basalte qu'aucun pied humain n'avait jamais foulée. Un bon nombre d'entre eux restèrent là longtemps après qu'il eut disparu en un point où une corniche contournait la montagne pour aboutir au versant caché. Cette nuit-là quelques dormeurs aux sens aiguisés crurent entendre un léger tremblement secouer le pic détesté; tandis que les autres se moquaient d'eux. Le lendemain, ils furent une foule à surveiller la montagne en priant, et en se demandant quand T'yog allait revenir. De même le jour suivant, et le surlendemain. Pendant des semaines on espéra et on attendit, puis, tout le monde se mit à pleurer. Et personne n'a jamais revu T'yog qui aurait délivré le genre humain de ses terreurs.

Par la suite, la présomption de T'yog faisait frissonner et l'on essayait de ne pas penser à la punition que son impiété lui avait valûe. Et les prêtres de Ghatanothoa sourirent de ceux qui auraient voulu s'opposer à la volonté du dieu ou mettre en doute son droit à des sacrifices. Plus récemment, le peuple apprit la ruse d'Imash-Mo; cependant cette révélation n'amena aucun changement dans le sentiment général : il valait mieux laisser Ghatanothoa tranquille. Personne n'osa plus jamais le défier. Et les siècles s'écoulèrent ainsi, un Roi succéda à un autre Roi, un Grand-Prêtre à un autre Grand-Prêtre, les nations grandirent et tombèrent en décadence, des continents surgirent de la mer et furent de nouveau submergés. Et au bout de bien des millénaires K'naa fut atteint par la décrépitude, jusqu'à ce que finalement, par une affreuse journée de tempête et de tonnerre, de grondements terrifiants et de lames hautes comme des montagnes, tout le continent de Mu sombre pour toujours dans l'Océan.

Cependant, au cours des siècles plus récents, des fragments des secrets antiques se mirent à filtrer. Dans des terres lointaines se rencontrèrent les fugitifs aux visages gris qui avaient survécu à la colère des démons de la mer, et des cieux étrangers absorbèrent la fumée des autels érigés aux dieux et aux démons disparus. Personne ne savait dans quelles profondeurs insondables la montagne sacrée et la forteresse cyclopéenne du terrible Ghatanothoa avaient sombré, mais il y avait encore des gens pour chuchoter son nom et lui offrir des sacrifices innommables de crainte qu'il ne traverse en bouillonnant des lieues d'océans et ne vienne ramper parmi les hommes en semant l'horreur et la pétrification.

Dans l'entourage des prêtres dispersés se développèrent les rudiments d'un culte noir et secret, secret parce que le peuple des continents nouveaux avait d'autres dieux et d'autres démons et ne voyait que maléfices dans les cultes anciens et d'autres origines. Dans le cadre de ce culte bien des choses hideuses se faisaient, bien des objets étranges étaient adorés. On chuchotait qu'une certaine lignée de prêtres clandestins détenait encore le véritable talisman contre Ghatanothoa qu'Imash-Mo avait dérobé à T'yog pendant son sommeil; cependant il ne restait personne qui pût lire ou comprendre ces syllabes mystérieuses ou même deviner dans quelle partie du monde étaient situés le K'naa disparu, le terrible sommet du Yaddith-Gho, et la forteresse géante du dieu-démon.

Bien qu'il se soit principalement répandu dans ces régions du Pacifique autour desquelles Mu s'était autrefois étendu, il y avait des rumeurs concernant le culte clandestin et détesté de Ghatanothoa dans l'Atlantide au funeste destin, et sur le plateau abhorré de Leng. Von Junzt suppose sa présence dans le royaume souterrain fabuleux de K'nyan et donne des preuves nettes de sa pénétration en Egypte, en Chaldée, en Perse, en Chine, dans les empires sémites oubliés d'Afrique, au Mexique et au Pérou, dans le Nouveau-Monde, du fait qu'il ait eu de solides connexions avec le mouvement des sorciers en Europe, contre lequel furent vainement dirigées les bulles des papes. L'indignation générale, provoquée par des aperçus sur des rites affreux et des sacrifices sans nom, fit complètement disparaître un grand nombre de ses ramifications. Ce culte se réduisit en fin de compte à une activité souterraine pourchassée, obligée doublement à se cacher, mais pourtant son noyau n'a jamais pu être complètement détruit. Il a toujours survécu d'une manière ou d'une autre, principalement en Extrême-Orient, dans les îles du Pacifique, où ses enseignements reparaissent dans la tradition ésotérique de l'*Arreoi* polynésien.

Von Junzt fait des allusions subtiles et inquiétantes à son contact réel avec ce culte; si bien qu'au cours de ma lecture j'ai frissonné en pensant aux bruits qui couraient sur sa mort. Il a parlé du développement de certaines idées concernant l'apparition du dieu-démon, qu'aucun être humain à part le trop audacieux T'yog, qui n'est jamais revenu, n'a jamais vu et opposait cette habitude d'en discuter au tabou qui régnait dans le Mu antique contre toute tentative d'imaginer à quoi ressemblait cette horreur. Les murmures terrifiés et fascinés des dévots sur ce sujet étaient particulièrement effrayants. Murmures chargés de curiosité morbide concernant la nature exacte de ce avec quoi T'yog avait pu être mis en présence dans ce terrible édifice préhumain sur les redoutables montagnes aujourd'hui submergées avant que la fin (si c'en était une) n'intervienne, et je me sentais étrangement troublé par les références détournées et insidieuses du savant allemand à cet événement.

A peine moins troublantes étaient les conjectures de Von Junzt sur l'endroit où pouvait se trouver le rouleau dérobé de formules magiques contre Ghatanothoa, et sur l'usage qu'on pouvait désormais en faire. Malgré la conviction que j'avais que toute cette affaire était entièrement du domaine de la légende, je ne pus m'empêcher de frissonner à l'idée d'une résurgence tardive de ce dieu monstrueux et devant le tableau d'une humanité muée soudain en une race de statues anormales, dont chacune contiendrait captif un cerveau vivant condamné à rester conscient sans pouvoir bouger ni être secouru pendant un nombre inconnu de siècles à venir. Le vieux savant de Düsseldorf avait une façon empoisonnée de suggérer plus qu'il ne déclarait et je comprenais pourquoi son livre avait été supprimé dans tant de pays comme étant blasphématoire, dangereux et malsain.

J'étais crispé de répulsion, mais ce texte exerçait sur moi une fascination de mauvais aloi et je ne pus abandonner ma lecture avant de l'avoir terminé. Les prétendues reproductions des dessins et des idéogrammes provenant de Mu ressemblaient d'une façon frappante et merveilleuse aux gravures de cet étrange cylindre et aux caractères tracés sur le rouleau; tout l'exposé abondait en détails présentant une vague et irritante ressemblance avec ce qui touchait à l'affreuse momie. Le cylindre et le rouleau – la situation dans le Pacifique – l'idée persistante du vieux capitaine Weatherbee selon laquelle la crypte cyclopéenne où la momie avait été découverte s'était trouvée jadis sous un vaste édifice... j'étais en quelque sorte vaguement content que l'île volcanique ait été submergée avant qu'on ait pu ouvrir ce qu'on prenait pour une lourde trappe.

IV

Ce que j'avais lu dans le *Livre Noir* constituait une préparation diaboliquement adéquate aux nouvelles et aux événements plus récents qui se mirent à s'imposer à mon attention dès le printemps de 1932. Je me rappelle à peine quand au juste les rapports de plus en plus fréquents sur l'action de la police contre les cultes étranges et fantastiques d'Orient et d'ailleurs commencèrent à m'impressionner; mais, vers le mois de mai ou de juin je me rendis compte qu'il y avait, de par le monde, une surprenante et insolite poussée d'activité de la part d'organisations mystiques bizarres, occultes et ésotériques qui se tenaient habituellement tranquilles et dont on entendait rarement parler.

Je n'aurais vraisemblablement pas rapproché ces

comptes rendus des allusions de Von Junzt, ni de la vogue furieuse de la momie et du cylindre du musée dans le grand public s'il n'y avait pas eu certaines syllabes significatives et ressemblances persistantes – sur lesquelles la presse s'était appesantie pour faire sensation – dans les rites et les discours de différents célébrants de cultes secrets livrés à l'attention du public. En tout cas, je ne pouvais m'empêcher de remarquer avec un certain malaise le retour fréquent d'un nom – sous diverses formes corrompues – vers lequel semblait converger tout ce qui concernait le culte et qui visiblement était considéré avec un singulier mélange de respect et de terreur. Quelques-unes des formes citées étaient G'tanta, Tanotah, Than-Tha, Gatan et Ktan-Tah, et il n'était pas besoin des suggestions de mes correspondants occultistes à présent nombreux pour me faire apercevoir dans ces variantes une hideuse et suggestive parenté avec le nom monstrueux transcrit par Von Junzt comme Ghatanothoa.

Il y avait d'autres détails gênants. A chaque instant les rapports mentionnaient de vagues références effrayées à un « véritable rouleau », une chose à laquelle semblaient suspendues des conséquences bouleversantes et dont on disait qu'il se trouvait sous la garde d'un certain « Nagob », que ce soit ce nom-là ou un autre. De même, il y avait une répétition insistante d'un nom ressemblant à Tog, Tiok, Yog, Zob ou Yob et que ma conscience de plus en plus excitée rapprochait involontairement de T'yog, cet hérétique infortuné, suivant le nom qui lui est donné dans le *Livre Noir*. Ce nom était habituellement prononcé dans des phrases absconses telles que : « Il n'y a personne comme lui », « Il l'a regardé en face », « Il sait tout, bien qu'il ne puisse ni voir ni sentir », « Il en a transmis le souvenir à travers les siècles », « Le vrai rouleau le libérera », « Nagoth détient le vrai rouleau », « Il peut dire où le trouver ».

Il y avait sans aucun doute quelque chose de curieux dans l'air, et je ne fus pas surpris quand mes correspondants occultistes, de même que les journaux à sensation du dimanche se mirent à établir des relations entre les récentes agitations anormales et les légendes de Mu d'une part, et la récente exploitation de la terrifiante momie d'autre part. Les articles largement diffusés dans la première vague de publicité journalistique, avec leur façon d'insister pour établir un lien entre la momie, le cylindre, le rouleau et le conte du *Livre Noir*, et leurs spéculations démentes et fantastiques sur toute l'affaire, avaient très bien pu réveiller le fanatisme latent de centaines de fidèles appartenant à ces groupes insaisissables qui abondent dans notre monde complexe. Et les journaux ne cessaient d'amener de l'eau au moulin, car les articles concernant les agitations religieuses étaient encore plus étendus que la première série d'histoires merveilleuses.

A mesure qu'on avançait dans l'été, les employés remarquèrent un élément nouveau et curieux. Parmi la foule des visiteurs qui – après une accalmie ayant suivi la première vague de publicité – étaient de nouveau attirés au musée par un regain de vogue, il y avait de plus en plus souvent des gens à l'allure étrangère et exotique – des Asiates basanés, d'indéfinissables personnages à cheveux longs, et des hommes bruns barbus paraissant mal à l'aise dans des vêtements européens – qui demandaient invariablement la salle des momies et qu'on trouvait ensuite, extasiés, fascinés, en train de contempler le hideux spécimen originaire du Pacifique. Un courant silencieux et sinistre sous-jacent à ce flot d'étrangers excentriques semblait impressionner tous les gardiens et j'étais moi-même assez bouleversé. Je ne pouvais m'empêcher de penser aux agitations cultuelles sévissant justement parmi des exotiques de ce genre, et au rapport de ces agitations avec des mythes tous trop proches de l'effrayante momie et de son cylindre au rouleau.

A certains moments, j'étais tenté de ne plus exposer la momie, spécialement lorsqu'un gardien m'eut dit qu'il avait plusieurs fois aperçu des étrangers qui lui faisaient de curieux salamalecs, et avait vaguement entendu à l'heure où la foule s'éclaircit marmonner des mélopées ressemblant à des chants religieux ou rituels adressés à la momie. L'un des gardiens fut victime d'une curieuse hallucination à propos de l'horreur pétrifiée qui se trouvait bien à part, dans sa boîte de verre; il prétendait qu'il pouvait discerner de jour en jour certains changements vagues, subtils et infiniment légers dans la flexion crispée des pinces osseuses, dans l'expression affolée de terreur du visage de cuir. Il ne pouvait se défaire de l'affreuse idée que ses horribles yeux saillants étaient soudain sur le point de s'ouvrir.

C'est au début septembre, lorsque la foule des curieux s'étant éclaircie la salle des momies était parfois vide, qu'eut lieu la tentative pour arriver à la momie en découpant le verre de sa boîte. Le coupable, un Polynésien basané, surpris à temps par un gardien, fut maîtrisé avant qu'il y ait eu le moindre dommage. Soumis à un interrogatoire, il se trouva que c'était un Hawaiien connu pour son activité dans certains cultes clandestins, et affligé d'un épais dossier de police pour célébration de cultes et de sacrifices anormaux et inhumains. Quelques-uns des papiers découverts dans sa chambre étaient intrigants et troublants; ils comprenaient un grand nombre de feuillets couverts d'hiéroglyphes ressemblant étroitement à ceux du rouleau du musée et du *Livre Noir* de Von Junzt; mais on ne put l'amener à parler à leur sujet.

Une semaine à peine après cet incident, une autre tentative pour parvenir à la momie – cette fois en sabotant la serrure de sa caisse – aboutit à une seconde arrestation. Le délinquant, un Cinghalais, avait un dossier aussi long et déplaisant que celui de l'Hawaiien pour des activités cultuelles abominables; il fit montre d'une mauvaise volonté semblable quand il s'agit de parler aux policiers. Ce qui rendait ce cas doublement intéressant dans le sens des questions occultes c'était qu'un gardien l'avait remarqué à plusieurs reprises et entendu adresser à la momie des incantations contenant à ne s'y pas tromper le mot « T'yog » souvent répété. En conséquence, je doublai le nombre de gardiens dans la salle des momies et je leur prescrivis de ne jamais perdre de vue, même pour un moment, ce spécimen désormais célèbre.

Comme on peut l'imaginer, la presse fit beaucoup de bruit autour de ces deux incidents; elle reprit ses développements sur la primitive et fabuleuse Mu et prétendit hardiment que la hideuse momie n'était autre que T'yog, l'audacieux hérétique, pétrifié par quelque chose qu'il avait vu dans la citadelle préhumaine où il avait pénétré, et gardé intact pendant 175 000 ans d'histoire turbulente de notre planète. On disait avec insistance et répétait de la façon la plus sensationnelle que les dévots étrangers représentaient des cultes issus de Mu et qu'ils adoraient la momie – ou peut-être même essayaient de la rappeler à la vie par leurs charmes et leurs incantations.

Les auteurs exploitaient l'insistance des vieilles légendes à affirmer que le *cerveau* des victimes de Ghatanothoa, pétrifiées, restait conscient et intact – cela servait de point de départ aux spéculations les plus effrénées et les plus improbables. La mention d'un « vrai rouleau » était également l'objet de l'attention qui convenait – la théorie populaire prédominante étant que le charme contre Ghatanothoa qui avait été dérobé à T'yog existait encore quelque part et que les pratiquants de ce culte essayaient de le mettre en contact avec T'yog lui-même dans un but qu'ils connaissaient. Un résultat de cette exploitation fut qu'une troisième vague de visiteurs se mit à envahir le musée, bouche bée et à contempler la momie infernale qui servait de point de départ à toute cette étrange et troublante affaire.

C'est parmi cette vague de spectateurs – qui, pour un grand nombre, étaient venus à plusieurs reprises – que les racontars concernant les vagues changements survenus dans l'aspect de la momie commencèrent à se répandre. Je suppose – malgré l'idée troublante qu'avait eue ce gardien nerveux quelques mois auparavant – que le personnel du musée était trop habitué à voir constamment des formes étranges pour prêter attention aux détails; en tout cas, ce furent les murmures excités des visiteurs qui finirent par éveiller l'attention des gardiens sur cette mutation subtile qui apparemment progressait. Presque au même instant, la presse s'en emparait, avec les résultats de mauvais goût qu'on imaginera aisément.

Naturellement, j'ai accordé à l'affaire mon attention la plus poussée et, vers le milieu d'octobre, j'eus la certitude qu'une désintégration caractérisée de la momie était en cours. Grâce à l'influence physique ou chimique d'un principe se trouvant dans l'air, les fibres moitié pierre, moitié cuir paraissaient se relâcher graduellement, et causer des variations discernables dans les angles des membres et certains détails d'expression du visage tordu par la frayeur. Après un demi-siècle de parfaite conservation, se produisait une évolution hautement déconcertante; je fis examiner soigneusement et à plusieurs reprises cet objet macabre par le taxidermiste du musée, le Dr Moore. Il me rendit compte d'un relâchement et d'un assouplissement généraux. Il administra deux ou trois pulvérisations astringentes, mais n'osa rien tenter de radical par crainte de provoquer un effritement soudain et une décomposition accélérée.

L'effet de cet ensemble de choses sur les foules ébahies fut curieux. Jusque-là toute information sensationnelle répandue par la presse avait amené de nouvelles vagues de visiteurs qui regardaient de tous leurs yeux et chuchotaient, mais à présent – bien que les journaux aient dit des inepties sans fin – le public semblait avoir acquis un sentiment bien net de frayeur qui surpassait même sa curiosité morbide. Il paraissait sentir qu'une aura sinistre flottait sur le musée et, d'un niveau élevé, la fréquentation tomba nettement au-dessous de la normale. Cela n'en donna que plus d'importance au flot d'étrangers bizarres qui continuaient à infester l'établissement, toujours aussi nombreux.

Le 18 novembre un Péruvien de race indienne fut atteint d'une étrange crise de nerfs ou d'épilepsie devant la momie. Ensuite, sur son lit d'hôpital, il hurlait : « Il a essayé d'ouvrir les yeux! » – « T'yog a essayé d'ouvrir les yeux et il m'a regardé! » A ce moment je fus sur le point de retirer l'objet de l'exposition publique mais je me fis contrecarrer à une réunion de mes administrateurs, qui étaient très conservateurs. Cependant, je pouvais voir que le musée commençait à acquérir une mauvaise réputation dans son quartier austère et tranquille. Après cet incident je donnai des instructions pour qu'on ne permette de s'arrêter devant la monstrueuse relique du Pacifique que quelques minutes.

C'est le 24 novembre, après la fermeture du musée à cinq heures qu'un des gardiens remarqua que les yeux de la momie s'étaient très légèrement ouverts. Le phénomène était très peu accentué : un mince croissant de cornée seulement était devenu visible dans chaque œil. Mais il était pourtant du plus haut intérêt. Le Dr Moore, convoqué d'urgence, se préparait à examiner à la loupe les fragments de globe oculaire ainsi exposés quand cette manipulation eut pour résultat de faire se refermer solidement et complètement les paupières de cuir. Tous les efforts prudents pour les faire se rouvrir échouèrent et le taxidermiste n'osa pas utiliser de procédés énergiques. Quand il me rendit compte de tout cela au téléphone, je sentis monter une terreur difficile à concilier avec la futilité apparente de l'incident. Pendant un moment j'ai pu partager l'impression populaire d'après laquelle quelque démon, un fléau sans forme surgi des profondeurs insondées du temps et de l'espace, était suspendu comme une sombre menace au-dessus du musée.

Deux nuits plus tard un Philippin renfrogné tenta de se faire enfermer dans le musée après la fermeture. Arrêté et emmené au poste de police, il refusa même de donner son nom, et fut retenu comme suspect. Pendant ce temps la surveillance stricte assurée autour de la momie semblait décourager les étranges hordes d'étrangers. Du moins, le nombre de visiteurs exotiques baissa très nettement après la mise en vigueur des ordres de « circuler »

C'est aux toutes premières heures du matin, le jeudi 1er décembre, qu'on atteignit un terrible point culminant. A une heure environ ce furent d'horribles hurlements de terreur mortelle et d'angoisse venant du musée. Une série de coups de téléphone de voisins affolés fit entrer en scène rapidement et simultanément une escouade de police et plusieurs fonctionnaires du musée, moi compris. Quelques policiers cernèrent le bâtiment tandis que d'autres, accompagnant les fonctionnaires, entrèrent avec précaution. Dans la galerie principale, nous avons trouvé le cadavre du veilleur de nuit, mort par strangulation – un fragment de corde de chanvre indien encore noué autour du cou – et nous nous sommes rendu compte que malgré toutes les précautions prises, un ou plusieurs intrus, animés de noirs desseins, avaient pu pénétrer dans la place. Pour le moment, cependant, un silence de tombe, régnait partout et nous avions presque peur de monter jusqu'à l'aile fatale qui devait receler, nous le savions, l'origine de tout ce désordre. Nous nous sommes sentis un peu rassérénés après avoir donné partout de la lumière en manœuvrant les interrupteurs généraux de la galerie; nous avons finalement grimpé à contrecœur l'escalier en colimaçon et franchi un passage voûté donnant sur la salle des momies.

V

C'est à partir d'ici que les comptes rendus de cette affaire affreuse ont été censurés, car nous avons tous été d'accord : la connaissance par le public des conditions régnant sur la terre, impliquées dans ces nouvelles péripéties ne peut rien donner de bon. J'ai dit qu'avant de monter, nous avions inondé le bâtiment de lumière. A présent, sous les faisceaux frappant les boîtes brillantes et leur macabre contenu, nous vîmes se propager une muette horreur dont les détails déconcertants témoignaient d'événements dépassant complètement notre compréhension. Il y avait eu deux intrus qui, nous l'avons ensuite reconnu, avaient dû se cacher dans le bâtiment avant l'heure de la fermeture, mais ils ne seraient jamais exécutés pour le meurtre du veilleur de nuit. Ils avaient déjà expié.

L'un était Birman, et l'autre originaire des îles Fidji. Ils étaient connus l'un et l'autre de la police pour participer à la célébration de cultes effrayants et répugnants. Ils étaient morts, et plus nous les examinions, plus monstrueuse et indicible nous apparaissait la façon dont ils avaient péri. Sur leurs deux visages se peignait une terreur démente et inhumaine comme les policiers les plus endurcis n'en avaient jamais vu. Il y avait cependant de grandes et significatives différences entre l'état des deux corps.

Le Birman gisait effondré contre la boîte de l'indicible momie. Un carré de verre avait été très proprement découpé dans cette boîte. Dans sa main droite, il y avait un rouleau d'une membrane bleuâtre qui, je le vis aussitôt, était couverte d'hiéroglyphes grisâtres – presque une reproduction du rouleau contenu dans l'étrange cylindre de la bibliothèque de l'étage au-dessous, bien qu'une étude ultérieure ait fait apparaître de légères différences. Le corps ne portait aucune trace de violence et devant l'expression désespérée, mortellement angoissée du visage contorsionné, nous ne pouvions aboutir qu'à une seule conclusion : la mort de cet homme avait été causée par une véritable frayeur.

C'était cependant le Fidjien tout proche de lui qui devait nous causer le choc le plus violent. L'un des policiers fut le premier à le toucher et le cri de terreur qu'il poussa provoqua dans l'entourage un nouveau frisson. Nous aurions dû savoir d'après le gris mortel de cette figure qui avait été noire et qui était tordue par la peur, et de ces mains osseuses – dont l'une était restée crispée sur une torche électrique – qu'il y avait là quelque chose de hideusement anormal. Cependant, aucun d'entre nous n'était préparé à entendre ce que cet effleurement hésitant avait révélé au policier. Même à présent, je ne peux y penser sans atteindre au paroxysme de la peur et de la répulsion. Bref, cet intrus malheureux qui, moins d'une heure auparavant, était encore un solide Mélanésien bien vivant penché sur des démons inconnus était à présent devenu une chose rigide, d'un gris de cendre, transformée en pierre et en cuir, identique à tous points de vue à la relique blasphématoire vieille de siècles et de siècles, accroupie dans la boîte de verre qui venait d'être violée.

Mais ce n'était pas encore ce qu'il y avait de pire. L'état de l'effrayante momie atteignait le summum et accapara notre attention bouleversée avant même que nous nous intéressions aux corps gisant sur le sol. On ne pouvait plus qualifier de vagues et subtils les changements qu'elle avait subis, car des modifications radicales étaient intervenues dans sa posture. Elle s'était affaissée et effondrée en perdant curieusement sa rigidité. Ses pinces osseuses étaient descendues au point de ne plus recouvrir, même partiellement, son visage de cuir, affolé de terreur. Et – Dieu nous vienne en aide! – *ses yeux saillants et infernaux étaient grands ouverts et paraissaient regarder directement les deux intrus qui étaient morts de terreur ou de quelque chose de pire.*

Ce regard affreux de poisson mort était affreusement hypnotisant et il ne cessa de me hanter pendant tout le temps où nous avons examiné les corps des intrus. Il avait sur nos nerfs une influence affreusement étrange, car nous sentions en quelque sorte une curieuse rigidité s'étendre sur nous et paralyser nos plus simples mouvements – rigidité qui disparut ensuite très étrangement, lorsque nous nous sommes fait passer aux uns et aux autres le rouleau aux hiéroglyphes pour l'examiner. A chaque instant je sentais mon regard irrésistiblement attiré vers ces horribles yeux exorbités et quand je revins les étudier après avoir examiné les cadavres je crus remarquer quelque chose de très singulier sur la surface vitreuse de ces pupilles sombres et merveilleusement conservées. Plus je regardais, plus j'étais fasciné. Je finis par descendre dans mon bureau – malgré l'étrange raideur de mes membres, et j'en remontai une loupe très forte à objectifs multiples. Grâce à cet appareil j'entrepris un examen méticuleux, et à très courte distance, de ces pupilles de poisson, tandis que les autres se rassemblaient autour de moi, plongés dans l'expectative.

J'ai toujours été assez sceptique à propos de la théorie selon laquelle les scènes et les objets se photographieraient sur la rétine en cas de mort ou de coma. Cependant, à peine avais-je regardé à travers la lentille que je réalisai la présence d'une sorte d'image autre que la réflection de la pièce dans le système optique vitreux et saillant de ce rejeton sans nom des siècles. Il y avait certainement une scène qui se dessinait confusément sur cette rétine vieille de siècles et de siècles et je ne pouvais pas douter du fait qu'il s'agissait de la dernière chose que ces yeux avaient vue du vivant de cet être – il y avait d'innombrables millénaires. Elle s'effaçait régulièrement semblait-il, et je manipulai la loupe pour ajouter un nouvel objectif. Cependant cela devait être exact et net; même infiniment petit, lorsque – en réponse à quelque charme ou acte maléfique en relation avec leur visite – il s'était trouvé en face de ces intrus qui étaient mortellement terrifiés. Avec la lentille supplémentaire je pouvais distinguer bien des détails antérieurement invisibles et les gens groupés qui m'entouraient étaient suspendus à mes lèvres pendant que j'essayais de leur décrire ce que je voyais.

Car en l'an 1932, un homme de la ville de Boston était en train de regarder quelque chose qui appartenait à un monde inconnu et entièrement différent – un monde qui avait cessé d'exister et qui était sorti de la mémoire normale depuis des siècles et des siècles. Il y avait une vaste pièce – une salle de maçonnerie cyclopéenne – et il me semblait que je la voyais de l'un de ses coins. Sur les murs il y avait des sculptures si hideuses que même sous cette forme d'image imparfaite, leur caractère nettement blasphématoire et leur bestialité me rendaient malade. Je ne pouvais croire que ces choses aient été sculptées par des êtres humains ou que ceux qui les avaient faites aient jamais vu des êtres humains quand ils ont donné forme à ces silhouettes effrayantes qui regardaient l'observateur. Au centre de la salle se trouvait une trappe de pierre colossale, relevée pour permettre la sortie d'un objet venant d'en dessous. Cet objet aurait dû être clairement visible – à dire vrai il devait l'être lorsque les yeux se sont ouverts pour la première fois devant les intrus frappés de terreur – bien que sous ma loupe il n'y eût qu'une tache monstrueuse.

Il se trouvait que lorsque je fis intervenir un

grossissement supplémentaire, je n'étudiais que l'œil droit. Un peu plus tard, j'aurais souhaité avec ferveur que mes recherches se fussent arrêtées là. Cependant, j'étais pris du zèle de la découverte et de la révélation et je fis passer mes lentilles puissantes devant l'œil gauche de la momie dans l'espoir de trouver sur cette rétine, une image moins effacée. Mes mains tremblantes, et affligées d'une raideur anormale due à une influence obscure étaient longues à mettre la loupe au point, mais peu de temps après je me rendis compte que l'image était moins effacée que sur l'autre œil. Je vis dans un éclair morbide et à demi distincte l'intolérable chose qui se hissait au travers de cette trappe prodigieuse, dans cette crypte cyclopéenne datant de temps immémoriaux et appartenant à un monde disparu – et je tombai évanoui en poussant un cri inarticulé dont je n'ai même pas honte.

Le temps que je reprenne mes esprits et il n'y avait plus rien dans aucun des deux yeux de la monstrueuse momie. Le sergent Keefe de la police regarda avec ma loupe car je ne pouvais me résoudre à me trouver encore une fois en face de cette entité anormale. Je remerciai les puissances du cosmos de ne pas avoir regardé plus tôt. Il me fallut toute ma volonté et beaucoup de sollicitations pour me faire rendre compte de ce que j'avais aperçu dans ce hideux moment de révélation. A dire vrai, je ne pus parler que lorsque nous nous fûmes tous retrouvés dans mon bureau à l'étage en dessous, hors de la vue de cette chose démoniaque qui ne pouvait pas être. Car j'avais commencé à recueillir les notions les plus terribles et les plus fantastiques sur la momie, avec ses yeux vitreux et saillants. C'est qu'elle était douée d'une sorte de conscience infernale; elle voyait tout ce qui se passait devant elle et elle essayait en vain de communiquer quelque message effrayant surgi des abîmes du temps. Cela revenait à devenir fou, mais finalement je pensai que je pourrais mieux m'en sortir si je disais ce que j'avais à moitié vu.

Après tout, ce n'était pas long à dire. J'avais vu se glisser et surgir hors de la trappe béante de la crypte cyclopéenne une monstruosité béhémothesque si incroyable que je ne pouvais pas douter de son pouvoir de tuer par sa simple vue. Même aujourd'hui je ne peux entreprendre de l'évoquer par aucun des mots dont je dispose. Je pourrais qualifier cela de gigantesque – tentaculaire – proboscidien – à l'œil de pieuvre – à demi amorphe – plastique – en partie squameux et en partie rugueux – pouah! Mais rien de ce que je pourrais dire ne serait jamais capable de laisser entrevoir la répugnante horreur, impie, non humaine, extragalactique, et la malfaisance haïssable et indescriptible de ce rejeton interdit du noir chaos et de la nuit éternelle. Tandis que j'écris ces mots, les images mentales qui s'y associent me font tomber à la renverse, en proie à la nausée. En disant ce que j'avais vu aux hommes qui m'entouraient dans le bureau, il me fallait lutter pour conserver la conscience que j'avais retrouvée.

Mes auditeurs n'étaient pas moins émus que moi. Pendant un bon quart d'heure, personne n'éleva la voix au-dessus du murmure et il y eut des références terrifiées à demi furtives aux légendes terribles du *Livre Noir*, aux récentes histoires des journaux à propos d'agitation cultuelle, et aux récents événements s'étant produits dans le musée. Ghatanothoa... Même sa plus petite image parfaite peut pétrifier... T'yog – le faux rouleau – il n'est jamais revenu – le vrai rouleau qui peut détruire la pétrification complètement ou partiellement – est-ce que cela a survécu? – Les cultes infernaux – les phrases entendues – « Il n'y en a pas d'autre que lui » – « Il a posé les yeux sur son visage » – « Il sait tout, bien que ne pouvant ni voir, ni sentir » – « Il a transmis le souvenir à travers les siècles » – « Le vrai rouleau le libérera » – « Nagob détient le vrai rouleau » – « Il peut dire où le trouver ».

Seule la grisaille apaisante de l'aube nous ramena à la raison. Et cette raison fit considérer ce que j'avais vu comme une affaire terminée – une chose qui ne devrait pas être expliquée et à laquelle il ne faudrait plus penser.

Nous n'avons donné à la presse que des comptes rendus partiels et par la suite nous avons collaboré avec les journaux pour apporter d'autres suppressions. Par exemple, lorsque l'autopsie eut révélé que le cerveau et plusieurs autres organes internes du Fidjien pétrifié bien qu'hermétiquement scellés par la pétrification des chairs extérieures étaient restés frais et non durcis, – anomalie sur laquelle les médecins restent encore réservés et discutent avec embarras – nous n'avions pas envie de voir se déchaîner une nouvelle fureur. Nous savions trop bien le sort que les journaux à sensation réserveraient à ce détail, nous rappelant ce qui avait été dit sur le cerveau intact et l'état conscient ayant persisté chez les victimes de Ghatanothoa transformées en pierre et en cuir.

Au point où en étaient les choses, les journalistes soulignèrent le fait que l'homme qui tenait le rouleau aux hiéroglyphes – et qui l'avait évidemment lancé à la momie à travers l'ouverture de la boîte – n'était pas pétrifié tandis que l'homme qui ne l'avait *pas* eu à la main l'était. Lorsqu'ils nous demandèrent de faire certaines expériences – appliquer successivement le rouleau sur le corps transformé en pierre et cuir du Fidjien et sur la momie elle-même – nous refusâmes avec indignation d'encourager ces idées superstitieuses. Naturellement, la momie fut soustraite à la vue du public et transférée au laboratoire du musée en attendant un examen réellement scientifique en présence d'une autorité médicale compétente. En nous rappelant les événements antérieurs, nous l'avons fait étroitement garder. Mais même ainsi, le 5 décembre à 2 h 25 du matin, on tenta de pénétrer dans le musée. Le déclenchement rapide de la sonnette d'alarme a fait avorter l'entreprise, mais malheureusement le ou les criminels ont pu s'échapper.

Je me félicite vivement qu aucune allusion à des faits ultérieurs n'ait jamais été portée à la connaissance du public. Je souhaiterais ardemment qu'il n'y ait plus rien à dire. Il y aura des fuites, bien entendu, et si quelque chose m'arrive, je ne sais pas ce que mes exécuteurs testamentaires feront de ce manuscrit. Mais au moins l'affaire ne sera plus désagréablement présente à l'esprit de la foule quand viendra la révélation. En outre, personne ne croira aux faits quand ils seront finalement exposés. C'est ce qu'il y a de curieux avec les masses. Quand leur presse à sensation fait des allusions, elles sont prêtes à tout avaler. Mais lorsqu'une révélation stupéfiante et anormale est vraiment faite, elles l'écartent comme mensongère et en rient. C'est probablement mieux pour l'équilibre général.

J'avais dit qu'un examen scientifique de l'effrayante momie était projeté. Il y fut procédé le 8 décembre, une semaine exactement après que l'affaire eut atteint son point culminant. Il fut dirigé par l'éminent Dr Minot William en collaboration avec Wentworth Moore, docteur ès sciences, taxidermiste du musée. Le Dr Minot avait assisté une semaine auparavant à l'autopsie du Fidjien curieusement pétrifié. Etaient également présents MM. Lawrence Cabot et Dudley Saltonstall du conseil d'administration du musée, les Drs Mason, Wells et Carver de l'état-major du musée, deux représentants de la presse, et moi-même. Au cours de la semaine, l'état du hideux spécimen n'avait pas visiblement changé, bien qu'un certain relâchement des tissus ait amené la position des yeux ouverts et vitreux à se modifier légèrement de temps en temps. Tous les membres du personnel appréhendaient de regarder cette chose – car l'air qu'elle avait de vous contempler silencieusement et consciemment était devenu intolérable, et il me fallut un gros effort pour me résoudre à assister à l'examen.

Le Dr Minot arriva peu après 1 heure de l'après-midi et dans les quelques minutes qui suivirent il entreprit son examen. Une désintégration se produisait à mesure qu'il avançait la main et pour cette raison, et à cause aussi de ce que nous lui avions dit concernant le relâchement progressif du spécimen depuis le 1er octobre, il décida qu'une dissection complète devait être effectuée avant que les tissus ne se détériorent davantage. Les instruments nécessaires se trouvaient dans le matériel du laboratoire et il commença aussitôt. Il poussait à haute voix des exclamations devant la qualité étrange, fibreuse de la substance momifiée grisâtre.

Mais ses exclamations furent encore plus bruyantes quand il opéra sa première incision profonde car il en perla lentement un liquide pourpre, épais, sur la nature duquel – en dépit du nombre infini de siècles séparant l'époque où cette infernale momie était en vie et nos jours – ne pouvait subsister aucun doute. Encore quelques délicats coups de scalpel et divers organes dans un étonnant état de conservation et non pétrifiés apparurent. Ils étaient tous intacts sauf aux endroits où des dégradations subies par la partie extérieure pétrifiée avaient amené des déformations ou des destructions. L'état dans lequel la chose se trouvait ressemblait tellement à ce qui avait été trouvé chez le Fidjien mort de terreur que l'éminent praticien sursauta d'ahurissement. La perfection de ces yeux exorbités et terribles était insolite et leur état exact au point de vue de la pétrification était très difficile à déterminer.

A 3 h 30 la boîte crânienne fut ouverte – et dix minutes plus tard les membres de notre groupe, frappés de stupeur firent le serment de garder le secret. La seule exception s'appliquant à des documents aussi protégés que ce manuscrit. Les deux reporters eux-mêmes acceptèrent de bonne grâce de garder le silence. *Car une fois ouvert, le crâne avait révélé la présence d'un cerveau qui avait les pulsations de la vie.*

William LUMLEY

LE JOURNAL D'ALONSO TYPER

Note de l'éditeur: Alonso Hasbrouch Typer, de Kingston, New York, a été vu pour la dernière fois et reconnu le 17 avril 1908 aux alentours de midi, à l'hôtel Richmond, à Batavia. Il était l'unique survivant d'une très ancienne famille du Comté d'Ulster et il avait cinquante-trois ans au moment de sa disparition.

M. Typer avait fait ses études avec un précepteur puis aux universités Columbia et Heidelberg. Il passa toute sa vie à étudier; le domaine de ses recherches comprenait bien des territoires obscurs et généralement redoutés aux frontières du savoir humain. Après avoir été refusés par de nombreux éditeurs, ses travaux sur le vampirisme, les fantômes et les phénomènes de poltergeist furent imprimés en édition privée. Il démissionna de la Society of Psychical Research en 1900 après une série de controverses particulièrement violentes.

A différentes époques, M. Typer voyagea beaucoup, disparaissant parfois pendant de longues périodes. Il est connu pour avoir visité des localités mystérieuses au Népal, en Inde, au Tibet et en Indochine. Il a passé la plus grande partie de l'année 1899 sur la mystérieuse île de Pâques. Les recherches approfondies menées après la disparition de M. Typer ne donnèrent aucun résultat et son héritage fut partagé à New York entre des cousins éloignés.

Le journal présenté ici a, dit-on, été trouvé dans les ruines d'une grande maison de campagne près d'Attica, N.Y., qui avait acquis, avant de s'effondrer, une réputation étrangement sinistre. L'édifice était très ancien, antérieur à l'installation massive des Blancs dans cette région. Elle avait été le domicile d'une famille étrange vivant sur elle-même, les van der Heyl, venue d'Albany en 1746 et curieusement entachée du soupçon de sorcellerie. Le bâtiment datait probablement des environs de 1760.

On sait très peu de chose sur l'histoire des van der Heyl. Ils se tenaient entièrement à l'écart de leurs voisins normaux, employaient des domestiques noirs amenés directement d'Afrique et parlant très peu l'anglais, firent instruire leurs enfants à domicile et dans des universités européennes. Ceux d'entre eux qui se répandirent dans le monde furent rapidement perdus de vue, non sans avoir auparavant acquis une mauvaise réputation pour leur affiliation à des groupes pratiquant des Messes noires et des cultes encore plus inquiétants.

Autour de la maison redoutée s'éleva un village aux maisons disséminées, peuplé d'Indiens et ensuite de renégats de la Campagne environnante, qui portaient le nom équivoque de Chorazin. Plusieurs monographies ont été écrites par des ethnologues sur les singulières lignées héréditaires qui firent ensuite leur apparition parmi les villageois mélangés de Chorazin.

Juste derrière le village et en vue de la maison van der Heyl, se trouve une colline escarpée couronnée d'un cercle particulier de pierres levées que les Iroquois ont toujours considérées avec crainte et aversion. L'origine et la nature de ces pierres dont la date, d'après les témoignages d'ordre archéologique et climatérique, doit être fabuleusement reculée, est un problème qui n'a toujours pas été résolu.

A partir de 1795, les légendes colportées par les pionniers récents de la population ultérieure font souvent allusion aux cris étranges et aux chants venant à certaines saisons de Chorazin ainsi que de la grande maison et de la colline de pierres levées. Il y a cependant toutes les raisons de supposer que les bruits ont cessé vers 1872, lorsque toute la maison van der Heyl – domestiques et tout le monde – a disparu soudainement et simultanément.

A partir de cette date la maison fut désertée; car d'autres événements désastreux – trois décès inexpliqués, cinq disparitions et quatre cas de folie subite – se produisirent lorsque de nouveaux propriétaires et des visiteurs intéressés tentèrent d'y séjourner. La maison, le village et des zones rurales importantes s'étendant des deux côtés retournèrent à l'Etat et furent, du fait qu'on ne pouvait découvrir d'héritiers van der Heyl, vendus aux enchères. Depuis 1890 environ les propriétaires – successivement feu Charles A. Shields et son fils Oscar S. Shields, de Buffalo – ont laissé toute la propriété dans un état de complet abandon, et prévenu tous ceux qui se renseignaient de ne pas visiter la région.

Parmi ceux qui ont approché de cette maison au cours de ces quarante dernières années, il y eut principalement des étudiants en sciences occultes, des officiers de police, des journalistes et de curieux personnages de l'étranger. Parmi ceux-ci il y avait un mystérieux Eurasien, probablement originaire de Cochinchine dont la dernière apparition, en proie à une crise d'amnésie et portant des mutilations bizarres, fit l'objet en 1903 d'abondantes informations de presse.

Le journal de M. Typer – un livre d'environ 15 cm sur 8,75 cm, en papier rugueux avec une reliure étrangement solide en métal laminé de faible épaisseur – fut trouvé en possession de l'un des villageois décadents de Chorazin le 6 novembre 1935, par un policier d'Etat envoyé pour enquêter sur les bruits concernant l'effondrement de la maison déserte des van der Heyl. La maison était bel et bien tombée, évidemment du fait de son âge et de son état de décrépitude, au cours du violent ouragan du 12 novembre. La désintégration était particulièrement complète et aucune recherche ne put être faite dans les ruines pendant plusieurs semaines. John, Eagle, le villageois qui détenait le journal – basané, visage simiesque, type indien – dit avoir trouvé le livre près de la surface des décombres, là où avait dû se trouver une chambre en façade au premier étage.

Le contenu de la maison ne put être identifié que pour une très petite partie. Cependant un caveau aménagé dans le sous-sol, énorme et fait de briques étonnamment solides (dont on dut faire sauter la vieille porte de fer à cause de sa serrure bizarrement décorée et d'une solidité opiniâtre) restait intact et présentait plusieurs caractéristiques déconcertantes. Tout d'abord, les murs étaient couverts d'hiéroglyphes grossièrement gravés dans la brique, qui n'avaient pas encore été déchiffrés. Une autre particularité consistait en une énorme ouverture circulaire à l'arrière du caveau, bloquée par un éboulement qu'avait évidemment amené l'effondrement de la maison.

Mais ce qu'il y avait de plus étrange que tout, c'était le dépôt apparemment *récent* sur le sol dallé d'une substance fétide, gluante, d'un noir de poix, s'étendant suivant une ligne irrégulière d'un mètre environ de large et se terminant d'un côté à l'ouverture circulaire bloquée. Ceux qui furent les premiers à ouvrir ce caveau ont déclaré que l'endroit sentait une odeur rappelant celle du pavillon des reptiles au zoo.

Le journal, qui n'avait apparemment d'autre destination que de couvrir une investigation de la redoutable maison van der Heyl par M. Typer le disparu, a été reconnu comme authentique par les experts graphologues. L'écriture trahit des signes de tension nerveuse croissante à mesure qu'on avance vers la fin et devient par endroits presque illisible. Les villageois de Chorazin – dont la stupidité et la taciturnité déroutent tous ceux qui essaient d'étudier la région et ses secrets – ne se rappellent pas avoir distingué M. Typer des autres visiteurs téméraires de la maison maudite.

Le contenu du journal est donné ici textuellement et sans commentaire. Comment l'interpréter et qu'en inférer d'autre que la folie du rédacteur, c'est au lecteur d'en décider. Seul, l'avenir nous dira quelle valeur il peut avoir pour résoudre un mystère vieux d'une génération. Il peut être remarqué que les généalogistes confirment les souvenirs tardifs de M. Typer dans l'affaire *Adriaen Sleght.*

LE JOURNAL

« Arrivé ici vers six heures du soir. Il m'a fallu faire à pied tout le trajet depuis Attica malgré un orage menaçant, car personne n'a voulu me louer un cheval ou une voiture, et je ne sais pas conduire une automobile. L'endroit est encore pire que ce que j'attendais, et j'appréhende ce qui va venir, bien qu'en même temps je sois impatient de connaître le secret. La nuit va venir trop vite – la vieille horreur du sabbat de Walpurgis – et après ce temps passé au Pays de Galles je sais ce qu'il faut chercher ici. Quoi qu'il arrive, je ne flancherai pas. Mû par une force sans limite, j'ai donné toute ma vie à la quête des mystères impies. Je ne viens ici que dans ce but, et je ne vais pas me quereller avec le destin.

« Il faisait très sombre quand je suis arrivé ici bien que le soleil ne se soit pas le moins du monde couché. Les nuages d'orage étaient les plus denses que j'aie jamais vus et je n'aurais pu trouver mon chemin sans les éclairs. Le village est une petite mare stagnante épouvantable et ses rares habitants ne sont guère que des idiots. L'un d'entre eux m'a salué d'une drôle de façon, comme s'il me connaissait. Je ne vois qu'une faible partie du paysage – simplement une petite vallée marécageuse, de curieux roseaux bruns et des champignons morts, entourés d'arbres décharnés, bizarrement contournés, avec des rameaux dénudés. Mais, derrière le village, se dresse une colline d'aspect sinistre au sommet de laquelle se trouve un cercle de grosses pierres avec une autre pierre au centre. Cela, il n'y a pas de question, est la mauvaise chose primordiale dont V... m'a parlé à propos du N...

« La grande maison est située au milieu d'un parc envahi de bruyères au curieux aspect. J'ai eu de la peine à passer au travers, mais quand j'y fus parvenu, le grand âge et la décrépitude du bâtiment faillirent me dissuader d'entrer. L'endroit paraissait crasseux et malsain, je me demandais comment une masse si lépreuse pouvait se tenir. C'est du bois; et bien que son plan d'origine soit caché sous un enchevêtrement déroutant d'ailes ajoutées à différentes dates, je pense que cela a été bâti à l'origine dans le style colonial de la Nouvelle-Angleterre. C'était probablement plus facile à construire qu'une maison hollandaise en pierre – et alors là, je me rappelle également que la femme de Dirck van der Heyl était de Salem, et fille de l'indicible Abaddon Corey. Il y avait un petit porche à piliers et je pus m'y mettre à l'abri dès que l'orage éclata. C'était une tempête démoniaque – il faisait noir comme en pleine nuit, avec la pluie qui tombait à verse, du tonnerre et des éclairs comme si c'était la fin du monde, et un vent qui s'accrochait littéralement à moi.

« La porte n'était pas fermée à clef, je sortis donc ma torche électrique et entrai. Il y avait des centimètres de poussière par terre et sur les meubles; cela sentait la tombe envahie de moisissures. Un vestibule allait d'un bout à l'autre, et il y avait à droite un escalier en pas de vis.

« Je montai péniblement l'escalier et choisis cette chambre sur le devant pour y camper. Tout paraissait meublé, bien que la plus grande partie du mobilier soit en pièces. Ceci est écrit à 8 heures, après un repas froid tiré de mon sac de voyage. Ensuite les gens du village m'apporteront du ravitaillement; cependant, ils n'acceptent pas de s'avancer plus près que les ruines de la grille du parc jusqu'à (comme ils disent) plus tard. Je voudrais pouvoir me débarrasser d'un désagréable sentiment de familiarité avec cet endroit.

Plus tard. – J'ai conscience de plusieurs présences dans cette maison. L'une en particulier m'est décidément hostile – une volonté maléfique qui essaie de combattre la mienne et de prendre le dessus. Je ne dois pas autoriser cela un instant, mais employer toutes mes forces pour y résister. C'est abominablement maléfique et absolument non humain. Je pense que cela doit être allié à des pouvoirs extérieurs à la Terre – des pouvoirs dans les espaces derrière le temps et au-delà de l'univers. Cela domine comme un colosse, confirmant ce qui est dit dans les écrits d'Aklo. Il y a une telle sensation de grande taille en liaison avec cela que je me demande si ces chambres peuvent contenir sa masse – et pourtant, il n'a pas de masse visible. Son âge doit être indiciblement grand – d'une manière choquante, indescriptible.

18 avril. – Très peu dormi la nuit dernière. A 3 heures du matin, un vent étrange, insinuant, commence à envahir toute la région, en montant sans cesse jusqu'à ce que la maison se balance comme sous l'effet d'un typhon. Alors que je descendais l'escalier pour m'occuper de la grande porte qui s'agitait, l'obscurité prenait des formes à moitié visibles dans mon imagination. Juste au-dessous du palier, j'ai été poussé violemment par-derrière – par le vent, je suppose, bien que j'aie pu jurer avoir vu le contour d'une gigantesque patte noire qui se dissipait au moment où je me retournais. Je n'ai pas manqué ma marche, mais j'ai terminé la descente sans encombre et poussé le lourd verrou de la porte dangereusement secouée.

« Je n'avais pas l'intention d'explorer la maison avant l'aube; mais à présent, incapable de me rendormir, excité par un mélange de terreur et de curiosité, je n'avais plus envie de remettre mes recherches. Ma puissante torche à la main, je suis parti à travers la poussière jusqu'au grand salon du midi où je savais que se trouveraient les portraits. Ils étaient là, exactement comme avait dit V... et comme je paraissais le savoir également d'une source plus obscure. Certains étaient si noircis et si couverts de poussière que je ne pouvais y discerner que peu de chose, ou rien du tout, mais de ceux que je pouvais repérer je reconnus qu'ils étaient en effet de la détestable lignée des van der Heyl. Certaines des peintures paraissaient faire penser à des figures que j'avais connues; mais quelles figures au juste, je ne pouvais pas le retrouver.

« Les traits de ce terrible hybride de Joris – engendré en 1773 par la plus jeune fille du vieux Dirck – étaient les plus nets de tous; je pouvais repérer ses yeux verts et son expression de serpent. Chaque fois que j'éteignais la torche ce visage semblait continuer à luire dans le noir jusqu'à ce que je m'imagine à moitié qu'il brillait de lui-même d'une vague lueur verdâtre. Plus je regardais, plus il paraissait maléfique et je me détournai pour éviter d'être halluciné par ces changements d'expression.

« Mais je me tournai vers quelque chose de pire. La longue figure austère, les petits yeux rapprochés et les traits porcins le faisaient reconnaître sur-le-champ, même si l'artiste s'était efforcé de faire paraître ce groin aussi humain que possible. C'était ce que V... avait chuchoté. Comme je le contemplais avec horreur, je crus voir les yeux prendre un éclat rougeâtre, pendant un instant le fond parut remplacé par un décor étranger et apparemment déplacé – une dune déserte et lugubre sous un ciel d'un jaune sale, sur laquelle poussait un buisson d'épines noires à l'air sinistre. Craignant pour ma raison, je quittai précipitamment cette galerie maudite pour regagner à l'étage au-dessus le coin débarrassé de sa poussière où j'avais installé mon « camp ».

Plus tard. – Décidé à explorer une partie des ailes du labyrinthe à la lumière du jour. Je ne peux pas me perdre car les empreintes de mes pas sont visibles dans la poussière où l'on enfonce jusqu'à la cheville et je peux reconnaître si nécessaire d'autres pistes. Il est curieux de constater avec quelle facilité j'ai appris à m'y retrouver dans ce dédale de couloirs. Suivi une longue aile orientée vers le nord jusqu'à son extrémité et suis arrivé à une porte fermée, dont je force la serrure. Derrière il y avait une toute petite chambre bourrée de meubles dont les boiseries sont sérieusement mangées aux vers. Sur le mur extérieur, je repérai un espace noir derrière le bois pourri, puis je découvris un étroit passage secret descendant dans des profondeurs inconnues et d'un noir d'encre. C'était une sorte de tunnel sans marches ni rampe, en pente rapide et je me demandais à quoi il avait bien pu servir.

« Au-dessus de la cheminée, il y avait un tableau couvert de moisissures. En le regardant de près, je vis qu'il représentait une jeune femme habillée à la mode de la fin du XVIIIe siècle. Le visage est d'une beauté classique, mais avec l'expression la plus démoniaque et maléfique qu'il m'ait été jamais donné de voir chez un être humain. Il n'y a pas seulement la ruse, la rapacité et la cruauté, mais aussi quelque chose de hideux qui dépasse la compréhension humaine; le tout semble avoir laissé son empreinte sur ces traits délicatement ciselés. En regardant j'avais l'impression que l'artiste – ou le lent processus de la moisissure et de la dégradation – avait donné à ce teint pâle une coloration maladive verdâtre, et quelque chose d'à peine perceptible qui aurait pu faire penser à une peau couverte de très minuscules écailles. Ensuite, je montai au grenier où je trouvai plusieurs coffres pleins de livres étranges – dont beaucoup dans des caractères et une présentation totalement inconnus. L'un de ces livres contenait des variantes de la formule d'Aklo dont je n'avais jamais soupçonné l'existence. Je n'ai pas encore examiné les livres qui se trouvent en bas sur les étagères poussiéreuses.

19 avril. – Il y a certainement ici des présences invisibles, bien que la poussière ne porte pas d'autres empreintes que les miennes. Hier j'avais taillé un passage à travers les bruyères pour aller jusqu'à la grille du parc où l'on dépose mes provisions, mais ce matin je l'ai trouvé bouché. Très étrange, puisque la sève commence à peine à monter dans les buissons. J'ai de nouveau l'impression qu'il y a là, tout près, quelque chose de tellement colossal que les pièces peuvent à peine le contenir. Cette fois-ci je sens qu'une des présences est d'une taille semblable, et je sais à présent que le troisième rituel Aklo – que j'ai trouvé hier dans ce livre au grenier – rendrait cet être solide et visible. Reste à savoir si j'aurais le courage d'essayer cette matérialisation. Les périls sont grands.

« La nuit dernière, j'ai commencé à apercevoir des figures et des formes fugaces dans les coins sombres des couloirs et des chambres – figures et formes si hideuses et repoussantes que je n'ose pas les décrire. Elles semblent être d'une substance voisine de celle de cette patte géante qui a essayé de me pousser dans l'escalier avant-hier au soir, et elles doivent être par conséquent des fantômes de mon imagination bouleversée. Ce que je cherche ne ressemblerait pas tout à fait à ces choses. J'ai revu la patte, quelquefois seule, quelquefois avec l'autre, mais j'ai décidé d'ignorer ce phénomène.

« Au début de l'après-midi, j'ai exploré la cave pour la première fois. Comme les marches de bois de l'escalier sont complètement pourries, je suis descendu par une échelle trouvée dans une resserre. L'ensemble n'est qu'une masse d'incrustations de salpêtre avec des tas sans forme marquant les endroits où se trouvaient divers objets qui se sont désintégrés. Tout au bout se trouve un passage étroit qui paraît s'étendre sous l'aile nord où j'ai trouvé la petite chambre verrouillée, et à l'extrémité se trouve un mur massif de briques avec une porte de fer fermée à clef. Ce mur et cette porte font apparemment partie d'une sorte de caveau et ont toutes les caractéristiques d'un travail effectué au XVIIIe siècle – nettement antérieur à la Révolution. Sur la serrure qui, chose curieuse, est nettement plus ancienne que le reste de la partie métallique, sont gravés certains symboles que je ne peux pas déchiffrer.

« V... ne m'a pas parlé de ce caveau. Il me met plus mal à l'aise que tout ce que j'ai vu d'autre car chaque fois que je m'en approche je suis pris d'une envie irrésistible d'*écouter* quelque chose. Jusqu'à présent aucun *bruit* fâcheux n'a accompagné mon séjour dans ce lieu maudit. En quittant la cave, je regrettais amèrement que l'escalier ne soit plus là; car l'ascension de l'échelle m'a paru d'une lenteur affolante. Je ne veux pas redescendre dans cet endroit – et pourtant quelque génie malfaisant me pousse à essayer d'y retourner *la nuit* si je veux apprendre ce qu'il y a à apprendre.

20 avril. – J'ai sondé les profondeurs de l'horreur – simplement pour apprendre qu'il existe des profondeurs encore plus insondables. Hier soir, la tentation était trop forte et au début de la nuit je suis redescendu dans cette cave infernale, couverte de salpêtre, ma torche à la main. J'ai marché sur la pointe des pieds parmi les tas amorphes jusqu'à ce terrible mur de briques et de cette porte fermée. Je ne faisais aucun bruit, je me retenais de chuchoter aucune des formules d'incantation que je connaissais, mais je prêtais l'oreille avec la plus vive attention.

« Je finis par entendre les bruits venant de l'autre côté de ces tôles, des pas feutrés menaçants et des murmures, comme s'il y avait eu à l'intérieur des animaux de nuit. Alors, il y avait aussi un affreux bruit de glissement, comme celui qu'aurait fait un grand serpent ou un animal marin en traînant ses anneaux monstrueux sur un sol pavé. Presque paralysé de terreur, je regardai l'énorme serrure rouillée, les hiéroglyphes inconnus et mystérieux qui s'y trouvaient gravés. C'étaient des signes que j'étais incapable d'identifier, et quelque chose dans leur technique vaguement mongoloïde faisait penser à une antiquité effrayante et indescriptible. A certains moments, il me semblait que je les voyais luire d'une clarté verdâtre.

« Je faisais demi-tour pour m'enfuir, mais je trouvai devant moi cette vision des pattes énormes, des grandes griffes qui semblaient se gonfler et devenaient plus tangibles à mesure que je regardais. Elles s'étendaient en sortant de l'inquiétante obscurité de la cave, on voyait au-delà apparaître comme le début de membres couverts d'écailles; une volonté furieuse et malfaisante guidait leurs tâtonnements affreux. Alors j'entendis, venant de derrière moi – à l'intérieur de cet abominable caveau – une nouvelle explosion de bruits étouffés mais se répercutant qui semblaient faire écho à quelque chose comme des coups de tonnerre éloignés. Poussé par cette peur plus grande, j'approchai ma torche électrique des pattes d'ombre et je les vis s'effacer devant le faisceau éclairant à pleine intensité. Alors, je remontai l'échelle en courant, la torche entre les dents et je ne m'arrêtai qu'après avoir regagné mon « camp » de l'étage supérieur.

« Comment est-ce que cela se terminera, je n'ose pas l'imaginer. Je suis venu pour chercher et je sais à présent que quelque chose est à ma recherche. Je ne peux pas partir même si je le voulais. Ce matin, j'ai essayé d'aller chercher mes provisions à la grille, mais j'ai trouvé les bruyères étroitement enchevêtrées sur mon chemin. C'était la même chose dans toutes les directions – derrière la maison et de tous les côtés. A certains endroits les plantes grimpantes brunes, barbelées, se sont déroulées jusqu'à des hauteurs étonnantes et forment une haie d'acier qui me bouche toute issue. Les villageois ont quelque chose à voir là-dedans. En rentrant à l'intérieur, j'ai trouvé mes provisions dans le grand vestibule du devant. Mais aucun indice ne m'a permis de savoir comment elles étaient arrivées jusque-là. Je regrette maintenant d'avoir balayé la poussière. Je vais en répandre encore un peu pour voir quelles empreintes on laisse.

« Cet après-midi, j'ai lu quelques livres dans la grande bibliothèque sombre du rez-de-chaussée au fond et je me suis mis à soupçonner des choses que je ne peux pas me résoudre à mentionner. Je n'avais jamais vu le texte des *Manus-*

crits Pnakotiques et les *Elytres d'Eltdown* jusque-là et je ne serais pas venu ici si j'avais su ce qu'ils contenaient. Je crois qu'il est à présent trop tard, car nous ne sommes plus qu'à dix jours du terrible Sabbat. C'est pour cette nuit d'horreur qu'*ils* me tiennent en réserve.

21 avril. – J'ai étudié de nouveau les portraits. Certains portent un nom, et j'en ai remarqué un qui m'a intrigué. C'est une femme au visage mauvais, peint il y a environ deux siècles. Il porte le nom de Trintje van der Heyl Sleght et j'ai la nette impression d'avoir déjà rencontré ce nom de Sleght en relation avec quelque chose de significatif. Alors ce n'était pas horrible mais cela l'est devenu aujourd'hui. Je dois fouiller ma tête pour trouver un indice.

« Les yeux de ces tableaux me hantent. Est-il possible que certains d'entre eux émergent plus nettement de leur linceul de poussière, de décrépitude et de moisissure? Les sorciers à tête de serpent et de porc me fixent horriblement dans leurs cadres noircis et une douzaine d'autres faces hybrides commencent à me guetter dans les pénombres de l'arrière-plan. Il y a chez eux tous un hideux air de famille et ce qui est humain en eux est encore plus horrible que ce qui ne l'est pas. Je voudrais qu'ils me rappellent moins d'autres figures – des figures que j'ai connues dans le passé. Ils formaient une lignée maudite, et Cornelius de Leyde était le pire de tous. C'est lui qui a abattu la barrière après que son père eut trouvé cette autre clef. Je suis sûr que V... ne connaît qu'une partie de l'horrible vérité, si bien que je suis sans préparation ni défense. Et la lignée avant le vieux Claes? Ce qu'il a fait en 1591 n'aurait jamais pu être fait sans l'héritage de plusieurs générations maléfiques ou bien un lien quelconque avec l'extérieur. Et les ramifications que cette lignée monstrueuse a poussées en avant? Sont-elles répandues sur toute la surface de la terre, attendant toutes leur héritage commun d'horreur? Il faut que je retrouve l'endroit où j'ai jadis noté si spécialement le nom de Sleght.

« Je voudrais pouvoir être sûr que ces tableaux restent toujours dans leurs cadres. Depuis plusieurs heures, j'ai vu des présences fugitives, telles que les premières pattes, les visages d'ombre et les formes, mais reproduisant rigoureusement certains des portraits anciens. En quelque sorte je ne peux jamais apercevoir simultanément une présence et le portrait qui lui ressemble. La lumière est toujours défectueuse pour l'une ou pour l'autre, ou bien la présence se produit dans une pièce qui n'est pas celle où se trouve le portrait.

« Peut-être, comme je l'avais espéré, les présences ne sont-elles que des créations de l'imagination, mais je ne peux pas en être sûr actuellement. Quelques-unes sont femelles et de la même beauté infernale que le tableau de la petite chambre fermée. Certaines ne ressemblent à aucun portrait que j'ai vu, mais me donnent tout de même l'impression que leurs traits, reproduits par la peinture se cachent sans être identifiés, sous la moisissure et la suie des toiles dont je ne peux reconnaître le sujet. Un petit nombre, je le crains désespérément, ont approché de la matérialisation sous la forme solide ou semi-solide – et certaines sont d'une familiarité terrible et inexpliquée.

« Il y a une femme qui surpasse tout le reste en éclatante beauté. Ses charmes empoisonnés sont comme une fleur de miel qui pousserait sur le bord de l'enfer. Quand je la regarde de près, elle disparaît, mais seulement pour reparaître ensuite. Son visage a un reflet verdâtre; de temps en temps, j'imagine que je distingue quelque chose de squameux dans sa peau lisse. Qui est-elle ? Cet être est-il celui qui a dû vivre dans la petite chambre fermée, il y a un siècle ou davantage ?

« Mes provisions avaient été de nouveau laissées dans l'antichambre sur le devant – telle sera désormais l'habitude, cela est clair. J'ai répandu de la poussière pour avoir des empreintes, mais ce matin, le hall avait été entièrement balayé par une main inconnue.

22 avril. – J'ai fait aujourd'hui une horrible découverte. J'ai exploré de nouveau le grenier envahi par les toiles d'araignée et j'ai trouvé un coffre sculpté, tombant en poussière – venant certainement de Hollande – plein de livres et de papiers blasphématoires beaucoup plus anciens que tout ce que j'ai trouvé jusqu'à présent. Il y avait un *Necronomicon* en grec, un *Livre d'Eibon* en français des Normands de la Conquête, et une première édition du vieux *De Vermis Mysteriis* de Ludvig Prinn. Mais le manuscrit ancien relié était ce qu'il y avait de pire. Il était en bas latin et de l'écriture étrange, en pattes de mouches de Claes van der Heyl. C'était évidemment un journal ou un carnet de notes tenu par lui entre 1560 et 1580. Quand j'ouvris le fermoir d'argent noirci et feuilletai les pages jaunies, un dessin colorié s'en échappa – la représentation d'une monstrueuse créature ne ressemblant à rien autant qu'à une pieuvre, avec un bec et des tentacules, de grands yeux jaunes et dans son contour une ressemblance lointaine avec un être humain.

« Je n'avais jamais vu jusque-là pareille forme de cauchemar aussi parfaitement répugnante. Sur les pattes, les pieds et les tentacules de la tête, se trouvaient de curieuses griffes qui me rappelaient les ombres colossales qui tâtonnaient d'une si horrible manière sur mon passage – tandis que la chose elle-même siégeait sur un grand piédestal du genre trône où étaient inscrits des hiéroglyphes inconnus vaguement apparentés au chinois. Sur l'écriture comme sur l'image, planait une atmosphère si sinistre et profondément maléfique et en même temps subtile que je ne pouvais y voir le produit d'aucun monde ni d'aucune époque. Cette forme monstrueuse devait être plutôt le foyer où se concentrait tout le mal de l'espace sans limites, à travers les siècles passés et à venir – et ces symboles doivent être plutôt de viles icônes sensibles douées d'une vie morbide indépendante et prêtes à jaillir du parchemin pour détruire le lecteur. Je n'avais aucun indice sur la signification de ce monstre et de ces hiéroglyphes, mais je savais qu'ils avaient tous été tracés avec une précision infernale et dans un but inavouable. A mesure que j'étudiais ces caractères impurs leur parenté avec les symboles gravés sur cette serrure sinistre de la cave devenait pour moi de plus en plus manifeste. Je laissai le tableau dans le grenier car, avec une telle chose à côté de moi, le sommeil ne serait jamais venu.

« Pendant tout l'après-midi et toute la soirée, je lus le manuscrit du vieux Claes van der Heyl; ce que j'ai lu assombrira et rendra horrible le temps, quel qu'il soit, qu'il me reste à vivre. La genèse du monde, et des mondes antérieurs se déroula devant mes yeux. J'ai appris ce qui concerne la ville de Shamballah, construite par les Lémuriens, il y a cinquante millions d'années et cependant toujours inviolée, à l'abri de sa muraille de force psychique dans le désert oriental. J'ai appris ce qui concerne le *Livre de Dzyan*, dont les six premiers chapitres datent d'avant la Terre et qui était vieux lorsque les seigneurs de Vénus sont venus à travers l'espace sur leurs vaisseaux pour civiliser notre planète. Et je vis consigné par écrit pour la première fois, ce nom que d'autres avaient prononcé devant moi à voix basse et que j'avais connu d'une manière plus intime et plus horrible – le nom maudit et redouté de *Yian-Ho.*

« En plusieurs endroits, j'étais arrêté par des passages nécessitant une clef. Ensuite, d'après diverses allusions, je compris que le vieux Claes n'avait pas osé concentrer tout son savoir dans un seul livre, mais avait réservé certains points pour un autre. Et un volume ne peut pas être complètement intelligible sans celui qui doit l'accompagner. J'ai donc résolu de trouver le second volume s'il se trouve quelque part dans cette maison maudite. Bien que véritablement prisonnier, je n'ai pas perdu le goût que j'ai toujours eu, ma vie durant, pour l'inconnu. Et je suis décidé à sonder le cosmos aussi profondément que possible avant que la mort arrive.

23 avril. – Fouillé toute la matinée à la recherche du second journal. L'ai trouvé vers midi dans un bureau de la petite chambre fermée à clef. Comme le premier, il est dans le latin barbare de Claes van der Heyl, et il paraît consister en notes séparées se référant à différents passages de l'autre. En le feuilletant, je suis tombé immédiatement sur le nom abhorré de Yian-Ho – Yian-Ho cette ville perdue et cachée où dorment des secrets vieux de siècles et de siècles, et au sujet de laquelle des souvenirs plus anciens que leur corps se cachent derrière l'esprit de tous les hommes. Il y est répété bien des fois et le contexte est parsemé d'hiéroglyphes grossièrement tracés, clairement apparentés à ceux du piédestal dans ce dessin infernal que j'avais vu. Ici, cela est clair, gît la clef de cette forme monstrueuse à tentacules et de son message interdit. Sachant cela, je remontai l'escalier grinçant jusqu'au grenier, domaine des toiles d'araignée et de l'horreur.

« Quand j'essayai d'ouvrir la porte de ce grenier, elle résista comme jamais encore elle n'avait fait. Elle déjoua plusieurs tentatives, malgré tous mes efforts et quand elle finit par céder, j'eus la nette impression qu'une forme colossale, invisible, l'avait soudain libérée – une forme qui fut enlevée par des ailes immatérielles mais qu'on pouvait entendre battre distinctement. Quand j'ai retrouvé l'horrible dessin j'eus l'impression de ne pas l'avoir laissé exactement au même endroit. En appliquant la clef à l'autre livre, je ne tardai pas à m'apercevoir qu'elle ne constituait pas un guide direct jusqu'au secret – trop sombre pour n'être gardé que superficiellement. C'était seulement un indice. Il me faudrait des heures – peut-être des jours – pour dégager l'affreux message.

« Vivrai-je assez longtemps pour apprendre le secret? Les membres et les pattes noirs d'ombre hantent ma vue de plus en plus à présent, et paraissent encore plus gigantesques qu'au début. Et je ne suis jamais libéré pour longtemps de ces vagues présences inhumaines dont la masse nébuleuse semble trop grande pour pouvoir être contenue dans les chambres. Et de temps en temps, visages et formes grotesques et évanescents, caricatures des portraits, se rassemblent devant moi dans une confusion déconcertante.

« Vraiment, il y a de terribles arcanes primitives de la Terre qu'il vaudrait mieux laisser dans l'inconnu sans les évoquer; de dangereux secrets qui n'ont rien à faire avec l'homme et que l'homme ne peut apprendre qu'en renonçant à la paix et à la raison; des vérités chiffrées qui font pour toujours de l'initié un étranger au milieu de ses semblables et l'obligent à marcher seul sur la Terre. Les terribles survivances de choses plus vieilles et plus puissantes que l'homme sont de même. Des choses qui ont d'une manière blasphématoire traversé en désordre les siècles pour parvenir à une époque qui n'était pas faite pour elles. Des entités monstrueuses qui sont restées plongées dans un sommeil sans fin au sein de cryptes incroyables et de cavernes reculées, en marge des lois de la raison et de la causalité, prêtes à être réveillées par tels blasphémateurs qui connaîtraient leurs signes noirs interdits et leurs mots de passe furtifs.

24 avril. – Etudié toute la journée le tableau et la clef dans le grenier. Au coucher du soleil entendu des bruits étranges, d'un genre que je n'avais encore jamais rencontré et qui semblent arriver de très loin. En prêtant l'oreille, je m'aperçus qu'ils devaient venir de cette curieuse colline escarpée avec ce cercle de pierres levées qui se trouve derrière le village à une certaine distance au nord de la maison. J'avais entendu dire qu'il y avait un sentier qui partait de la maison pour aboutir au sommet de cette colline près de ce dolmen. J'avais soupçonné qu'à certaines saisons les van der Heyl avaient de fréquentes occasions de l'utiliser; mais tout cela était jusque-là resté latent dans mon subconscient. Les bruits actuels consistaient en sons flûtés stridents alternant avec un genre de sifflement ou de chuintement particulièrement hideux, une sorte de musique bizarre et d'ailleurs dont rien dans les annales de la Terre ne saurait rendre compte. C'était très faible, cela s'éteignait vite, mais l'affaire avait déclenché en moi une suite de réflexions. C'est en direction de la colline que la longue aile du nord au plan incliné mystérieux et le caveau de briques fermé à clef situé au-dessous sont orientés. Peut-il y avoir là une connexion qui m'aurait jusqu'à présent échappé?

25 avril. – J'ai fait une découverte particulière et bouleversante sur la nature de mon emprisonnement. Attiré vers la colline par une fascination de mauvais aloi, j'ai découvert que les bruyères s'écartaient sur mon passage, *mais seulement dans cette direction.* Il y a une porte en ruine et sous les buissons, sans aucun doute, les traces d'un ancien sentier. Les bruyères s'étendent sur une partie de la montée et tout autour de la colline, bien que le sommet aux pierres levées soit seulement couvert d'une curieuse végétation de mousse et d'herbes chétives. J'ai gravi la colline et j'ai passé là plusieurs heures. J'ai remarqué un vent étrange qui paraît balayer toujours le pourtour des monolithes interdits et qui semble quelquefois murmurer d'une façon curieusement articulée bien qu'incompréhensible.

« Ces pierres par leur couleur et leur contexture ne ressemblent à rien de ce que j'ai pu voir ailleurs. Elles ne sont ni brunes ni grises, mais plutôt d'un jaune sale tournant au vert maléfique; elles semblent avoir le côté changeant du caméléon. La contexture rappelle étrangement la peau écailleuse du serpent et au toucher elle laisse une odeur nauséeuse inexplicable. Elle est aussi froide et visqueuse que la peau d'un crapaud ou d'un autre reptile Près du menhir central se trouve un creux singulier entouré d'une bordure de pierres que je ne peux expliquer; c'était peut-être l'orifice d'un puits ou d'un tunnel bouché depuis longtemps. Quand j'ai essayé de descendre de la colline en des points éloignés de la maison, les bruyères m'ont comme avant empêché de passer. Par contre le sentier menant à la maison était facile à retrouver.

26 avril. Monté de nouveau sur la colline ce soir. Ai trouvé le murmure du vent beaucoup plus net. Ce bourdonnement presque furieux était devenu tout proche de la véritable parole mais dans un genre vaguement sifflant. Il m'a rappelé l'étrange chant flûté que j'avais entendu venant de loin. Après le coucher du soleil éclata un curieux éclair qui illumina l'horizon au nord, comme si on était prématurément en été. Il fut suivi presque aussitôt d'une curieuse détonation qui se produisit haut dans le ciel pâlissant. Il y avait autour de ce phénomène quelque chose qui me bouleversa profondément et je ne pus me soustraire à l'impression que le bruit se terminait en une sorte de discours sifflant qui n'avait rien d'humain et qui se prolongeait en un rire cosmique guttural. Est-ce que mon esprit s'est mis finalement à chanceler, ou bien ma curiosité déplacée s'est-elle mise à faire surgir des espaces du crépuscule des horreurs dont jamais on n'avait entendu parler? Le Sabbat est actuellement tout proche. Comment cela finira-t-il?

27 avril. – Mes rêves sont enfin sur le point de se réaliser! Que la vie de mon esprit ou de mon corps soit ou non en jeu, je franchirai la porte! Mes progrès dans le déchiffrage de ces hiéroglyphes du tableau, d'une importance cruciale, ont été lents, mais, cet après-midi, j'ai mis le doigt sur l'indice final. Vers le soir je connaissais leur signification, et celle-ci ne peut s'appliquer que d'une seule façon aux choses que j'ai rencontrées dans cette maison.

« Il y a au-dessous de cette maison – inhumé je ne sais pas en quel endroit – un Ancien qui me montrera la porte par laquelle je devrai entrer et me donnera les signes et les mots perdus dont j'aurai besoin. Depuis combien de temps Il est enterré là, oublié de tous, sauf de ceux qui ont dressé les pierres sur la colline et de ceux qui, par la suite, ont cherché cet endroit et bâti cette maison, je ne peux faire à ce sujet aucune supposition. Quand Hendrik van der Heyl est venu en 1638 en Nouvelle-Hollande, il était, sans aucun doute, à la recherche de cette chose. Les hommes de cette Terre ne le savent pas, sauf dans les chuchotements secrets de ceux, rares et secoués de terreur, qui ont trouvé la clef ou en ont hérité. Aucun œil humain ne *l*'a jamais vu – sauf si les sorciers disparus de cette maison ont fouillé plus profondément qu'on ne l'a pensé.

« Avec la connaissance des symboles est venue de même la maîtrise des Sepţs Signes Perdus de la Terreur, et une reconnaissance tacite des hideux et imprononçables Mots de la Terreur. Tout ce qui me reste à accomplir, c'est le Chant qui transfigurera cet Oublié Qui est Gardien de la Porte Antique. Ce Chant m'étonne beaucoup. Il est composé de sons gutturaux rébarbatifs et de sifflantes incommodantes ne ressemblant à aucune langue que j'aie rencontrée, même dans les plus noirs chapitres du *Livre d'Eibon*. En rendant visite à la colline au moment du coucher du soleil j'ai essayé de le lire à haute voix, mais il a provoqué en réponse un vague et sinistre grondement dans le lointain, et l'on a vu se tordre et tourbillonner comme une chose vivante et malfaisante un nuage de poussière élémentaire. Je ne prononce peut-être pas correctement les syllabes d'ailleurs ou bien peut-être est-ce uniquement pendant le Sabbat – cet infernal Sabbat pour lequel les Pouvoirs de cette maison me retiennent sans aucun doute – que la grande transfiguration peut se produire.

« J'ai eu ce matin une étrange poussée de terreur. J'ai pensé un moment que je me rappelais où j'avais vu antérieurement ce nom déconcertant de Sleght et la perspective de voir les choses se réaliser m'a rempli d'une inexprimable horreur.

28 avril. – Aujourd'hui des nuages noirs menaçants se sont levés par intermittences au-dessus du cercle de la colline. J'avais plusieurs fois remarqué des nuages de ce genre, mais leur contour et leur disposition présentent maintenant une signification nouvelle. Ils ressemblent à des serpents, sont fantastiques et curieusement comparables aux formes maléfiques nébuleuses que j'ai vues dans la maison. Ils flottent en cercle autour du dolmen primitif, en tournant plusieurs fois comme s'ils étaient doués d'une vie sinistre et mus par une intention. Je pourrais jurer qu'ils font entendre un chuchotement furieux. Après environ quinze minutes ils s'éloignent lentement, toujours vers l'est, comme les unités d'un bataillon en ordre dispersé. Sont-ce en vérité ceux que Salomon connaissait de longue date – ces êtres géants pleins de noirceur dont le nombre est légion, et dont le pas ébranle la terre?

« J'ai repété le Chant qui doit transfigurer la Chose Sans Nom. Cependant je suis pris d'étranges frayeurs quand je prononce ces syllabes, même à mi-voix. J'ai rassemblé tous les témoignages et j'ai à présent découvert que le seul chemin pour arriver à *Lui* passe à travers le caveau fermé à clef. Ce caveau a été construit dans un dessein infernal, et doit recouvrir le souterrain conduisant au Gîte Immémorial. Quels sont les gardiens qui mènent à l'intérieur une existence sans fin, qui prospèrent de siècle en siècle grâce à une nourriture inconnue, un fou seul peut faire à ce sujet des conjectures. Les sorciers de cette maison, qui les ont fait venir de l'intérieur de la Terre, ne les ont connus que trop bien, comme le révèlent les bouleversants portraits et les souvenirs que recèle cet endroit.

« Ce qui me trouble le plus, c'est le côté limité du Chant. Il évoque l'Etre Sans Nom, mais ne fournit aucune méthode pour le contrôle de Ce Qui est évoqué. Il y a naturellement les signes et les gestes généraux, mais il reste à voir s'ils se révéleront efficaces à l'égard d'un tel Etre. Cependant, les récompenses sont assez importantes pour justifier qu'on coure n'importe quel danger, et je ne pourrais pas me dérober, même si je le voulais, puisqu'une force inconnue me pousse nettement.

« J'ai découvert un nouvel obstacle. Puisque le caveau fermé à clef doit être traversé, il faut en trouver la clef. La serrure est beaucoup trop solide pour être forcée. On ne peut mettre en doute le fait que la clef est dans les parages, mais il ne reste plus beaucoup de temps avant le Sabbat. Je dois chercher activement et à fond. Il faudra du courage pour ouvrir cette porte de fer, car quelles horreurs prisonnières attendent peut-être à l'intérieur?

Plus tard. – Depuis un ou deux jours, je me suis tenu à l'écart de la cave, mais à la fin de l'après-midi, aujourd'hui, je suis descendu de nouveau dans ces lieux interdits.

« Au début, tout était silencieux, mais en moins de cinq minutes, les pas feutrés et les chuchotements menaçants ont recommencé derrière la porte de fer. Cette fois, ils étaient plus forts et plus terrifiants que la dernière fois et j'ai de même reconnu le glissement qui faisait penser à quelque monstrueuse bête marine – mais, à présent, plus rapide et nerveusement intensifié, comme si la chose essayait de forcer son passage à travers la porte où je me tenais.

« Tandis que le bruit de pas devenait plus fort, plus agité et plus sinistre, ces réverbérations infernales et impossibles à identifier que j'avais entendues lors de ma deuxième visite dans la cave ont commencé à résonner au travers. Ces réverbérations étouffées étaient comme un écho venu d'horizons lointains et semblables à des coups de tonnerre. A présent, cependant, leur volume était centuplé, leur timbre était chargé de nouveaux harmoniques terrifiants. Je ne peux mieux comparer ce bruit qu'au grondement de quelque monstre redoutable de l'ère révolue des sauriens, lorsque des horreurs primitives sillonnaient la Terre, et que les hommes-serpents de Valusia posaient les fondations de la magie noire. C'est à un tel grondement – mais enflé jusqu'à un volume assourdissant qu'aucun gosier organique connu ne pourrait atteindre – que ce bruit s'apparentait d'une façon désagréable. Oserai-je ouvrir la porte et affronter l'assaut qui se prépare derrière ?

29 avril. – La clef du caveau est trouvée. Je suis tombé dessus aujourd'hui à midi dans la petite chambre fermée – elle était enfouie sous des détritus dans un tiroir du bureau ancien, comme si on avait tardivement essayé de la cacher. Elle était enveloppée dans un morceau de journal en miettes daté du 31 octobre 1872; mais, intérieurement, elle était une première fois enveloppée dans un morceau de peau desséchée – évidemment la peau de quelque reptile inconnu – qui portait un message en bas latin de la même écriture en pattes de mouches que les cahiers que j'avais trouvés. Comme je le pensais, serrure et clef étaient largement plus vieilles que le caveau. Le vieux Claes van der Heyl les tenait prêtes pour un usage qu'il avait ou que ses descendants avaient en vue. De combien elles étaient plus vieilles que lui, je ne pouvais pas l'évaluer. En déchiffrant le message en latin, je tremblais, en proie à un nouvel accès de terreur poignante et de peur sans nom.

« *Les secrets des monstrueux Primitifs* » – le gribouillage commençait ainsi – « *dont les mots abscons relatent les choses cachées existant avant l'apparition de l'homme; les choses que personne sur la Terre ne devrait apprendre de peur de voir la paix perdue pour toujours, ne seront jamais révélées par moi. A Yian-Ho, cette ville perdue et interdite vieille d'innombrables siècles, dont l'emplacement ne doit pas être dit, j'ai été dans la chair véritable de ce corps et personne d'autre parmi les vivants n'y a été. Là, j'ai trouvé, et de là, j'ai emporté ce savoir que je perdrais avec joie, mais cela ne m'est pas permis. J'ai appris à jeter un pont par-dessus un gouffre qui ne devrait pas être franchi et je dois appeler hors de la Terre Ce Qui ne devrait être ni réveillé ni appelé. Et ce qui est envoyé pour me suivre ne dormira pas tant que je n'aurais pas trouvé et fait ce que ceux qui viendront après moi n'auront pas trouvé et fait ce qui doit être trouvé et fait.*

« De ce que j'ai éveillé et apporté avec moi, je ne dois pas me séparer à nouveau. Ainsi est-il écrit dans le Livre des Choses Cachées. *Ce qui est parce que je l'ai voulu a enroulé sa forme redoutable autour de moi et – si je ne vis pas assez longtemps pour exécuter les commandements – autour de ces enfants nés et non nés qui viendront après moi, jusqu'à ce que le commandement soit exécuté. Etranges seront peut-être leurs jonctions et terrible l'aide qu'ils pourront réclamer jusqu'à ce que le but soit atteint. La recherche doit se poursuivre dans des terres inconnues et obscures, une maison doit être construite pour les gardiens de l'extérieur.*

« Ceci est la clef qui m'a été donnée dans la redoutable ville interdite de Yian-Ho, vieille de siècles et de siècles. La serrure est celle que moi ou les miens doivent placer sur le vestibule de Celui qui doit être trouvé. Et que les Seigneurs de Yaddith viennent à mon secours – ou à celui de qui doit mettre cette serrure en place ou en tourner la clef. »

« Tel était le message. Après l'avoir lu, il m'a semblé que je le connaissais déjà. A présent, tandis que je trace ces lignes, la clef est devant moi. Je la regarde avec un mélange de crainte et de désir, et je ne peux trouver de mots pour en décrire l'aspect. Elle est faite du même métal inconnu, légèrement glacé de verdâtre, que la serrure qu'on ne peut mieux comparer qu'à du cuivre terni par le vert-de-gris. Son dessin est d'ailleurs fantastique, et l'extrémité en forme de cercueil de la lourde masse ne laisse subsister aucun doute sur la serrure à laquelle elle devrait s'adapter. La poignée forme approximativement une image étrange, non humaine, dont le dessin exact et la nature ne peuvent être indiqués à présent. En la tenant pendant un certain temps il me semblait sentir une vie étrangère, anormale, dans le métal froid – une accélération ou une pulsation trop faible pour être reconnue d'une manière ordinaire.

« Sous l'image est gravée une légende effacée par le temps dans ces hiéroglyphes blasphématoires ressemblant à du chinois que je suis arrivé à connaître si bien. Je ne peux distinguer que le début. Ces mots : « Ma vengeance se tient prête... » puis le texte s'efface et devient illisible. Il y a une sorte de fatalité dans le fait que cette clef ait été trouvée à son heure – car demain soir, c'est le Sabbat infernal. Mais, ce qui est assez étrange, c'est qu'au milieu de cette hideuse attente, cette question du nom de Sleght me tracasse de plus en plus. Pourquoi devrais-je craindre de le trouver lié avec les van der Heyl?

Nuit de Walpurgis – 30 avril. – L'heure est venue. J'ai veillé la nuit dernière pour voir la clef luire d'une vive irradiation verdâtre – le même vert morbide que j'ai vu ici dans les yeux et sur la peau de certains portraits, sur ces inquiétantes serrure et clef, sur les monstrueux menhirs de la colline, et dans mille autres recoins de ma conscience. Il y avait dans l'espace des murmures stridents – des sifflements chuintants comme ceux du vent autour de ce redoutable menhir. Quelque chose, venant de l'éther glacé, me parlait : « L'heure arrive. » C'est un présage et je ris de mes propres frayeurs. N'ai-je pas les mots de la crainte et les Sept Signes Perdus de la Terreur – le pouvoir coercitif de tout Habitant du cosmos ou des espaces inconnus et ténébreux? Je ne vais pas hésiter plus longtemps.

« Le ciel est très sombre, comme si un orage terrifiant était en route – un orage encore plus violent que celui de la nuit de mon arrivée, il y a près de quinze jours. Venant du village, à environ un kilomètre, j'entends monter un curieux et insolite balbutiement. C'est, je pense, parce que ces pauvres idiots dégénérés sont dans le secret, et mènent sur la colline l'affreux Sabbat.

« Ici, dans la maison, les ombres s'amassent et s'épaississent. Dans l'obscurité, le ciel devant moi, luit d'un reflet verdâtre qui lui est propre. Je n'ai pas encore été à la cave. Il vaut mieux attendre, de peur que le bruit – murmures, pas feutrés, glissements et réverbérations étouffées – ne m'énerve avant que je ne sois en état de déverrouiller la porte fatale.

« Je n'ai qu'une idée tout ce qu'il y a de plus générale sur ce que je vais rencontrer, et sur ce que je dois faire. Trouverai-je mon travail dans le caveau même, ou bien dois-je m'enfoncer davantage dans le cœur obscur de notre planète. Il y a des choses que je ne comprends pas encore – ou, du moins, que je préfère ne pas comprendre – en dépit d'un terrible, croissant et inexplicable sentiment de familiarité ancienne avec cette sinistre maison. Ce toboggan, par exemple, descendant de la petite chambre fermée à clef. Mais, je crois savoir pourquoi l'aile du caveau s'étend en direction de la colline.

6 heures du soir. – En regardant par les fenêtres du nord, je peux voir un groupe de villageois sur la colline. Ils ne paraissent pas s'apercevoir du ciel qui devient plus bas, et ils creusent près du grand menhir central. Il me vient à l'esprit qu'ils travaillent sur cet endroit creux entouré d'une bordure de pierre qui ressemble à l'entrée d'un tunnel bouchée de longue date. Qu'est-ce qui doit venir? Dans quelle proportion ces gens ont-ils conservé les rites du vieux Sabbat? Cette clef luit horriblement – ce n'est pas de l'imagination. Vais-je oser l'utiliser comme il convient? une autre question m'a grandement bouleversé. En jetant avec nervosité un coup d'œil sur un livre que je feuilletais dans la bibliothèque, je suis tombé sur une forme plus complète du nom qui me torturait la mémoire si intensément : « Trintje, épouse d'Adriaen Sleght. » Cet *Adriaen* me conduit sur le bord même du souvenir.

Minuit. – L'horreur se déchaîne, mais je ne dois pas faiblir. L'orage a éclaté avec fureur dans un bruit infernal. La foudre est tombée trois fois sur la colline et, malgré cela, les villageois hybrides et difformes se rassemblent à l'intérieur du cercle de pierres levées. Je peux les voir à la lueur des éclairs presque ininterrompus. Les grandes pierres levées se profilent d'une manière inquiétante et il en émane une luminosité d'un vert atténué qui les fait apparaître même en l'absence d'éclairs. Les coups de tonnerre sont assourdissants et ils semblent tous recevoir une horrible *réponse* d'une direction indéterminée. Pendant que j'écris, les gens qui sont sur la colline ont commencé à chanter, hurler et mugir dans une version dégénérée, caricaturale du rituel antique. La pluie tombe à torrents, mais ils bondissent et émettent des sons, transportés dans une sorte d'extase diabolique.

« *Iä Shub-Niggurath! Le Bouc aux Mille Jeûnes!* »

« Mais le pire se passe dans la maison. Même à cette hauteur, j'ai commencé à entendre les bruits venant de la cave. *Ce sont les pas feutrés, et les murmures et le glissement et les réverbérations étouffées à l'intérieur du caveau....*

« Les souvenirs vont et viennent. Ce nom *Adriaen Sleght* porte de grands coups étranges à ma conscience. Le beau-fils de Dirck van der Heyl... son enfant, petite-fille du vieux Dirck et arrière-petite-fille d'Abaddon Corey...

Plus tard. – Dieu miséricordieux! *Je sais enfin où j'ai vu ce nom.* Je sais, et je suis cloué par l'horreur. Tout est perdu...

« La clef a commencé à donner une impression de chaleur dans ma main gauche qui la serre avec nervosité. Par moments cette vague accélération, ou cette pulsation est si nette que je peux presque sentir le métal s'agiter. Elle est venue de Yian-Ho dans un dessein terrible et à moi... qui trop tard apprends quel mince filet de sang van der Heyl s'infiltre à travers les Sleght pour pénétrer dans ma lignée – à moi est échue la hideuse tâche d'accomplir ce dessein...

« Mon courage et ma curiosité déclinent. Je sais quelle horreur gît derrière la porte de fer. Et si Claes van der Heyl était mon ancêtre... dois-je expier son péché sans nom? *Je ne l'expierai pas... je le jure!...* (ici l'écriture devient de moins en moins nette)... trop tard – ne peut pas s'en empêcher... les pattes noires se matérialisent... et entraînent vers la cave... »

TABLE

BIBLIOGRAPHIE
DES " RÉVISIONS " DE H.P. LOVECRAFT

Sont recensés ici seulement les travaux de « nègres » effectués dans le domaine du fantastique. Les textes recueillis dans l'Horreur dans le musée, *et* l'Horreur dans le cimetiere, *sont precédés d'un* *.

BARLOW Robert H.

* « Till All the Seas » (*Jusqu'à ce que toutes les mers*). Paru dans la revue *The Californian*, en 1935.

BERKELEY Elizabeth

* « The Crawling Chaos » (*En rampant dans le chaos*). Dans la revue *The United Amateur*, en 1920.

* « The Green Meadow » (*La Prairie verte*). Dans la revue *The Vagrant*, printemps 1927.

Ces deux textes étaient signés Elizabeth Berkeley (pseudonyme de Winifred Virginia Jackson) et Lewis Theobald Jr. (pseudonyme de Lovecraft.)

BISHOP Zealia

* « The Curse of Yig » (*La Malédiction de Yig*). Dans *Weird Tales*, novembre 1929. Etait signé Zealia Brown Reed, nom de jeune fille de Mme Bishop.

* « MEDUSA'S Coil » (*La Chevelure de Méduse*). Dans *Weird Tales*, janvier 1939.

* « The Mound » (*Le Tertre*). Dans *Weird Tales*, novembre 1940.

BLOCH Robert

« Satan's Servants ». (Inédit en français.) Publié pour la première fois dans le recueil *Something About Cats and Other Pieces*, Arkham House, 1949.

CASTRO Adolpho de

* « The Last Test » (*le Dernier Examen*). Dans *Weird Tales*, novembre 1928.

* « The Electric Executioner » (*l'Exécuteur des hautes œuvres*). Dans *Weird Tales*, août 1930

Adolpho de Castro était le pseudonyme du Dr Gustav Adolph Danziger.

EDDY Clifford Martin, Junior

« Ashes ». Dans *Weird Tales*, mars 1924. Non recueilli. Inédit en francais.

* « The Ghost-Eater » (*le Mangeur de spectres*). Dans *Weird Tales*, avril 1924.

* « The Loved Dead » (*Le Nécrophile*). Dans *Weird Tales*, mai-juin-juillet 1924.

*« Deaf, Dumb and Blind » (*Sourd, muet et aveugle). Dans *Weird Tales*, avril 1925.

GREENE Sonia H.

* « The Invisible Monster » (*le Monstre invisible*). Dans *Weird Tales*, novembre 1923.

* « Four O'Clock » (*Quatre heures*). Publié pour la première fois dans le recueil *Something About Cats and Other Pieces*, Arkham House, 1949.

HEALD Hazel

* « The Man of Stone » (*l'Homme de pierre*) Dans *Weird Tales*, octobre 1932.

* « The Horreur in the Museum » (*l'Horreur dans le musée*). Dans *Weird Tales*, juillet 1933.

* « Winged Death » (*la Mort ailée*). Dans *Weird Tales*, mars 1934.

* « Out of the Eons » (*Surgi du fond des siècles*) Dans *Weird Tales*, avril 1935.

* « The Horror in the Burying-Ground » (*l'Horreur dans le cimetiere). Dans Weird Tales,* mai 1937.

HOUDINI Harry

« Imprisoned with the Pharaons » (*Prisonnier des Pharaons*). Dans *Weird Tales,* mai-juin-juillet 1924. Dans le recueil *Dragon,* édité en français par Pierre Belfond, 1970.

Houdini était le pseudonyme d'Ehrich Weiss.

LUMLEY William

* « The Diary of Alonso Typer » (*le Journal d'Alonso Typer*) Dans *Weird Tales,* février 1938.

TALMAN Wilfrid Blanch

* « Two Black Bottles » (*Deux bouteilles noires.* Dans *Weird Tales,* août 1927.

Achevé d'imprimer en septembre 1988
sur les presses de l'Imprimerie Bussière
à Saint-Amand (Cher)

PRESSES POCKET - 8, rue Garancière - 75285 Paris
Tél. : 46-34-12-80

— N° d'édit. 2089. — N° d'imp. 5437. —
Dépôt légal : mai 1984.

Imprimé en France